T0030086

Más brillante que el sol

JULIA QUINN

Argentina • Chile • Colombia • España
Estados Unidos • México • Perú • Uruguay

Título original: *Brighter Than The Sun*
Editor original: Avon. An Imprint of HarperCollins *Publishers*, New York
Traducción: Mireia Terés Loriente

2.ª edición Abril 2022

Plaza de los Reyes Magos, 8, piso 1.º C y D – 28007 Madrid
www.titania.org
atencion@titania.org

ISBN: 978-84-17421-51-9
E-ISBN: 978-84-9944-346-1
Depósito legal: B-3.525-2022

Fotocomposición: Ediciones Urano, S.A.U.

Impreso por: Romanyà-Valls – Verdaguer, 1 – 08786 Capellades (Barcelona)

Impreso en España – *Printed in Spain*

Para la tía Susan.
Gracias.
De la señorita Julie.

Y para Paul,
aunque no pueda entender por qué no utilizo
en todos mis títulos los signos de exclamación.

1

Kent, Inglaterra
Octubre de 1817

Eleanor Lyndon estaba pensando en sus cosas cuando Charles Wycombe, conde de Billington, cayó literalmente en su vida.

Ella iba caminando mientras silbaba una alegre melodía e intentaba calcular los beneficios anuales de East & West Sugar Company (de la que tenía algunas acciones) cuando, para su sorpresa, un hombre cayó del cielo y aterrizó a sus pies o, para ser más precisos, encima de sus pies.

Cuando se fijó un poco más, descubrió que no había caído del cielo, sino de un enorme roble. Ellie, cuya vida había sido bastante monótona durante el último año, casi habría preferido que hubiera caído del cielo. Habría sido mucho más emocionante que el hecho de que hubiera caído de un árbol.

Sacó el pie izquierdo de debajo del hombro del caballero, se arremangó el vestido por encima de los tobillos para no mancharse la falda y se agachó.

—¿Señor? —preguntó—. ¿Se encuentra bien?

Él solo gruñó:

—¡Ay!

—¡Madre mía! —murmuró ella—. No se ha roto ningún hueso, ¿verdad?

Él no respondió, solo vació todo el aire de los pulmones. Ellie retrocedió cuando olió su aliento.

—¡Por todos los santos! —dijo entre dientes—. Huele como si se hubiera bebido una licorería entera.

—*Whisky* —respondió él, arrastrando la palabra—. Un caballero bebe *whisky*.

—Sí, pero no tanto —dijo ella—. Solo un borracho bebe tanto de lo que sea.

Él se incorporó con mucha dificultad y sacudió la cabeza para despejarse.

—Exacto —respondió él, agitando la mano en el aire, aunque luego hizo una mueca cuando comprobó que se mareaba con el movimiento—. Me temo que estoy un poco borracho.

Ellie decidió no hacer más comentarios al respecto.

—¿Está seguro de que no está herido?

Él se rascó el pelo castaño rojizo y parpadeó.

—Me duele mucho la cabeza.

—Sospecho que no es solo por la caída.

Él intentó levantarse, se tambaleó y volvió a sentarse.

—Es una muchacha de lengua mordaz.

—Lo sé —respondió ella con una sonrisa sarcástica—. Por eso soy una solterona. Pero no puedo curarle las heridas si no sé dónde están.

—Y muy eficaz —murmuró él—. ¿Y cómo está tan segura de que estoy *herizo*... herido?

Ellie alzó la mirada hacia el árbol. La rama más cercana que habría podido soportar su peso estaba a unos cinco metros.

—Si ha caído desde allí arriba, no ha podido salir ileso.

Él volvió a agitar la mano en el aire para ignorar sus palabras e intentó levantarse otra vez.

—Ya, bueno, los Wycombe somos duros de pelar. Haría falta más que una... ¡Santo Dios! —gritó.

Ellie hizo un esfuerzo por no sonar insolente cuando dijo:

—¿Un dolor? ¿Un tirón? ¿Un esguince, quizá?

Él entrecerró los ojos marrones mientras se apoyaba en el tronco del árbol.

—Es una mujer dura y cruel, señorita como se llame, por regodearse tanto en mi agonía.

Ellie tosió para camuflar una carcajada.

—Señor Anónimo, debo protestar y señalar que intenté curarle las heridas, pero usted insistió en que no estaba herido.

Él frunció el ceño como un niño pequeño y se sentó.

—Es lord Anónimo —murmuró.

—Está bien, milord —dijo ella, pensando que ojalá no lo hubiera irritado demasiado. Un lord tenía mucho más poder que la hija de un vicario y, si quería, podría hacerle la vida imposible. Ellie abandonó cualquier esperanza de no mancharse el vestido y se sentó en el suelo—. ¿Qué tobillo le duele, milord?

Él señaló el derecho e hizo una mueca cuando ella se lo sujetó con las manos. Después de unos instantes de observación, ella lo miró y, con su voz más educada, dijo:

—Voy a tener que quitarle la bota, milord. ¿Me permite?

—Me gustaba más cuando sacaba fuego por la boca —dijo él entre dientes.

Ellie también se gustaba más así. Sonrió.

—¿Tiene una navaja?

Él se rio.

—Si cree que voy a darle un arma...

—Muy bien. Entonces, supongo que tendré que estirar. —Ladeó la cabeza y fingió analizar la situación—. Puede que le duela un poco cuando la bota se quede atascada en el tobillo, que está hinchadísimo, pero como usted mismo ha dicho, viene de buena casta y un hombre debería poder soportar un poco de dolor.

—¿De qué diablos está hablando?

Ellie empezó a sacarle la bota, aunque no tiró demasiado fuerte, porque nunca podría ser tan cruel. Mientras tiraba lo suficiente para demostrarle que la bota no le saldría de forma normal, contuvo el aliento.

Él gritó y Ellie deseó no haber intentado darle una lección, porque acabó con la cara llena de su aliento apestando a *whisky*.

—¿Cuánto ha bebido? —le preguntó mientras intentaba respirar.

—No lo suficiente —gruñó él—. Todavía no han inventado una bebida tan fuerte como para...

—¡Venga ya! —lo interrumpió Ellie—. No soy tan mala.

Para su sorpresa, él se rio.

—Querida —le dijo, en un tono que le dejó claro que se dedicaba a ser un donjuán—, es usted lo menos malo que me ha pasado en los últimos meses.

Ellie sintió un extraño cosquilleo en la nuca ante aquel tosco halago. Dio las gracias de que el sombrero le tapara la sonrojada cara y se centró en el tobillo.

—¿Ha cambiado de idea sobre la navaja?

La respuesta fue entregarle la navaja sin rechistar.

—Siempre supe que había algún motivo para llevar una encima, aunque no lo he descubierto hasta hoy.

La navaja estaba un poco oxidada y Ellie tuvo que apretar los dientes del esfuerzo que suponía cortar la bota. Levantó la mirada un segundo.

—Si le hago daño...

—¡Ay!

—Dígamelo —terminó de decir—. Lo siento mucho.

—Es sorprendente —comentó él con la voz cargada de sarcasmo— el poco arrepentimiento que percibo en su voz.

Ella contuvo otra carcajada en la garganta.

—¡Por el amor de Dios! —dijo él entre dientes—. Adelante, ríase. Hasta el Señor sabe que mi vida es un chiste.

Ellie, que había caído en la tristeza desde que su viudo padre anunciara que se casaría con la mayor cotilla de Bellfield, se sintió identificada con él. No sabía qué podía haber llevado a ese apuesto lord a emborracharse de aquella manera, pero, fuera lo que fuese, le inspiraba pena. Dejó de cortar la bota un segundo, lo miró con sus ojos azul oscuro y dijo:

—Me llamo Eleanor Lyndon.

Él suavizó la mirada.

—Muchas gracias por compartir ese dato tan importante conmigo, señorita Lyndon. No suelo permitir que mujeres extrañas me corten la bota.

—A mí tampoco me suelen caer hombres de los árboles. Hombres *extraños* —añadió con énfasis.

—¡Ah, sí! Supongo que debería presentarme. —Ladeó la cabeza de forma que Ellie recordó que iba bastante borracho—. Charles Wycombe, para servirla, señorita Lyndon. Conde de Billington —añadió—, aunque para lo que me sirve...

Ellie lo miró sin parpadear. ¿Billington? Era uno de los solteros más deseados del país. Tanto que hasta ella había oído hablar de él, y Ellie no aparecía en la lista de muchachas casaderas de nadie. Se decía que era un donjuán empedernido y había oído hablar de él en las reuniones del pueblo, aunque, como muchacha soltera, no tenía acceso a esos cotilleos. Pensaba que su reputación tendría que ser muy oscura si hacía cosas que no se podían ni comentar delante de ella.

También había oído que era increíblemente rico, incluso más que el recién estrenado marido de su hermana Victoria, el conde de Macclesfield. Ellie no podía dar fe de ello, puesto que no había visto sus libros de contabilidad y nunca se había dedicado a especular sobre asuntos financieros sin pruebas. Sin embargo, sabía que la mansión de los Billington era antigua y enorme.

Y estaba a unos veinte kilómetros.

—¿Qué hace en Bellfield? —le preguntó.

—Visitando los lugares predilectos de mi infancia.

Ellie movió la cabeza hacia las ramas que tenían encima.

—¿Su árbol favorito?

—Solía subirme ahí con Macclesfield.

Ellie terminó de cortar la bota y dejó la navaja.

—¿Con Robert? —le preguntó.

Charles la miró desconfiado y algo protector.

—¿Lo conoce por el nombre de pila? Hace poco que se casó.

—Sí. Con mi hermana.

—¡Vaya! El mundo es un pañuelo —murmuró él—. Es un placer conocerla.

—Quizá no piense lo mismo dentro de unos segundos —respondió ella. Con delicadeza, le sacó el pie hinchado de la bota.

Charles miró con tristeza la bota destrozada.

—Imagino que el tobillo es más importante —dijo, pensativo, aunque no sonó como si lo dijera en serio.

Ellie le estudió el tobillo con manos expertas.

—Creo que no se ha roto ningún hueso, pero se ha hecho un buen esguince.

—Parece toda una experta en estas cosas.

—Rescato todo tipo de animales heridos —respondió ella con las cejas arqueadas—. Perros, gatos, pájaros...

—Hombres —terminó él.

—No —respondió ella con descaro—. Usted es el primero. Aunque imagino que no debe de ser tan distinto a un perro.

—Se le ven los colmillos, señorita Lyndon.

—¿De veras? —preguntó ella al tiempo que se llevaba las manos a la cara—. Tendré que acordarme de quitármelos.

Charles se echó a reír.

—Señorita Lyndon, es usted un tesoro.

—Es lo que yo siempre digo a todo el mundo —respondió ella encogiéndose de hombros y con una sonrisa sarcástica—, pero parece que nadie me cree. Bueno, me temo que va a tener que llevar bastón unos días. Puede que una semana. ¿Tiene alguno?

—¿Aquí?

—No, me refiero en su casa, pero... —Dejó las palabras en el aire mientras miraba a su alrededor. Vio un palo largo a unos metros y se levantó—. Esto le servirá —dijo, cuando lo recogió y se lo ofreció—. ¿Necesita ayuda para ponerse de pie?

Él esbozó una salvaje sonrisa cuando se acercó a ella.

—Cualquier excusa es buena para estar en sus brazos, querida señorita Lyndon.

Ellie sabía que tendría que haberse ofendido, pero el conde se estaba esforzando mucho en ser encantador y, aunque le costara reconocerlo, lo estaba consiguiendo. Y con mucha facilidad. Ellie supuso que por eso era un donjuán con tanto éxito. Se colocó detrás de él y lo agarró por debajo de los brazos.

—Le advierto que no soy demasiado delicada.

—¿Por qué no me sorprende?

—A la de tres. ¿Está listo?

—Supongo que eso depende de...

—Una, dos... ¡tres! —Con un gruñido y un tirón, Ellie levantó al conde. No fue nada fácil. Pesaba veinticinco kilos más que ella y, además, estaba borracho. Al conde le fallaron las rodillas y ella estuvo a punto de maldecir en voz alta cuando tuvo que sujetarlo con sus piernas. Entonces el conde empezó a tambalearse hacia el otro lado, y Ellie tuvo que colocarse delante de él para evitar que se cayera.

—Así se está de maravilla —murmuró él cuando tuvo su pecho pegado al de ella.

—Lord Billington, debo insistir en que utilice el bastón.

—¿Contra usted? —parecía intrigado por aquella petición.

—¡Para andar! —exclamó ella.

Él hizo una mueca ante el agudo sonido y sacudió la cabeza.

—Es algo muy extraño —murmuró—, pero siento la urgente necesidad de besarla.

Por una vez, Ellie no supo qué decir.

Él se mordió el labio inferior mientras pensaba.

—Creo que debería hacerlo.

Aquello bastó para hacerla reaccionar; saltó a un lado y el conde cayó al suelo de nuevo.

—¡Por el amor de Dios, mujer! —gritó él—. ¿Por qué ha hecho eso?

—Iba a besarme.

Él se frotó la cabeza, con la que había golpeado el tronco de un árbol.

—¿Tan terrible era la idea?

Ellie parpadeó.

—Tanto como terrible, no.

—Por favor, no diga que era repulsiva —refunfuñó—. No podría soportarlo.

Ella exhaló y le ofreció una mano con gesto conciliador.

—Siento mucho haberlo soltado, milord.

—Una vez más, su cara es la viva imagen del arrepentimiento.

Ellie contuvo el impulso de golpear el suelo con los pies.

—Esta vez lo decía de verdad. ¿Acepta mis disculpas?

Él arqueó las cejas y dijo:

—Si no lo hago, puede que me haga daño.

—¡Oh, vamos! —dijo ella entre dientes—. Intento disculparme.

—Y yo intento aceptar sus disculpas.

Alargó el brazo y aceptó la enguantada mano. Ella lo ayudó a levantarse y, cuando el conde se estabilizó con la ayuda del palo, Ellie se separó de él.

—Le acompañaré a Bellfield —dijo ella—. No está demasiado lejos. ¿Podrá llegar a su casa desde allí?

—He dejado el carruaje en La Abeja y el Cardo —respondió él.

Ella se aclaró la garganta.

—Le agradecería que se comportara con amabilidad y discreción. Puede que esté soltera, pero debo proteger mi reputación.

Él la miró de reojo.

—Me temo que hay quien me considera un canalla.

—Lo sé.

—Su reputación quedó arruinada en cuanto caí encima de usted.

—¡Por todos los santos! ¡Se ha caído de un árbol!

—Sí, claro, pero usted me ha tocado el tobillo con las manos.

—Ha sido por el más noble de los motivos.

—Besarla también me pareció noble, pero usted no pensaba lo mismo.

Ella apretó los labios.

—Me refiero exactamente a ese tipo de comentarios frívolos. Sé que no debería, pero me preocupa lo que la gente piense de mí, y tengo que vivir aquí el resto de mi vida.

—¿De veras? —preguntó él—. ¡Qué pena!

—No es gracioso.

—No pretendía serlo.

Ella suspiró con impaciencia.

—Intente comportarse cuando lleguemos a Bellfield, por favor...

Él se apoyó en el palo e hizo una educada reverencia.

—Intento no decepcionar nunca a una dama.

—¡Quiere estarse quieto! —exclamó ella mientras lo agarraba por el codo y lo levantaba—. Volverá a caerse.

—¡Vaya, señorita Lyndon! Creo que está empezando a preocuparse por mí.

Su respuesta fue un gruñido poco femenino. Con los puños cerrados, empezó a caminar hacia el pueblo. Charles la siguió cojeando y sin dejar de sonreír. Sin embargo, ella caminaba mucho más deprisa que él y la distancia entre ellos aumentó hasta que se vio obligado a gritar su nombre.

Ellie se volvió.

Charles le ofreció lo que esperaba que fuera una atractiva sonrisa.

—Me temo que no puedo mantener su ritmo. —Alargó las manos a modo de súplica y perdió el equilibrio. Ellie corrió a su lado para ayudarlo a incorporarse.

—Es un desastre andante —dijo ella mientras lo sujetaba por un codo.

—Un desastre renqueante —la corrigió él—. Y no puedo... —Se llevó la mano libre a la boca para sofocar un borracho eructo—. No puedo renquear deprisa.

Ella suspiró.

—Venga, apóyese en mi hombro. Juntos, tendríamos que poder llegar al pueblo.

Charles sonrió y la rodeó con el brazo. Era menuda, pero tenaz, de modo que decidió sondear las aguas y apoyarse un poco más en ella. Ellie se tensó y soltó otro sonoro suspiro.

Se dirigieron despacio hacia el pueblo. Charles se apoyaba cada vez más en ella, pero no sabía si eso se debía al esguince o a la borrachera. La notaba a su lado cálida, fuerte y suave, todo a la vez, y no le importaba demasiado cómo había terminado en aquella situación; estaba decidido a disfrutarla mientras durara. Cada paso presionaba más el pecho de Ellie contra sus costillas y descubrió que era una sensación de lo más agradable.

—Hace un día precioso, ¿no le parece? —preguntó él cuando se dijo que quizá tendría que darle conversación.

—Sí —asintió Ellie, que caminaba a trompicones bajo el peso del conde—. Pero se está haciendo tarde. ¿Sería posible que fuera un poco más deprisa?

Charles agitó la mano en un gesto exagerado y dijo:

—Ni siquiera yo soy tan canalla de fingir una cojera solo para disfrutar de las atenciones de una preciosa dama.

—¡¿Quiere dejar de mover el brazo?! Vamos a perder el equilibrio.

Charles no sabía por qué, quizá solo era porque todavía estaba borracho, pero le gustaba cómo hablaba de ellos en primera persona del plural. Había algo en esa señorita Lyndon que lo hacía alegrarse de tenerla al lado. Y no porque creyera que pudiera ser una enemiga temible, sino porque parecía leal, sensata y justa. Y tenía un sentido del humor muy retorcido. El tipo de persona que un hombre querría a su lado cuando necesitaba apoyo.

Volvió la cara hacia ella.

—Huele bien —dijo.

—¡¿Qué?! —gritó ella.

Y, encima, tomarle el pelo era muy divertido. ¿Se había acordado de añadirlo a la lista de cualidades? Siempre estaba bien rodearse de gente de la que poder reírse. Adquirió una expresión inocente.

—Usted. Que huele bien —repitió.

—Un caballero no dice esas cosas a una dama —respondió ella con remilgo.

—Estoy borracho —respondió él mientras se encogía de hombros sin arrepentimiento—. No sé lo que digo.

Ella entrecerró los ojos con sospecha.

—Tengo la sensación de que sabe muy bien lo que dice.

—Señorita Lyndon, ¿me está acusando de intentar seducirla?

Le parecía imposible, pero ella se sonrojó todavía un poco más. Charles se dijo que ojalá pudiera ver el color de su pelo, que estaba escondido debajo de aquel horrible sombrero. Tenía las cejas rubias, y destacaban todavía más con la cara colorada.

—Deje de tergiversar mis palabras.

—Pero si usted misma las tergiversa de maravilla, señorita Lyndon. —Cuando ella no respondió, Charles añadió—: Era un cumplido.

Ella aceleró el paso y lo arrastró por el camino de tierra.

—Me desconcierta, milord.

Charles sonrió mientras pensaba lo estupendo que era desconcertar a la señorita Eleanor Lyndon. Se quedó callado unos minutos y luego, cuando pasaron una curva, preguntó:

—¿Estamos cerca?

—Creo que debemos ir por la mitad. —Ellie miró hacia el horizonte y vio cómo se iba poniendo el sol—. Se está haciendo tarde. Papá me cortará la cabeza.

—Juro sobre la tumba de mi padre... —Charles intentaba parecer serio, pero le entró hipo.

Ellie se volvió hacia él tan deprisa que se golpeó con la nariz en su hombro.

—¿De qué habla, milord?

—Intentaba... hip... jurarle que no... hip... trato de retenerla de forma deliberada.

Ella arqueó la comisura de los labios.

—No sé por qué le creo —dijo—, pero lo hago.

—Quizá porque mi tobillo parece una pera pasada —se rio él.

—No —respondió ella muy pensativa—. Creo que es mucho mejor persona de lo que quiere que los demás crean.

Él se burló diciendo:

—Estoy muy lejos de ser... hip... buena persona.

—Seguro que, en Navidades, duplica el sueldo a sus empleados.

Para mayor irritación de Charles, se sonrojó.

—¡Ajá! —exclamó ella, triunfante—. ¡Lo hace!

—Fomenta la lealtad —murmuró él.

—Les da dinero para que puedan comprar algún regalo para la familia —añadió ella con ternura.

Él gruñó y se volvió.

—Un atardecer precioso, ¿no cree, señorita Lyndon?

—El cambio de tema ha sido algo brusco —respondió ella con una sonrisa cómplice—, pero sí, es muy bonito.

—Es increíble la cantidad de colores que aparecen durante el atardecer —continuó él—. Hay tonos naranja, rosa y melocotón. ¡Ah! Y un toque de color azafrán allí —señaló hacia el suroeste—. Y lo más sorprendente es que mañana será totalmente distinto.

—¿Es artista? —preguntó Ellie.

—No —respondió él—. Me gustan los atardeceres.

—Bellfield está detrás de aquella curva —dijo ella.

—¿Ya?

—Parece decepcionado.

—Supongo que no quiero ir a casa —respondió él.

Suspiró y pensó en lo que le esperaba allí. Un montón de piedras que formaban Wycombe Abbey. Un montón de piedras cuyo mantenimiento costaba una fortuna. Una fortuna que se le escaparía entre los dedos en menos de un mes gracias al entrometido de su padre.

Cualquiera diría que la rigidez de George Wycombe para administrar el dinero desaparecería con su muerte, pero no; había encontrado la forma de seguir asfixiando a su hijo desde la tumba. Charles maldijo en voz baja mientras pensaba en la idoneidad de la imagen. Realmente tenía la sensación de que lo estaban asfixiando.

Dentro de quince días exactos cumpliría los treinta años. Dentro de quince días exactos, toda su herencia desaparecería. A menos que...

La señorita Lyndon tosió y se quitó una mota de polvo del ojo. Charles la observó con un interés renovado.

A menos que..., pensó muy despacio porque no quería que su cerebro, todavía algo aturdido, pasara por alto ningún detalle importante. A menos que, en algún momento de esos quince días, consiguiera casarse.

La señorita Lyndon lo llevó hacia la calle principal de Bellfield y señaló hacia el sur.

—La Abeja y el Cardo está justo allí. No veo su carruaje. ¿Lo ha dejado en la parte de atrás?

Charles se dijo que tenía una voz bonita. Tenía una voz bonita, un cerebro bonito, un ingenio bonito y, aunque todavía no sabía de qué color tenía el pelo, tenía las cejas muy bonitas. Y la sensación de estar pegado a ella era preciosa.

Se aclaró la garganta.

—Señorita Lyndon...

—No me diga que ha dejado el carruaje en otro sitio.

—Señorita Lyndon, tengo que decirle una cosa muy importante.

—¿Tiene peor el tobillo? Sabía que apoyar peso sobre él era una mala idea, pero no sabía de qué otra forma traerlo al pueblo. Un poco de hielo habría...

—¡Señorita Lyndon! —exclamó Charles.

Consiguió que cerrara la boca.

—¿Cree que podría aceptar...? —Tosió y, de repente, deseó estar más sobrio porque tenía la sensación de que, cuando no estaba borracho, tenía un vocabulario más amplio.

—¿Lord Billington? —preguntó ella con preocupación.

Al final, Charles acabó soltándolo de golpe:

—¿Cree que podría aceptar casarse conmigo?

2

Ellie lo soltó.

Él se cayó al suelo y gritó cuando el tobillo herido se dobló.

—¡Eso es horrible! —gritó ella.

Charles se rascó la cabeza.

—Creo que acabo de pedirle que se case conmigo.

Ellie contuvo una traidora lágrima que estaba a punto de resbalarle por la mejilla.

—Es muy cruel bromear con algo así.

—No bromeaba.

—Por supuesto que bromeaba —respondió ella intentando reprimir las ganas de darle una patada en la cadera—. He sido muy amable con usted esta tarde.

—Muy amable —repitió él.

—No tenía por qué detenerme y ayudarle.

—No —murmuró él—. No tenía que hacerlo.

—Y quiero que sepa que, si quisiera, ya estaría casada. Estoy soltera porque quiero.

—No se me habría ocurrido imaginar lo contrario.

A Ellie le pareció oír una nota de burla en su voz, y esta vez sí que le dio una patada.

—¡Maldita sea, mujer! —exclamó Charles—. ¿A qué diablos ha venido eso? Lo digo muy en serio.

—Está borracho —lo acusó ella.

—Sí —admitió él—, pero nunca le había pedido a ninguna mujer que se casara conmigo.

—Por favor —se burló ella—. Si intenta hacerme creer que se ha enamorado perdidamente de mí a primera vista, deje que le diga que no me lo creo.

—No intento decirle nada de eso —dijo él—. Jamás insultaría su inteligencia de esa forma.

Ellie parpadeó y pensó que quizá acababa de insultar otro aspecto de su persona, aunque no estaba segura de cuál.

—El problema es que... —Charles se detuvo y se aclaró la garganta—. ¿Podemos continuar la conversación en otro sitio? Quizá en algún lugar donde pueda sentarme en una silla y no en el suelo.

Ellie frunció el ceño unos segundos antes de ofrecerle la mano casi por obligación. Todavía no estaba segura de que no se estuviera riendo de ella, pero la forma de tratarlo en aquellos últimos instantes no había sido la correcta y tenía remordimientos. No estaba de acuerdo en pegar a un hombre cuando estaba en el suelo, y menos cuando había sido ella quien lo había dejado caer.

Él aceptó la mano y volvió a levantarse.

—Gracias —dijo en tono seco—. Está claro que es una mujer con mucho carácter. Por eso me estoy planteando casarme con usted.

Ellie entrecerró los ojos.

—Si no deja de burlarse de mí...

—Creo que ya le he dicho que lo digo muy en serio. Y nunca miento.

—Pues es la mayor mentira que he oído en mi vida —respondió ella.

—Está bien. Nunca miento sobre nada importante.

Ella apoyó las manos en las caderas y dijo:

—Ya.

Él exhaló algo molesto.

—Le aseguro que nunca mentiría sobre algo así. Y debo añadir que ha desarrollado una opinión muy pobre sobre mí. ¿Por qué?

—Lord Billington, ¡le consideran el mayor donjuán de Kent! Lo dice hasta mi cuñado.

—Recuérdeme que estrangule a Robert la próxima vez que lo vea —murmuró Charles.

—Y podría ser el mayor donjuán de toda Inglaterra, aunque, como hace años que no salgo de Kent, no puedo saberlo...

—Dicen que los donjuanes son los mejores maridos —la interrumpió él.

—Los donjuanes reformados —respondió ella—. Y dudo mucho que usted vaya en esa dirección. Además, no pienso casarme con usted.

Él suspiró.

—Me gustaría mucho que lo hiciera.

Ellie lo miró con incredulidad.

—Está loco.

—Estoy perfectamente, se lo aseguro. —Hizo una mueca—. El loco era mi padre.

De repente, Ellie tuvo una visión de muchos niños locos riendo y retrocedió. Dicen que la locura se lleva en la sangre.

—¡Por el amor de Dios! —murmuró Charles—. No estaba mal de la cabeza. Es que me dejó en un buen aprieto.

—No entiendo qué tiene que ver todo eso conmigo.

—Todo —respondió él con misterio.

Ellie retrocedió un poco más porque decidió que Billington no es que estuviera loco, es que estaba para que lo ingresaran en un manicomio.

—Si me disculpa —se apresuró a decir—, será mejor que me vaya a casa. Estoy segura de que desde aquí podrá continuar usted solo. Su carruaje... Usted dijo que estaba en la parte de atrás. Debería poder...

—Señorita Lyndon —dijo él, en tono seco.

Ella se detuvo de golpe.

—Tengo que casarme —le dijo sin tapujos—, y tengo que hacerlo en los próximos quince días. No tengo otra opción.

—No creo que usted haga algo contrario a sus propósitos.

Charles la ignoró.

—Si no me caso, perderé mi herencia. Hasta el último penique. —Esbozó una amarga sonrisa—. Solo me quedará Wycombe Abbey, y créame cuando le digo que ese montón de piedras no tardarán en caer al suelo si no dispongo de los fondos para mantenerlo.

—Nunca había oído hablar de una situación como esta —dijo Ellie.

—No es tan extraña.

—Pues, si me lo permite, a mí me parece extrañamente estúpida.

—Sobre eso, señora, estamos de acuerdo.

Ellie retorció un pedazo de tela marrón del vestido entre los dedos mientras sopesaba aquellas palabras.

—No entiendo por qué cree que soy la indicada para ayudarle —dijo ella al final—. Estoy segura de que podría encontrar una esposa perfecta en Londres. ¿No lo llaman «El mercado matrimonial»? Seguro que allí lo consideran todo un partido.

Él esbozó una sonrisa sarcástica.

—Por sus palabras, parece que sea un pescado.

Ellie lo miró y contuvo la respiración. Era increíblemente apuesto y encantador, y ella sabía que no era inmune a esas cualidades.

—No —admitió ella—. Un pescado, no.

Él se encogió de hombros.

—He estado ignorando lo inevitable, lo sé. Pero entonces cae en mi vida en el momento más desesperado de...

—Disculpe, pero ha sido usted quien ha caído en mi vida.

Él chasqueó la lengua.

—¿He mencionado que, además, es usted muy divertida? Y me he dicho: «Bueno, lo hará tan bien como cualquiera» y...

—Si lo que pretende es cortejarme —dijo Ellie en tono mordaz—, no lo está consiguiendo.

—Mejor que cualquiera —corrigió él—. De veras. Es la primera mujer que conozco que creo que podría soportar. —Aunque Charles tenía claro que no pretendía dedicarse en cuerpo y alma a su esposa. De ella solo necesitaría su nombre en el certificado de matrimonio. Y, bueno, puesto que tendría que pasar cierto tiempo con ella, más valía que fuera alguien decente. La señorita Lyndon parecía cumplir con todos los requisitos.

Y, añadió para sí mismo, en algún momento debería tener un heredero. Sería mejor que encontrara a alguien con un poco de cerebro en la cabeza. No querría tener una descendencia estúpida. Volvió a mirarla. Lo estaba observando con suspicacia. Sí, era de las listas.

Había algo muy atractivo en ella. Tenía la sensación de que el proceso de fabricar ese heredero sería tan placentero como el resultado. Le ofreció una reverencia, aunque se sujetó a su codo para no caer al suelo.

—¿Qué dice, señorita Lyndon? ¿Nos lanzamos?

—¿Nos lanzamos? —Ellie se rio. No era la proposición de sus sueños.

—Sí, estas cosas se me dan un poco mal. La verdad, señorita Lyndon, es que si un hombre tiene que encontrar esposa, es mejor que sea alguien que le guste. Tendríamos que pasar algún tiempo juntos, ya sabe.

Ella lo miró con incredulidad. ¿Tan borracho estaba? Se aclaró la garganta varias veces mientras intentaba encontrar las palabras adecuadas. Al final, dijo:

—¿Intenta decir que le gusto?

Él sonrió de forma muy seductora.

—Mucho.

—Tendré que pensármelo.

Él inclinó la cabeza.

—No quisiera casarme con alguien capaz de tomar una decisión como esta en un segundo.

—Necesitaré varios días.

—No demasiados, espero. Solo tengo quince días antes de que mi odioso primo Phillip ponga sus asquerosas manos en mi dinero.

—Debo advertirle que, casi con toda seguridad, mi respuesta a su petición será que no.

Él no dijo nada. Ellie tuvo la desagradable sensación de que ya estaba pensando a quién acudir si ella lo rechazaba.

Al cabo de unos instantes, Charles dijo:

—¿Quiere que la acompañe a su casa?

—No es necesario. Vivo muy cerca. ¿Podrá arreglárselas solo?

Él asintió.

—Señorita Lyndon.

Ella hizo una pequeña reverencia.

—Lord Billington. —Y luego se volvió y se marchó. Esperó a estar fuera del campo de visión del conde para dejarse caer contra la pared de un edificio y, si alguien le leía los labios, sabría que había dicho: «¡Dios mío!».

El reverendo Lyndon no toleraba que sus hijas pronunciaran el nombre del Señor en vano, pero Ellie estaba tan sorprendida por la propuesta de Billington que todavía seguía murmurando «¡Dios mío!» cuando cruzó el umbral de su casa.

—Ese lenguaje es indecoroso en una joven, aunque ya no sea tan joven —dijo una voz de mujer.

Ellie refunfuñó. En cuanto a las normas morales, solo había una persona peor que su padre: su prometida, la recién enviudada Sally Foxglove. La joven esbozó una sonrisa forzada mientras intentaba ir directa a su habitación.

—Señora Foxglove.

—A tu padre no le hará ninguna gracia cuando se entere.

Ellie volvió a refunfuñar. Estaba atrapada. Se volvió.

—¿Cuando se entere de qué, señora Foxglove?

—De tu trato displicente del nombre del Señor. —La señora Foxglove se levantó y cruzó sus sebosos brazos.

Ellie estuvo a punto de recordarle a esa señora mayor que no era su madre y que no tenía ninguna autoridad sobre ella, pero se mordió la lengua. Cuando su padre volviera a casarse, la vida sería complicada. No había ninguna necesidad de provocar que fuera directamente imposible enfrentándose a la señora Foxglove. Respiró hondo, colocó la mano encima del corazón y fingió inocencia.

—¿Eso cree que decía? —preguntó Ellie, hablando casi sin aliento de forma deliberada.

—¿Qué decías, si no?

—Decía: «Ya lo entiendo». Espero que no me haya malinterpretado.

La señora Foxglove la miró con obvia incredulidad.

—Había calculado un... problema —continuó Ellie—. Todavía no me creo que lo haya hecho. Y por eso decía «Ya lo entiendo», porque creía una cosa que, si no hubiera creído, mi lógica no hubiera estado equivocada.

La señora Foxglove se quedó tan aturdida que Ellie estuvo a punto de empezar a saltar por la casa.

—Bueno, da igual —se apresuró a decir la mujer—. Con ese comportamiento tan extraño nunca encontrarás un marido.

—¿Cómo hemos acabado hablando de esto? —dijo Ellie entre dientes mientras pensaba que el tema del matrimonio era demasiado recurrente en un solo día.

—Tienes veintitrés años —continuó la señora Foxglove—. Una solterona, sin duda, pero quizá podemos encontrar a un hombre que se digne a tomarte.

Ellie la ignoró.

—¿Está mi padre?

—Está fuera atendiendo sus obligaciones y me ha pedido que me quede por si venía algún feligrés.

—¿La ha dejado al cargo?

—Seré su mujer dentro de dos meses —la señora Foxglove se arregló y alisó la falda de color morado—. Tengo una posición en la sociedad que hay que mantener.

Ellie dijo algo ininteligible. Tenía miedo de que, si se permitía formar palabras, haría algo más que tomar el nombre del Señor en vano. Sacó el aire muy despacio e intentó sonreír.

—Si me disculpa, señora Foxglove, me siento muy cansada. Me voy a mi habitación.

Una mano rechoncha se posó sobre su hombro.

—No tan deprisa, Eleanor.

Ellie se volvió. ¿La señora Foxglove la estaba amenazando?

—¿Cómo dice?

—Tenemos que hablar de unas cosas. Y he pensado que esta noche podría ser un buen momento, mientras tu padre está fuera.

—¿De qué tenemos que hablar usted y yo que no podamos hablar delante de papá?

—De tu posición en mi casa.

Ellie se quedó boquiabierta.

—¿De mi posición en su casa?

—Cuando me case con el reverendo, esta será mi casa y la llevaré como a mí me plazca.

La joven se mareó.

—No creas que vas a vivir de mi generosidad —continuó la señora Foxglove.

Ellie no se movió por miedo a estrangular a su futura madrastra si lo hacía.

—Si no te casas y te vas, tendrás que ganarte tu manutención —dijo la señora Foxglove.

—¿Insinúa que tendré que ganarme la manutención de otra forma de como ya me la gano ahora? —Pensó en todas las tareas que realizaba para su padre y la parroquia. Le cocinaba tres veces al día. Llevaba comida a los pobres. Incluso pulía los bancos de la iglesia. Nadie podía acusarla de no ganarse la manutención.

Sin embargo, estaba claro que la señora Foxglove no compartía esa opinión, porque puso los ojos en blanco y dijo:

—Vives de la esplendidez de tu padre. Es demasiado indulgente contigo.

Ellie abrió los ojos como platos. Nunca nadie había descrito al reverendo Lyndon como «indulgente». Una vez, incluso, ató a su hermana mayor para evitar que se casara con el hombre al que quería. La joven se aclaró la garganta en otro intento de calmarse.

—¿Qué quiere que haga exactamente, señora Foxglove?

La mujer le dio una hoja de papel. Ellie la miró, leyó lo que había escrito y la ira la dejó sin respiración.

—¿Quiere que limpie la chimenea?

—Es una lástima que paguemos a un deshollinador para que la limpie cuando puedes hacerlo tú.

—¿No cree que soy un poco grande para ese trabajo?

—Esa es otra cuestión. Comes demasiado.

—¡¿Qué?! —gritó Ellie.

—La comida escasea.

—La mitad de los feligreses paga el diezmo en especias —respondió Ellie, temblando de la rabia—. Puede que nos falten algunas cosas, pero la comida no.

—Si no te gustan mis reglas —dijo la señora Foxglove—, siempre puedes casarte y marcharte.

Ellie sabía por qué la señora Foxglove estaba tan decidida a echarla. Seguramente, era una de esas mujeres que, en sus casas, solo toleraban una autoridad. Y Ellie, que hacía años que se encargaba de gestionar los asuntos de su padre, sería un obstáculo para ella.

La muchacha se preguntó qué diría la mujer si le explicara que había recibido una propuesta de matrimonio esa misma tarde. Y de un conde, nada menos. Colocó los brazos en jarra, dispuesta a darle el virulento escarmiento que había estado reprimiendo durante lo que parecía una eternidad, cuando la señora Foxglove le dio otra hoja de papel.

—¿Qué es esto? —preguntó.

—Me he tomado la libertad de confeccionar una lista de solteros de esta zona.

Ellie se rio. Esto sí que tenía ganas de leerlo. Desdobló el papel y miró los nombres. Sin levantar la mirada siquiera, dijo:

—Richard Parrish está comprometido.

—Según mis fuentes, no.

La señora Foxglove era la mayor cotilla de Bellfield, de modo que Ellie la creyó. Aunque daba igual. Richard Parrish era obeso y le olía el aliento. Siguió leyendo y se quedó sin respiración.

—George Millerton tiene más de sesenta años.

La señora Foxglove se sorbió la nariz con desdén.

—No estás en posición de ir exigiendo sobre algo tan trivial.

Los siguientes tres nombres pertenecían a hombres igual de mayores, y uno de ellos era directamente mala persona. Se rumoreaba que Anthony Ponsoby pegaba a su primera mujer. Ellie no tenía ninguna intención de encadenarse a un hombre que creía que la comunicación matrimonial se expresaba mejor con un palo.

—¡Santo Dios! —exclamó cuando llegó al penúltimo nombre de la lista—. Robert Beechcombe no tiene ni quince años. ¿En qué estaba pensando?

La señora Foxglove estaba a punto de responder, pero Ellie la interrumpió:

—¡Billy Watson! —exclamó—. No está bien de la cabeza. Lo sabe todo el mundo. ¿Cómo se atreve a intentar emparejarme con alguien como él?

—Como te he dicho, una mujer de tu posición no puede...

—No lo diga —la interrumpió Ellie con el cuerpo totalmente agitado por la ira—. No diga nada.

La señora Foxglove sonrió con suficiencia.

—No puedes hablarme así en mi casa.

—Todavía no es su casa, vieja arrugada —soltó Ellie.

La señora Foxglove retrocedió.

—¿Cómo te atreves?

—Nunca he sido una persona violenta —añadió Ellie, que echaba chispas—, pero siempre estoy dispuesta a probar nuevas experiencias. —Agarró a la señora Foxglove por el cuello del vestido y la echó de su casa.

—¡Te arrepentirás de haber hecho esto! —gritó la mujer desde fuera.

—Jamás me arrepentiré —respondió Ellie—. ¡Jamás!

Cerró de un portazo y se desplomó en el sofá. No había ninguna duda. Tendría que encontrar la forma de irse de casa de su padre. La cara del conde de Billington le vino a la mente, pero la ignoró. No estaba tan desesperada como para aceptar casarse con un hombre al que apenas conocía. Seguro que había otras opciones.

Al día siguiente Ellie ya tenía un plan. No estaba tan desamparada como a la señora Foxglove le gustaría creer. Tenía algo de dinero ahorrado. No era mucho, pero bastaría para mantener a una mujer de gusto modesto y naturaleza frugal.

Lo había puesto en un banco hacía años, pero los escasos intereses no la acabaron de satisfacer, de modo que empezó a leer el *London Times* y a fijarse en las noticias que hablaban del mundo de los negocios y el comercio.

Cuando sintió que sabía lo suficiente sobre el mercado, acudió a un abogado para que le gestionara el dinero. Por supuesto, tuvo que hacerlo en nombre de su padre. Ningún abogado gestionaría el dinero de una joven, y menos el de una que invertía sin el conocimiento de su padre. Así que fue a una ciudad lejos de Bellfield, encontró al señor Tibbett, un abogado que no conocía al reverendo Lyndon, y le dijo que su padre era un ermitaño. El señor Tibbett trabajaba con un inversor de Londres y el dinero de Ellie empezó a multiplicarse.

Había llegado la hora de recuperarlo. No tenía otra opción. Vivir con la señora Foxglove como madrastra sería intolerable. El dinero le bastaría para sobrevivir hasta que su hermana Victoria regresara de sus largas vacaciones en el continente. El nuevo marido de Victoria era un conde muy adinerado y Ellie estaba segura de que, entre los dos, podrían ayudarla a buscarse un buen puesto en la sociedad, como institutriz o dama de compañía.

Se subió a un carruaje público hasta Faversham, fue hasta las oficinas de Tibbett & Hurley y esperó su turno para ver al señor Tibbett. Al cabo de diez minutos, la secretaria la hizo pasar.

El señor Tibbett, un hombre corpulento con un gran bigote, se levantó cuando la vio entrar.

—Buenos días, señorita Lyndon —dijo—. ¿Ha venido con más instrucciones de su padre? Debo admitir que es un placer hacer negocios con un hombre que presta tanta atención a sus inversiones.

Ellie esbozó una sonrisa forzada porque odiaba que su padre se llevara el mérito por su visión en los negocios, pero sabía que tenía que ser así.

—No exactamente, señor Tibbett. He venido a retirar parte de mis fondos. Para ser precisos, la mitad. —Ellie no estaba segura de cuánto costaría alquilar una casa en una zona respetable de Londres, pero tenía casi trescientas libras ahorradas y creía que con ciento cincuenta tendría de sobra.

—Perfecto —asintió el señor Tibbett—. Solo necesitaré que su padre venga aquí en persona para retirar los fondos.

Ellie se quedó sin aire.

—¿Cómo dice?

—En Tibbett & Hurley, nos congratulamos de ser muy escrupulosos. No puedo entregarle el dinero a nadie más. Solo a su padre.

—Pero si llevo años haciendo negocios con usted —protestó Ellie—. ¡Mi nombre aparece en la cuenta como coinversora!

—Eso es, coinversora. Su padre es el titular.

La joven tragó saliva con fuerza.

—Mi padre es un ermitaño. Ya lo sabe. Nunca sale de casa. ¿Cómo voy a hacerlo venir?

El señor Tibbett se encogió de hombros.

—Estaré encantado de visitarlo en persona.

—No, imposible —dijo Ellie, consciente de que le empezaba a temblar la voz—. Se pone muy nervioso con los extraños. Muy nervioso. El corazón, ya sabe. No podría arriesgarme.

—Entonces, necesitaré instrucciones por escrito con su firma.

Ellie respiró tranquila. Podía falsificar la firma de su padre hasta dormida.

—Y que otro ciudadano responsable sea testigo de la operación. —El señor Tibbett entrecerró los ojos—. Usted no sirve como testigo.

—Está bien, ya encontraré...

—Conozco al juez de Bellfield. Quizá pueda proponerle que actúe de testigo.

A Ellie se le paró el corazón. Ella también conocía al juez y sabía que sería imposible conseguir que firmara ese documento a menos que hubiera visto cómo su padre lo escribía.

—Muy bien, señor Tibbett —dijo con la voz algo ahogada—. Veré qué puedo hacer.

Salió de la oficina y se tapó la cara con un pañuelo para ocultar las lágrimas de frustración. Se sentía como un animal acorralado. No podría sacar el dinero, y Victoria todavía tardaría varios meses en regresar del continente. Suponía que podría pedir ayuda al suegro de Victoria, el marqués de Castleford, pero no estaba segura de si se alegraría más de su presencia que la señora Foxglove. El marqués no aprobaba a Victoria, y Ellie se imaginaba qué sentiría hacia su hermana.

Caminó sin rumbo por Faversham mientras intentaba poner en orden sus pensamientos. Siempre se había considerado una mujer práctica, una mujer que podía confiar en su cerebro ágil y su gran ingenio. Nunca había soñado verse en una situación de la que no pudiera salir con su labia.

Y ahora estaba en Faversham, a veinte kilómetros de una casa a la que ni siquiera quería volver. Sin más opciones que...

Ellie sacudió la cabeza. No iba a plantearse aceptar la oferta del conde de Billington. Recordó la cara de Sally Foxglove. Y luego esa misma horrible cara empezó a hablar de chimeneas y solteras que deberían entrar y mostrarse agradecidas por esto y lo otro. La opción del conde parecía mejor a cada segundo.

Aunque tenía que reconocer que nunca le había parecido mal, si tomaba la palabra «parecer» en su sentido literal. Era muy apuesto y Ellie tenía la sensación de que él lo sabía. Razonó y se dijo que aquello le restaba puntos. Seguramente, sería un engreído. Puede que tuviera muchas amantes. Imaginaba que al conde no le costaba nada ganarse las atenciones de todo tipo de mujeres, las respetables y las otras.

—¡Ja! —exclamó en voz alta, y luego miró a su alrededor por si alguien la había oído. Seguro que el condenado tenía que quitárselas de encima con un palo. No quería tener a un marido con ese tipo de *problemas*.

Aunque no era como si estuviera enamorada de él. Quizá podría acostumbrarse a la idea de un marido infiel. Iba en contra de todo en lo que ella creía, pero la alternativa era pasarse la vida con Sally Foxglove, algo demasiado aterrador para planteárselo.

Se quedó pensando mientras golpeaba el suelo con los dedos de los pies. Wycombe Abbey no estaba tan lejos. Si no recordaba mal, estaba situada al norte de la costa de Kent, a uno o dos kilómetros de allí. Podría ir a pie. No iba a aceptar la propuesta del conde de entrada, pero quizá podrían hablarlo un poco más. Quizá podrían llegar a un acuerdo que satisfaciera a ambos.

Una vez tomada la decisión, Ellie levantó la barbilla y empezó a caminar hacia el norte. Intentó entretenerse calculando cuántos pasos había hasta el siguiente punto de referencia. Cincuenta pasos hasta el árbol grande. Setenta y dos hasta la casa abandonada. Cuarenta hasta...

¡Maldición! ¿Había sido una gota? Ellie se secó el agua de la nariz y miró hacia arriba. El cielo se estaba tapando y, si no fuera una mujer tan práctica, juraría que las nubes se estaban acumulando justo encima de su cabeza.

Emitió un sonido que solo podría definirse como un gruñido y siguió caminando mientras intentaba no maldecir cuando le cayó otra gota en la mejilla. Luego otra le mojó el hombro, y luego otra, y otra...

Ellie alzó el puño hacia el cielo.

—¡Alguien de allí arriba está muy enfadado conmigo! —gritó—. ¡Y quiero saber por qué!

El cielo desató su furia y, a los pocos segundos, ya estaba calada hasta los huesos.

—Recuérdame que nunca más vuelva a cuestionar tus propósitos, Señor —murmuró algo enfadada, lejos de la joven temerosa de Dios que su padre siempre había querido que fuera—. Está claro que no te gusta que dude de tus decisiones.

Cayó un relámpago y, segundos después, oyó el estruendo de un trueno. Ellie dio un buen salto. ¿Qué le había dicho el marido de su hermana hacía tantos años? ¿Cuanto más seguidos van relámpago y trueno, más cerca está la tormenta? Robert siempre había tenido aptitudes científicas y, en esos asuntos, Ellie le creía.

Echó a correr. Pero después, cuando sus pulmones amenazaron con estallar, aminoró el ritmo hasta un pequeño trote. Sin embargo, después de uno o dos minutos, decidió caminar deprisa. Al fin y al cabo, no se iba a mojar más de lo que ya estaba.

Volvió a oír otro trueno y saltó, tropezó con la raíz de un árbol y cayó al barro.

—¡Maldición! —gruñó, en lo que suponía el primer uso de dicha palabra en toda su vida. Sin embargo, si había algún momento idóneo para empezar a maldecir, era ese.

Se levantó y miró hacia el cielo, con la lluvia mojándole la cara. El sombrero le cayó encima de los ojos y no la dejaba ver. Se lo quitó, miró hacia arriba y gritó:

—¡No me hace gracia!

Más relámpagos.

—Todos están en mi contra —murmuró mientras empezaba a sentirse algo irracional—. Todos. —Su padre, Sally Foxglove, el señor Tibbett, quienquiera que controlara el tiempo...

Más truenos.

Ellie apretó los dientes y siguió caminando. Al final, el viejo e imponente edificio de piedra apareció en el horizonte. Nunca había visto en persona Wycombe Abbey, pero sí un retrato a lápiz y tinta en venta en Bellfield. Se tranquilizó un poco, caminó hasta la puerta y llamó.

Un criado con librea abrió la puerta y la miró de forma extremadamente condescendiente.

—Ve... vengo a ver a... al conde —dijo Ellie, con los dientes repiqueteando de frío.

—A los criados los recibe el ama de llaves —respondió el mayordomo—. Vaya por la puerta de atrás.

Empezó a cerrar la puerta, pero la joven consiguió evitarlo metiendo el pie en el umbral.

—¡Nooo! —gritó, porque tenía la impresión de que, si le cerraban la puerta en la cara, acabaría condenada de por vida a gachas frías y chimeneas sucias.

—Señora, quite el pie.

—Ni muerta —respondió Ellie mientras apartaba la puerta con el codo y el hombro—. Veré al conde y...

—El conde no trata con las de su clase.

—¡¿Mi clase?! —exclamó ella. Aquello sobrepasaba lo intolerable. Tenía frío, estaba empapada, no podía sacar un dinero que era suyo y encima un presuntuoso mayordomo la llamaba «prostituta»—. ¡Déjeme entrar ahora mismo! Está diluviando.

—Ya lo veo.

—Desalmado —susurró ella—. Cuando vea al conde, le diré...

—Rosejack, ¿qué diablos es todo esto?

Ellie estuvo a punto de derretirse de alivio cuando oyó la voz de Billington. De hecho, lo habría hecho si no estuviera segura de que cualquier muestra de relajación por su parte acabaría con el mayordomo cerrándole la puerta en las narices y dejándola en la calle.

—Hay una criatura en la puerta —respondió Rosejack—. No quiere irse.

—Soy una mujer, ¡cretino! —Ellie se sirvió del puño que había conseguido deslizar al otro lado de la puerta para darle un golpe en la cabeza.

—¡Por el amor de Dios! —dijo Charles—. Abre la puerta y déjala pasar.

Rosejack abrió la puerta del todo y Ellie cayó al suelo sintiéndose como una rata mojada en medio de un entorno tan esplendoroso. Los suelos estaban cubiertos de preciosas alfombras, en la pared había un cuadro que habría jurado que era de Rembrandt y el jarrón que había tirado cuando se había caído..., bueno, tenía el presentimiento de que era importado de China.

Levantó la cabeza mientras intentaba apartarse los mechones mojados de la cara. Charles estaba muy guapo, parecía divertido y desagradablemente seco.

—¿Milord? —dijo ella, casi sin aliento y sin voz. No parecía ella, porque sus discusiones con Dios y el mayordomo le habían dejado una voz rasposa y ronca.

El conde parpadeó mientras la miraba.

—Disculpe, señora —dijo—. ¿Nos conocemos?

3

Ellie nunca había sido una muchacha de carácter fuerte. Sí hablaba mucho, como su padre solía decir, pero era una muchacha sensible y sensata que no gritaba ni se enrabietaba.

Sin embargo, ese aspecto de su personalidad no apareció en Wycombe Abbey.

—¡¿Qué?! —gritó mientras se levantaba—. ¡¿Cómo se atreve?! —exclamó mientras se abalanzaba sobre Billington, que empezó a retroceder muy despacio debido a la herida y al bastón—. ¡Será desalmado! —gritó, mientras lo empujaba y caía al suelo con él.

Charles gruñó.

—Si me ha empujado —dijo—, debe de ser la señorita Lyndon.

—¡Por supuesto que soy la señorita Lyndon! —gritó ella—. ¿Quién iba a ser, si no?

—Debo señalar que no parece usted.

Aquello provocó que Ellie hiciera una pausa. Estaba segura de que se parecía a una rata empapada, con la ropa llena de barro y el sombrero... Miró a su alrededor. ¿Dónde diablos estaba el sombrero?

—¿Ha perdido algo? —le preguntó Charles.

—Mi sombrero —respondió Ellie que, de repente, se sentía muy avergonzada.

Él sonrió.

—Me gusta más sin él. Me preguntaba de qué color sería su pelo.

—Es rojo —respondió ella, que se dijo que aquello tenía que ser la indignidad total. Odiaba su pelo; siempre lo había odiado.

Charles tosió para camuflar otra sonrisa. Ellie estaba rebozada de barro, hecha una furia y él no recordaba la última vez que se había divertido tanto. Bueno, sí que lo recordaba. El día anterior, para ser exactos, cuando había caído de un árbol y había tenido la buena suerte de aterrizar encima de ella.

Ellie alargó la mano para apartarse un mechón mojado y pegajoso de la cara, lo que provocó que el húmedo vestido se le pegara al cuerpo. La piel de Charles se encendió.

«Sí —pensó—. Sería una esposa perfecta».

—¿Milord? —preguntó el mayordomo mientras se agachaba para ayudar al conde a levantarse—. ¿Conocemos a esta persona?

—Me temo que sí —respondió Charles, lo que le valió una mirada mordaz de Ellie—. Por lo visto, la señorita Lyndon ha tenido un día complicado. Quizá podríamos ofrecerle un té y... —la miró con recelo— una toalla.

—Se lo agradecería —respondió Ellie con recato.

El conde la miró mientras se levantaba.

—Confío en que haya estado reconsiderando mi proposición.

Rosejack se detuvo en seco y se volvió.

—¡¿Proposición?! —exclamó.

Charles sonrió.

—Sí, Rosejack. Espero que la señorita Lyndon me conceda el honor de ser mi esposa.

El mayordomo palideció.

Ellie lo miró con una mueca.

—Me ha sorprendido la tormenta —dijo, aunque luego pensó que era más que obvio—. Suelo estar un poco más presentable.

—La ha sorprendido la tormenta —repitió Charles—. Y doy fe de que suele estar mucho más presentable. Te aseguro que será una excelente condesa.

—Todavía no he aceptado —murmuró Ellie.

Parecía que Rosejack fuera a desmayarse en cualquier momento.

—Aceptará —dijo Charles con una sonrisa cómplice.

—¿Cómo puede...?

—¿Por qué otro motivo habría venido, si no? —la interrumpió él. Se volvió hacia el mayordomo—. Rosejack, el té, por favor. Y no te olvides de la toalla. O mejor trae dos —bajó la mirada hasta los charcos que Ellie estaba dejando en el suelo de madera y volvió a mirar al criado—. Será mejor que traigas varias.

—No he venido a aceptar su proposición —dijo Ellie—. Solo quería comentar algunas cosas con usted. He...

—Claro, querida —murmuró Charles—. ¿Quiere seguirme hasta el salón? Le ofrecería el brazo, pero me temo que estos días no puedo ofrecer mucha estabilidad —señaló el bastón.

Ellie exhaló con frustración y lo siguió hasta un salón cercano. Estaba decorado en tonos crema y azul y ella no se atrevía a sentarse en ningún sitio.

—No creo que las toallas sean suficientes, milord —dijo. Ni siquiera se atrevía a pisar la alfombra. No con la cantidad de agua que goteaba del vestido.

Charles la observó con detenimiento.

—Creo que tiene razón. ¿Le gustaría cambiarse de ropa? Mi hermana está casada y ahora vive en Surrey, pero todavía tiene algunos vestidos aquí. Creo que le irán bien.

A Ellie no le gustaba la idea de ponerse ropa de otra persona sin pedirle permiso, pero la otra opción era caer enferma con fiebre. Se miró los dedos, que le temblaban de frío y humedad, y asintió con la cabeza.

Charles tocó la campana y enseguida llegó una doncella. El conde le dio instrucciones para que la acompañara hasta la habitación de su hermana. Ellie siguió a la muchacha con la sensación de que, sin saber cómo, había perdido un poco el control de su destino.

El conde se sentó en un cómodo sofá, soltó aire, relajado, y luego envió un silencioso agradecimiento al responsable de que Ellie se hubiera presentado en su puerta. Había empezado a temer que tendría que ir a Londres y casarse con una de esas terribles debutantes que su familia le seguía presentando.

Mientras esperaba el té y a la señorita Lyndon, silbó para sus adentros. ¿Por qué había venido? Todavía estaba algo borracho cuando le había hecho aquella extraña proposición el día anterior, pero no tanto como para no adivinar los sentimientos de Ellie.

Pensaba que lo rechazaría. Estaba casi seguro.

Era una muchacha sensible. A pesar del poco tiempo que hacía que la conocía, aquello era obvio. ¿Qué haría que se entregara en matrimonio a un hombre al que apenas conocía?

Algunos motivos eran obvios. Tenía dinero y un título y, si se casaba con él, ella también tendría dinero y un título. Pero Charles sospechaba que no aceptaría por eso. Había visto la mirada de desesperación en sus ojos cuando había...

Frunció el ceño y luego se rio mientras se levantaba para mirar por la ventana. La señorita Lyndon lo había atacado. En la entrada. No había otra palabra para definirlo.

Trajeron el té unos minutos después y Charles dijo a la doncella que lo dejara en la tetera para que siguiera infusionando. Le gustaba fuerte.

Al cabo de unos minutos más, oyó unos dubitativos golpes en la puerta. Se volvió, sorprendido, pues le había dicho a la muchacha que la dejara abierta.

Ellie estaba en el umbral, con la mano levantada para volver a llamar.

—Pensé que no me había oído —dijo.

—La puerta estaba abierta. No tenía que llamar.

Ella se encogió de hombros.

—No quería molestar.

Charles la invitó a pasar y la observó con detenimiento mientras cruzaba el salón. El vestido de su hermana le iba un poco largo, con lo que tenía que subirse la falda verde pálido para andar. Así fue como pudo ver que no llevaba zapatos. Era curioso comprobar cómo la visión de un pie podía hacer reaccionar a su entrepierna de esa forma...

Ellie vio que le estaba mirando los pies y se sonrojó.

—Su hermana tiene unos pies muy pequeños —dijo—, y mis zapatos están empapados.

Él parpadeó, como si estuviera perdido en sus pensamientos, sacudió ligeramente la cabeza y la miró a los ojos.

—No importa —dijo, y luego volvió a deslizar la mirada hasta sus pies.

Ellie se soltó la falda y se preguntó por qué demonios le miraba tanto los pies.

—El verde le queda muy bien —le dijo mientras se acercó cojeando a ella—. Debería llevarlo más a menudo.

—Todos mis vestidos son oscuros y prácticos —respondió ella, con una mezcla de sarcasmo y nostalgia en la voz.

—Una lástima. Tendré que comprarle vestidos nuevos cuando nos casemos.

—¡Un momento! —protestó Ellie—. No he aceptado su proposición. Solo he venido a... —Se interrumpió cuando se dio cuenta de que estaba gritando y continuó en un tono más relajado—. Solo he venido a hablarlo con usted.

Él sonrió muy despacio.

—¿Qué quiere saber?

Ellie suspiró mientras deseaba haber iniciado la conversación con un poco más de serenidad. Aunque, claro, tampoco habría servido de mucho, teniendo en cuenta la entrada que había protagonizado. El mayordomo jamás se lo perdonaría. Levantó la mirada y dijo:

—¿Le importa si me siento?

—Claro que no. ¡Qué maleducado! —señaló el sofá y ella se sentó—. ¿Quiere servir el té?

—Sí, me encantaría. —Ellie se acercó la bandeja y empezó a servir. Servir té a ese hombre en su propia casa parecía algo muy íntimo—. ¿Leche?

—Por favor. Sin azúcar.

Ella sonrió.

—Yo lo tomo igual.

Charles bebió un sorbo y la observó por encima del borde de la taza. Estaba nerviosa. No podía culparla. Era una situación muy extraña y tenía que admirarla por mostrar tanta fortaleza. La vio beberse el té y luego dijo:

—Por cierto, su pelo no es rojo.

Ellie se atragantó con la infusión.

—¿Cómo lo llaman? —se preguntó Charles, mientras levantaba las manos como si eso pudiera despertarle el cerebro—. ¡Ah, sí! Rubio fresa. Aunque el nombre me parece de lo más inapropiado.

—Es rojo —dijo Ellie sin rodeos.

—No, no lo es. Es...

—Rojo.

Él esbozó una perezosa sonrisa.

—Está bien, si insiste, es rojo.

La joven se quedó extrañamente decepcionada de que hubiera cedido. Siempre había querido que su pelo fuera de un color más exótico que simplemente rojo. Era un regalo inesperado de algún antepasado irlandés del que ya no se acordaban. Lo único bueno era que había sido una fuente de irritación constante para su padre, que tenía náuseas de pensar que podía haber un católico en algún rincón de su árbol genealógico.

A Ellie siempre le había gustado pensar que había algún pícaro católico en la familia. Siempre le había gustado la idea de algo extraordinario, algo que rompiera la monotonía de su rutinaria vida. Miró a Billington, que estaba sentado elegantemente en una silla delante de ella.

Decidió que ese hombre entraba en la categoría de algo extraordinario. Igual que la situación en la que la había puesto recientemente. Esbozó una débil sonrisa mientras pensaba que tendría que ser más fuerte. Tenía una cara muy hermosa y su encanto..., bueno, nadie discutía que no era letal. Sin embargo, tenía que llevar esa conversación como la mujer sensata que era.

Se aclaró la garganta.

—Creo que estábamos hablando de... —Frunció el ceño—. ¿De qué estábamos hablando?

—De su pelo —respondió él, arrastrando las palabras.

Ellie notó cómo se sonrojaba.

—Sí. Ya. Mmm...

Charles se apiadó de ella y dijo:

—Imagino que no querrá explicarme qué la ha hecho reconsiderar mi proposición.

Ella levantó la mirada de golpe.

—¿Qué le hace pensar que ha sido algo en concreto?

—Lleva la desesperación escrita en la mirada.

Ellie ni siquiera podía fingir sentirse ofendida por ese comentario porque sabía que era verdad.

—Mi padre volverá a casarse el mes que viene —dijo después de un largo suspiro—. Su prometida es una bruja.

Él apretó los labios.

—¿Tan mala es?

Ellie tenía la sensación de que Charles creía que exageraba.

—No bromeo. Ayer me dio dos listas. En la primera había todos los quehaceres de la casa que debo realizar, aparte de los que ya hago.

—¿Y qué? ¿La obligaba a limpiar la chimenea? —se burló él.

—¡Sí! —exclamó Ellie—. ¡Sí, y no era broma! Y encima tuvo la desfachatez de decirme que como demasiado cuando le dije que no cabría en la chimenea.

—A mí me parece que tiene la talla perfecta —murmuró Charles. Sin embargo, ella no lo oyó, aunque quizá era así mejor. No quería asustarla. No cuando estaba tan cerca de conseguir inscribir su nombre en el maldito certificado de matrimonio.

—¿Y la otra lista? —le preguntó.

—Posibles maridos —respondió ella con la voz asqueada.

—¿Aparecía yo?

—Le aseguro que no. Solo anotó nombres de hombres a los que cree que puedo aspirar.

—¡Pobre!

Ellie frunció el ceño.

—No tiene demasiada buena opinión de mí.

—Me estremezco al pensar quién estaba en la lista.

—Varios hombres de más de sesenta años, uno de menos de dieciséis y uno que es tonto.

Charles no pudo evitarlo. Se echó a reír.

—¡No me hace gracia! —exclamó Ellie—. Y ni siquiera he mencionado al que pegaba a su primera mujer.

Él se puso serio al instante.

—No se casará con alguien que le pegue.

Ellie se quedó boquiabierta. Parecía casi como si fuera suya. ¡Qué extraño!

—Le aseguro que no lo haré. Si me caso, escogeré con quién. Y me temo, milord, que, de todas mis opciones, usted parece el mejor partido.

—Me halaga —farfulló él.

—Pensaba que no tendría que casarme con usted.

Charles frunció el ceño porque creía que no tenía por qué estar tan resignada.

—Tengo dinero —continuó ella—. El suficiente para sobrevivir durante un tiempo. Al menos, hasta que mi hermana y su marido regresen de sus vacaciones.

—¿Que será...?

—Dentro de tres meses —respondió Ellie—. O quizá un poco más tarde. Su hijo tiene un pequeño problema respiratorio y el médico les ha dicho que un clima más cálido le iría bien.

—Espero que no sea nada grave.

—No —respondió Ellie, reforzando la respuesta con un movimiento de cabeza—. Es una de esas cosas que se superan. Pero me temo que sigo sin opciones.

—No la entiendo —dijo Charles.

—El abogado no quiere darme el dinero. —Ellie le relató los acontecimientos del día, aunque obvió su indigna discusión con el cielo. Ese hombre no tenía por qué saberlo todo de ella. Era mejor no decir nada que pudiera hacerlo creer que estaba trastornada.

Charles se quedó sentado sin decir nada y jugueteando con los dedos mientras la escuchaba.

—¿Qué es exactamente lo que quiere que haga por usted? —le preguntó cuando ella terminó.

—En un mundo ideal, me gustaría que fuera al despacho del abogado en mi nombre y le pidiera que le dejara sacar mi dinero —respondió ella—. Entonces, podría vivir tranquilamente en Londres y esperar a mi hermana.

—¿Y no casarse conmigo? —preguntó él, con una sonrisa cómplice.

—No va a pasar, ¿verdad?

Él sacudió la cabeza.

—Quizá podría casarme con usted, usted saca mi dinero y, una vez que se haya asegurado la herencia, podríamos obtener la anulación... —Intentó parecer convincente, pero sus palabras quedaron en el aire cuando vio que él sacudía la cabeza.

—Este planteamiento presenta dos problemas —dijo.

—¿Dos? —repitió ella. Quizá habría podido solucionar uno, pero ¿dos? Lo dudaba.

—El testamento de mi padre plantea en concreto la posibilidad de un matrimonio de conveniencia únicamente para conseguir la herencia. Si solicitara la anulación, lo perdería todo, y el dinero iría a parar a manos de mi primo.

A Ellie se le detuvo el corazón.

—Y, en segundo lugar —continuó él—, una anulación implicaría que no habríamos consumado el matrimonio.

Ellie tragó saliva.

—Yo no veo ningún problema en eso.

Él se inclinó hacia delante.

—¿De veras? —preguntó con ternura.

A ella no le gustaba el brinco que le había dado el corazón. El conde era demasiado atractivo para su bien..., demasiado atractivo para el bien de ella.

—Si nos casamos —dijo Ellie, ansiosa por cambiar de tema—, tendrá que sacar mi dinero por mí. ¿Puede hacerlo? Porque, si no, no me casaré con usted.

—Podré proporcionarle lo que quiera sin necesidad de ese dinero —dijo Charles.

—Pero es mío, y he trabajado muy duro. No pienso dejar que se pudra en las manos de Tibbett.

—Claro que no —farfulló el conde, como si estuviera haciendo un gran esfuerzo por no reír.

—Es por principios.

—Y lo que le importa son los principios, ¿verdad?

—Absolutamente —hizo una pausa—. Aunque está claro que los principios no dan de comer. Si no, no estaría aquí.

—Muy bien. Conseguiré su dinero. No será demasiado difícil.

—Para usted, quizá no —farfulló Ellie algo contrariada—. Pero yo ni siquiera he logrado que ese hombre admita que soy más inteligente que una oveja.

Charles se rio.

—No tema, señorita Lyndon. Yo no cometeré el mismo error.

—Y ese dinero será mío —insistió Ellie—. Sé que cuando nos casemos, todas mis propiedades, por escasas que sean, serán suyas, pero me gustaría disponer de una cuenta aparte a mi nombre.

—Hecho.

—¿Y se asegurará de que el banco sepa que seré la única que controle esos fondos?

—Si lo desea...

Ellie lo miró con suspicacia. Charles reconoció la mirada y dijo:

—Tengo dinero más que suficiente, siempre que nos casemos enseguida. No necesito el suyo.

Ella respiró tranquila.

—Perfecto. Me gusta invertir y no me gustaría tener que pedirle la firma cada vez que quiera hacer una transacción.

Charles se quedó boquiabierto.

—¿Invierte?

—Sí, y si me permite decirlo, se me da bastante bien. El año pasado, saqué grandes beneficios con el azúcar.

Él sonrió con incredulidad. Estaba seguro de que se llevarían de maravilla. Las horas junto a su nueva mujer serían más que placenteras y, por lo visto, sería capaz de entretenerse mientras él se ocupaba de sus asuntos en Londres. Lo último que necesitaba era atarse a una mujer que lloriqueara cada vez que la dejara sola.

Entrecerró los ojos.

—No es una de esas mujeres controladoras, ¿verdad?

—¿Qué quiere decir?

—Lo último que necesito es una mujer que quiera dirigirme la vida. Necesito una esposa, no una gobernanta.

—Es bastante exigente para alguien que solo tiene catorce días antes de perder su fortuna para siempre.

—El matrimonio es para toda la vida, Eleanor.

—Créame, lo sé.

—¿Y bien?

—No —respondió ella, casi poniendo los ojos en blanco—. No lo soy. Aunque eso no implica que no quiera dirigir mi propia vida, por supuesto.

—Por supuesto —asintió él.

—Pero no interferiré en la suya. Ni siquiera sabrá que existo.

—No sé por qué, lo dudo.

Ella lo miró con el ceño fruncido.

—Ya sabe a qué me refiero.

—Muy bien —dijo él—. Creo que hemos llegado a un acuerdo bastante justo. Me caso con usted, y usted consigue su dinero. Se casa conmigo, y yo consigo mi dinero.

Ellie parpadeó.

—No lo había visto así, pero sí, es el resumen del acuerdo.

—Perfecto. ¿Tenemos un trato?

Ella tragó saliva mientras intentaba ignorar la terrible sensación de que acababa de vender su alma al diablo. Como acababa de decir el conde, el matrimonio era para siempre, y ella apenas hacía dos días que lo conocía. Cerró los ojos un segundo y asintió.

—Excelente. —Charles se levantó sonriente y se apoyó en el brazo de la butaca mientras agarraba el bastón—. Tenemos que cerrarlo de una forma más festiva.

—¿Champán? —propuso Ellie, aunque enseguida quiso regañarse por ser tan atrevida. Siempre había querido saber qué sabor tenía.

—Buena idea —murmuró él mientras se acercaba al sofá donde estaba ella—. Estoy seguro de que debe de haber alguna botella en casa. Pero yo estaba pensando en algo un poco distinto.

—¿Distinto?

—Más íntimo.

Se le cortó la respiración.

Charles se sentó a su lado.

—Creo que un beso sería lo más apropiado.

—¡Oh! —dijo Ellie, muy rápido y en voz alta—. No es necesario. —Y, por si él no la había entendido, sacudió con fuerza la cabeza.

Él la agarró por la barbilla de forma ligera pero firme.

—*Au contraire*, esposa mía. Creo que es muy necesario.

—No soy su...

—Lo será.

Ellie no tenía réplica.

—Debería estar seguro de que encajamos, ¿no cree? —se le acercó un poco más.

—Seguro que encajamos. No tenemos que...

Charles redujo a la mitad la distancia que los separaba.

—¿Le han dicho alguna vez que habla mucho?

—¡Uy! Muchas veces —respondió ella, desesperada por hacer o decir lo que fuera con tal de evitar que la besara—. De hecho...

—Y en los momentos más inoportunos —sacudió la cabeza en un dulce gesto de reprimenda.

—Bueno, es que mi sentido de la oportunidad no es ideal. Mire...

—Cállese.

Y lo dijo con una autoridad tan dulce que ella se calló. O quizá fue por la ardiente mirada en sus ojos. Nadie había mirado nunca a Eleanor Lyndon con ardor. Aquello era más que sorprendente.

Charles pegó sus caderas a las de ella y todo el cuerpo de Ellie dio un brinco cuando le acarició el cuello.

—¡Oh, Dios mío! —susurró.

Él se rio.

—También habla mientras besa.

—¡Oh! —Ella levantó la cabeza algo nerviosa—. ¿No tengo que hacerlo?

Él se echó a reír con tanta fuerza que tuvo que separarse y sentarse.

—En realidad —dijo, en cuanto pudo—, me resulta de lo más atractivo. Siempre que sean cumplidos.

—¡Oh! —repitió ella.

—¿Volvemos a intentarlo? —le preguntó.

Ellie había usado todas las protestas con el primer beso. Además, ahora que lo había probado una vez, sentía un poco más de curiosidad. Asintió lentamente.

En los ojos de Charles se reflejó algo muy masculino y posesivo, y sus labios volvieron a rozarla. Fue tan tierno como el primero, pero mucho más apasionado. La lengua de Charles se acercó a sus labios hasta que ella los separó con un suspiro. Entonces él se adentró y exploró su boca con una tranquila confianza.

Ellie se dejó llevar por el momento y se apoyó en él. Era cálido y fuerte y había algo emocionante en cómo sus manos se agarraban a su espalda. Se sintió marcada y quemada, como si él le acabara de poner su sello.

La pasión de Charles aumentó... y la asustó. Ellie nunca había besado a un hombre, pero estaba segura de que él era un experto. No sabía qué hacer y él sabía demasiado y... se tensó porque, de repente, la situación la sobrepasó. Aquello no estaba bien. No lo conocía y...

El conde se separó porque percibió que ella no estaba a gusto.

—¿Se encuentra bien? —le susurró.

Ellie intentó recordar cómo respirar y, cuando por fin recuperó la voz, dijo:

—Ya lo ha hecho antes, ¿verdad? —Y entonces cerró los ojos un momento y farfulló—: ¿Qué estoy diciendo? Claro que sí.

Él asintió mientras su cuerpo se agitaba con una carcajada silenciosa.

—¿Supone algún problema?

—No estoy segura. Tengo la sensación de ser una especie de... —No pudo terminar.

—¿Una especie de qué?

—De premio.

—Bueno, le aseguro que lo es —respondió Charles, dejando claro con el tono de voz que su intención era halagarla.

Pero Ellie no lo interpretó de la misma forma. No le gustaba verse como un objeto que se ganaba, y particularmente no le gustaba el hecho de que Billington consiguiera marearla de tal forma que, cuando la besaba, perdía toda la capacidad de razonar. Se alejó de él y se sentó en la butaca que había ocupado él antes. Todavía conservaba el calor de su cuerpo y ella habría jurado que podía olerlo y...

Sacudió la cabeza. ¿Qué demonios le había hecho ese beso? Sus pensamientos iban de un lado a otro sin un rumbo concreto. No estaba segura de si se gustaba de aquella forma, alterada y estúpida. Se irguió y levantó la cabeza.

Charles arqueó las cejas.

—Presiento que tiene algo importante que decirme.

Ellie frunció el ceño. ¿Tan transparente era?

—Sí —dijo—. Acerca de ese beso...

—Estoy encantado de hablar de ese beso —dijo, y ella no estaba segura de si estaba riendo, sonriendo o...

Lo estaba haciendo otra vez. Volvía a perder los papeles. Aquello era peligroso.

—No puede volver a suceder —soltó de repente.

—¿En serio? —preguntó él, arrastrando las palabras.

—Si voy a casarme con usted...

—Ya ha aceptado —dijo él, con una voz que parecía muy peligrosa.

—Lo sé, y no soy de las que no mantiene su palabra. —Ellie tragó saliva y se dio cuenta de que era lo que estaba a punto de hacer—. Pero no puedo casarme con usted a menos que acordemos no... no...

—¿Consumar el matrimonio? —terminó él por ella como si nada.

—¡Sí! —dijo ella, con un suspiro de alivio—. Sí, exactamente.

—No puedo.

—No sería para siempre —añadió ella enseguida—. Solo hasta que me acostumbre a... al matrimonio.

—¿Al matrimonio o a mí?

—A ambos.

Charles se quedó callado un minuto.

—No pido tanto —dijo Ellie, al final, desesperada por romper el silencio—. No quiero una asignación desorbitada. No necesito joyas o vestidos...

—Necesita vestidos —la interrumpió él.

—Está bien —aceptó ella mientras pensaba que sería maravilloso ponerse algo que no fuera marrón—. Necesito vestidos, pero nada más.

Él la miró muy serio.

—Yo necesito más.

Ella tragó saliva.

—Y lo tendrá. Pero no enseguida.

Él juntó los dedos. Era un gesto que, en la mente de Ellie, ya se había convertido en algo propio y único de él.

—Está bien —asintió—. Acepto. Siempre que usted haga algo por mí a cambio.

—Cualquier cosa. Bueno, casi cualquier cosa.

—Imagino que tendrá pensado comunicarme cuándo estará lista para consumar el matrimonio.

—Eh... Sí —dijo Ellie. No lo había pensado. Era difícil pensar en algo cuando lo tenía sentado delante, mirándola fijamente.

—En primer lugar, debo insistir en que su participación en el acto matrimonial no queda excluida de forma irracional.

Ella entrecerró los ojos.

—¿Ha estudiado la ley? Porque todo esto suena muy legal.

—Un hombre de mi posición debe engendrar un heredero, señorita Lyndon. Sería una estupidez por mi parte seguir adelante con nuestro acuerdo sin su promesa de que nuestra abstinencia no será una situación permanente.

—Por supuesto —respondió ella, muy despacio, mientras intentaba ignorar la inesperada tristeza que se apoderó de su corazón. Pensaba que había despertado una mayor pasión en él. Debería haberlo sabido. Tenía otros motivos para besarla—. No... no le haré esperar una eternidad.

—Perfecto. Y ahora vayamos a la segunda parte de mis condiciones.

A Ellie no le gustó la mirada que vio en sus ojos.

Él se inclinó hacia delante.

—Me reservo el derecho de intentar convencerla de lo contrario.

—No le entiendo.

—¿No? Acérquese.

Ella sacudió la cabeza.

—No creo que sea una buena idea.

—Acérquese, Eleanor.

El hecho de que la llamara por el nombre de pila la sorprendió. No le había dado permiso para hacerlo y, sin embargo, había aceptado casarse con él, así que supuso que no podía ponerle peros.

—Eleanor —repitió él, que dejó entrever su impaciencia por su tardanza. Cuando ella siguió sin responder, alargó el brazo, la agarró de la mano, la obligó a rodear la mesita de caoba y la sentó en sus rodillas.

—Lord Billing...

Le tapó la boca con la mano mientras sus labios se pegaron a su oreja.

—Cuando he dicho que me reservaba el derecho de intentar convencerla de lo contrario —le susurró—, me refería a esto.

Volvió a besarla, y Ellie perdió totalmente la capacidad de pensar. De repente, él interrumpió el beso y la dejó temblando. Sonrió.

—¿Le parece justo?

—Yo... ¡Ah!

Parecía que él disfrutaba de su desconcierto.

—Es la única forma en que voy a aceptar su petición.

Ella asintió hipnotizada. Al fin y al cabo, ¿con qué frecuencia iba a querer besarla? Se levantó tambaleándose.

—Será mejor que me vaya a casa.

—Perfecto. —Charles miró por la ventana. Ya no llovía, pero había empezado a atardecer—. En cuanto a los demás pormenores de nuestro acuerdo, podemos ir solucionándolos sobre la marcha.

Ellie abrió la boca, sorprendida:

—¿Pormenores?

—Imaginé que una mujer de su sensibilidad querría estipular sus obligaciones.

—Supongo que usted también tendrá *obligaciones.*

Charles esbozó una media sonrisa sarcástica.

—Por supuesto.

—Muy bien.

La tomó del brazo y la acompañó hasta la puerta.

—Haré que un carruaje la lleve a casa y la vaya a recoger mañana.

—¿Mañana? —preguntó ella, casi sin aire.

—No tengo tiempo que perder.

—¿No necesitamos una licencia?

—Ya la tengo. Solo hay que escribir su nombre.

—¿Puede hacer eso? —preguntó ella—. ¿Es legal?

—Si conoces a las personas adecuadas, puedes hacer lo que quieras.

—Pero tendré que prepararme. Hacer el equipaje. —«Encontrar algo que ponerme», se dijo en silencio. No tenía nada adecuado para casarse con un conde.

—Está bien —dijo él, en tono algo seco—. Pasado mañana.

—Demasiado pronto. —Ellie colocó los brazos en jarra en un intento de mostrarse más firme.

Él se cruzó de brazos.

—Dentro de tres días, y es mi última oferta.

—Trato hecho, milord —dijo Ellie con una sonrisa. Se había pasado los últimos cinco años negociando de forma clandestina. Palabras como «última oferta» le resultaban familiares y cómodas. Mucho más que «matrimonio».

—De acuerdo, pero si tengo que esperarme tres días, tengo que pedirle algo a cambio.

Ella entrecerró los ojos.

—No es demasiado caballeroso cerrar un trato y luego seguir añadiendo condiciones.

—Creo que es exactamente lo que usted ha hecho con respecto a la consumación de nuestro matrimonio.

Ellie se sonrojó.

—De acuerdo. ¿Qué quiere?

—Es algo benigno, se lo prometo. Solo pido una tarde en su compañía. Al fin y al cabo, la estoy cortejando, ¿no es cierto?

—Supongo que podríamos llamarlo...

—Mañana —la interrumpió él—. La recogeré puntual a la una del mediodía.

Ellie asintió con la cabeza porque no confiaba en que pudiera hablar.

Al cabo de unos minutos, apareció un carruaje de dos caballos y Charles observó cómo la ayudaba un mozo a subir. Se apoyó en el bastón y dobló el tobillo. Sería mejor que la maldita lesión se curara pronto; tenía la sensación de que tendría que perseguir a su mujer por toda la casa.

Se quedó en la escalinata de la entrada unos minutos después de perder el carruaje de vista, observando cómo el sol se acercaba al horizonte y teñía el cielo.

«Su pelo», pensó de repente. El pelo de Eleanor era del mismo color del sol en su momento favorito del día.

Sintió cómo su corazón se llenaba de una inesperada alegría, y sonrió.

4

Cuando Ellie llegó a casa esa noche, estaba hecha un manojo de nervios. Una cosa era aceptar el alocado plan de casarse con Billington, y otra muy distinta era enfrentarse con tranquilidad a su severo y dominante padre e informarle de sus planes.

Por desgracia, la señora Foxglove había regresado, presumiblemente para explicar al reverendo la mala y desagradecida hija que tenía. Ellie esperó con paciencia durante la diatriba de la mujer hasta que esta dijo:

—Tu hija —y lo dijo señalándola con un seboso dedo— tendrá que cuidar sus modales. No sé cómo voy a poder vivir en paz con ella en mi casa, pero...

—No tendrá que hacerlo —la interrumpió Ellie.

La señora Foxglove volvió la cabeza y la miró con ira:

—¿Cómo dices?

—No tendrá que vivir conmigo —repitió la joven—. Me marcho pasado mañana.

—¿Y adónde piensas ir? —le preguntó el señor Lyndon.

—Me caso.

Con esa frase, se aseguró la atención de todos los presentes.

Ellie llenó el silencio y dijo:

—Dentro de tres días. Me caso dentro de tres días.

La señora Foxglove recuperó su habitual facilidad de palabra y dijo:

—No seas ridícula. Sé que no tienes ningún pretendiente.

Ellie esbozó una pequeña sonrisa.

—Me temo que está mal informada.

El señor Lyndon las interrumpió:

—¿Te importaría decirnos el nombre de tu pretendiente?

—Me sorprende que no os hayáis fijado en su carruaje cuando he llegado a casa. Es el conde de Billington.

—¿Billington? —repitió con incredulidad el reverendo.

—¡¿Billington?! —gritó la señora Foxglove, que obviamente no sabía si estar encantada por su próxima conexión con la aristocracia o furiosa con Ellie por haber conseguido ese partido ella sola.

—Billington —dijo la joven, con firmeza—. Creo que encajaremos muy bien. Ahora, si me disculpáis, tengo que ir a hacer la maleta.

Había recorrido medio camino hasta su habitación cuando oyó cómo su padre la llamaba. Cuando se volvió, vio que él apartaba la mano de la señora Foxglove y caminaba hacia ella.

—Eleanor —dijo. Estaba pálido y las arrugas de alrededor de los ojos estaban más pronunciadas que nunca.

—Dime, papá.

—Sé... Sé que con tu hermana cometí muchos errores. Sería... —Se interrumpió y se aclaró la garganta—. Sería un honor si me permitieras oficiar la ceremonia el jueves.

Ellie descubrió que estaba parpadeando para no llorar. Su padre estaba orgulloso de ella y la admisión y la petición que acababa de hacerle solo podían proceder del fondo de su corazón.

—No sé qué ha planeado el conde, pero sería un honor que oficiaras la ceremonia. —Tomó la mano de su padre—. Significaría mucho para mí.

El reverendo asintió y Ellie vio que estaba llorando. Impulsivamente, se puso de puntillas y le dio un beso en la mejilla. Hacía mucho tiempo que no lo hacía. Demasiado, pensó, mientras se comprometía a conseguir que, algún día, su matrimonio funcionara. Cuando tuviera su propia familia, sus hijos no tendrían miedo de explicar a su padre lo que sentían. Solo esperaba que Billington pensara igual.

Charles se dio cuenta de que había olvidado preguntar a Ellie su dirección, aunque no le costó demasiado encontrar la casa del vicario de Bellfield. Llamó a la puerta a la una en punto y lo sorprendió descubrir que no era Ellie quien le abría, ni su padre, sino una rellenita mujer de pelo oscuro que enseguida gritó:

—¡Usted debe de ser el cooonde!

—Imagino que sí.

—No tengo palabras para expresarle lo honrados y encantados que estamos de que se una a nuestra humilde familia.

Charles miró a su alrededor mientras se preguntaba si se había equivocado de casa. Era imposible que esa criatura estuviera relacionada con Ellie. La mujer lo agarró del brazo, pero al conde lo salvó un sonido que llegó del otro lado de la sala que solo podía describirse como un gruñido ahogado.

Ellie. ¡Gracias a Dios!

—Señora Foxglove —dijo ella, con la voz teñida de irritación. Cruzó la sala en un santiamén.

¡Ah! La señora Foxglove. Debía de ser la horrible prometida del reverendo.

—Aquí llega mi querida hija —dijo la mujer mientras se volvía hacia Ellie con los brazos abiertos.

La joven la esquivó con un ágil movimiento.

—La señora Foxglove es mi futura... *madrastra* —dijo ella, haciendo hincapié en la última palabra—. Pasa mucho tiempo en esta casa.

Charles contuvo una sonrisa porque pensaba que Ellie acabaría destrozándose los dientes por la presión si seguía lanzando aquellas miradas fulminantes a la señora Foxglove.

La mujer se volvió hacia él y dijo:

—La madre de mi querida Eleanor murió hace muchos años. Para mí es un placer ser como una madre para ella.

Charles miró a Ellie. Parecía a punto de estallar.

—El carruaje está esperando fuera —dijo—. He pensado que podríamos ir a hacer un pícnic en el prado. Quizá deberíamos...

—Tengo un retrato de mi madre —dijo Ellie, mirando a la señora Foxglove a pesar de que las palabras iban dirigidas a Charles—. Por si quiere saber cómo era.

—Me encantaría —respondió él—. Y luego quizá podríamos irnos.

—Tenéis que esperar al reverendo —dijo la señora Foxglove mientras Ellie cruzaba la sala y tomaba un pequeño retrato de una estantería—. Lamentará mucho no haberle conocido.

A Charles le sorprendió bastante que el señor Lyndon no estuviera. El Señor sabía que si él tuviera una hija que, de un día para otro, decidiera casarse, querría conocer al futuro marido.

El conde se permitió una pequeña sonrisa interna ante la idea de tener una hija. La paternidad le parecía algo muy lejano.

—Mi padre estará en casa cuando volvamos —dijo Ellie. Se volvió hacia Charles y añadió—: Está visitando a los feligreses. Suelen entretenerlo.

Parecía que la señora Foxglove quería decir algo, pero se calló cuando Ellie pasó por su lado con descaro con el retrato en la mano.

—Esta es mi madre —le dijo a Charles.

Él aceptó el retrato y admiró a la mujer de pelo oscuro.

—Era muy guapa —dijo con la voz relajada.

—Sí, mucho.

—Era muy morena.

—Sí, mi hermana Victoria es igual que ella. Esto —se tocó un mechón de pelo rojizo que se había escapado del moño— fue una sorpresa para todos.

Charles se inclinó para besarle la mano.

—Una sorpresa encantadora.

—Sí —dijo la señora Foxglove, que no le gustaba que la ignoraran—. Nunca hemos sabido qué hacer con el pelo de Eleanor.

—Yo sé exactamente qué hacer con él —susurró Charles, tan bajito que solo pudo oírlo Ellie, que se sonrojó.

Él sonrió y añadió:

—Será mejor que nos vayamos. Ha sido un placer, señora Foxglove.

—Pero si solo ha...

—¿Nos vamos, Eleanor? —la agarró de la mano y la hizo cruzar el umbral de la puerta. En cuanto estuvieron a una distancia prudente, Charles se rio y dijo—: Nos ha ido de poco. Pensaba que no nos dejaría ir nunca.

Ellie se volvió hacia él, con las manos apoyadas en la cadera y, enfadada, le dijo:

—¿Por qué ha hecho eso?

—¿Qué? ¿El comentario sobre su pelo? Porque me encanta bromear con usted. ¿La he avergonzado?

—Por supuesto que no. Aunque parezca increíble, en los tres días que hace que lo conozco, me he acostumbrado a sus descarados comentarios.

—Entonces, ¿cuál es el problema?

—Me ha hecho sonrojar —respondió ella.

—Creía que, como usted tan delicadamente ha dicho, se había acostumbrado a mis descarados comentarios.

—Sí, pero eso no significa que no me sonroje.

Charles parpadeó y miró a la izquierda de Ellie, como si allí hubiera un acompañante imaginario.

—¿Hablamos el mismo idioma? Juro que he perdido totalmente el hilo de la conversación.

—¿Ha oído lo que ha dicho sobre mi pelo? —preguntó Ellie—. «Nunca hemos sabido qué hacer», ha dicho. Como si hiciera años que formara parte de mi vida. Como si la dejara formar parte de ella.

—¿Y? —preguntó Charles.

—Quería atravesarla con la mirada, arrancarle la piel con una mueca, descuartizarla con... ¿Qué está haciendo?

De no ser porque se estaba desternillando de risa, el conde le habría respondido.

—Sonrojarme ha arruinado el efecto —dijo ella entre dientes—. ¿Cómo iba a dejarla en ridículo cuando tenía las mejillas del color de las amapolas? Ahora nunca sabrá lo furiosa que estoy con ella.

—Diría que sí que lo sabe —dijo Charles, casi sin aliento, mientras se reía del intento de Ellie de mostrarse indignada.

—No estoy segura de si me gusta que le quite hierro a mi deplorable situación.

—¿No está segura? A mí me parece bastante claro —alargó el brazo y le rozó la comisura de los labios con el dedo índice—. Es una mueca bastante reveladora.

Ellie no sabía qué decir, y odiaba no saber qué decir. Así que se cruzó de brazos e hizo un ruido parecido a:

—Mmmpuff...

Él soltó un dramático suspiro.

—¿Va a estar de mal humor toda la tarde? Porque, si es así, he traído el *Times* para el pícnic y puedo leerlo mientras mira el paisaje y medita sobre las cincuenta cosas distintas que le gustaría hacerle a su futura madrastra.

Ellie se quedó boquiabierta, pero enseguida reaccionó y respondió:

—Ya tengo, al menos, ochenta cosas en mente, y no me importa que lea, siempre que me deje las páginas financieras —esbozó una pequeña sonrisa.

Charles chasqueó la lengua mientras le ofrecía el brazo.

—De hecho, quería revisar algunas de mis inversiones, pero no me importaría compartirlo con usted.

Ellie pensó en lo cerca que tendrían que sentarse para poder leer la misma página del periódico en la manta de pícnic.

—Seguro que no —dijo entre dientes.

Aunque luego se sintió bastante estúpida, porque ese comentario implicaba que quería seducirla, y ella estaba bastante convencida de que, en la mente de Charles, las mujeres eran más o menos intercambiables. Sí, se iba a casar con ella, cierto, pero tenía la sospecha de que la había elegido porque le convenía. Al fin y al cabo, él mismo le había confesado que tenía dos semanas para encontrar esposa.

Parecía que le gustaba besarla, pero lo más probable es que le gustara besar a cualquier mujer, excepto a la señora Foxglove. Además, le había dejado muy claro el motivo principal por el cual quería consumar el matrimonio. ¿Cómo lo había dicho? Un hombre de su posición debe engendrar un heredero.

—Parece seria —dijo Charles, lo que provocó que ella lo mirara y parpadeara varias veces.

Ellie tosió y se llevó la mano instintivamente a la cabeza.

—¡Oh, no! —exclamó de repente—. Me he olvidado el sombrero.

—Da igual —dijo él.

—No puedo salir sin sombrero.

—No la verá nadie. Solo vamos al prado.

—Pero...

—Pero ¿qué?

Ella soltó el aire con irritación.

—Me saldrán pecas.

—No me importa —respondió él mientras se encogía de hombros.

—¡Pero a mí sí!

—No se preocupe. Estarán en su cara; no tendrá que verlas.

Ellie lo miró sin respiración, atónita ante su lógica.

—La pura realidad —continuó él— es que me gusta ver su pelo.

—Pero si es...

—Rojo —él terminó la frase por ella—. Lo sé. Me gustaría que dejara de persistir en describirlo de forma tan común cuando es mucho más que eso.

—Milord, solo es pelo.

—¿De veras? —murmuró él.

Ella puso los ojos en blanco y decidió que era hora de cambiar de tema. Podían hablar de algo que obedeciera las reglas de la lógica normales.

—¿Qué tal el tobillo? Veo que ya no va con bastón.

—Muy bien. Todavía me duele un poco, y a veces cojeo, pero no estoy mal para haberme caído de un árbol.

Ella apretó los labios en un gesto sarcástico.

—No debería subirse a los árboles con el estómago lleno de *whisky*.

—Ya habla como una esposa —murmuró Charles mientras la ayudaba a subir al carruaje.

—Una tiene que practicar, ¿no es cierto? —respondió ella, decidida a no cederle la última palabra, aunque su última frase no estuviera demasiado inspirada.

—Supongo —bajó la mirada, fingió comprobar el estado del tobillo y luego subió al carruaje—. No, parece que la herida no ha dejado ningún dolor permanente. Sin embargo —añadió con sarcasmo—, el resto del cuerpo está magullado por el altercado de ayer.

—¿Altercado? —Ellie abrió la boca en un gesto de sorpresa y preocupación—. ¿Qué pasó? ¿Está bien?

Él se encogió de hombros y suspiró con resignación mientras agitaba las riendas y ponía en marcha los caballos.

—Una loca pelirroja calada hasta los huesos me tiró al suelo.

—¡Oh! —Ella tragó saliva, algo incómoda, y miró hacia un lado, donde vio cómo el pueblo de Bellfield desfilaba ante sus ojos—. Discúlpeme. No era yo.

—¿De veras? Yo juraría que fue tal y como es.

—¿Cómo dice?

Él sonrió.

—¿Se ha fijado en que, cuando no sabe qué decir, siempre dice «¿Cómo dice?»?

Ellie se quedó inmóvil un segundo antes de decir:

—¿Cómo dice?

—No se suele quedar sin palabras, ¿verdad? —No le dio tiempo a responder y añadió—: Aturdirla es bastante divertido.

—No me está aturdiendo.

—¿No? —preguntó él entre dientes al tiempo que le acariciaba la comisura de los labios con el dedo—. Entonces, ¿por qué le tiemblan los labios como si se muriera de ganas de decir algo, pero no supiera cómo decirlo?

—Sé exactamente lo que quiero decir, serpiente endiablada.

—Retiro lo dicho —dijo él, con una sonrisa—. Es evidente que tiene un control absoluto de su extenso vocabulario.

—¿Por qué todo tiene que ser un juego para usted?

—¿Por qué no? —respondió él.

—Porque... Porque... —Las palabras de Ellie quedaron en el aire cuando se dio cuenta de que no tenía una respuesta.

—Porque ¿qué? —insistió él.

—Porque el matrimonio es algo serio —dijo ella de repente—. Muy serio.

La respuesta de él también fue ágil y en voz baja:

—Créame, nadie lo sabe mejor que yo. Si decidiera no casarse conmigo, me quedaría con un montón de piedras y sin un céntimo para mantener esta casa.

—Wycombe Abbey merece una mejor descripción que «montón de piedras» —dijo Ellie, de forma automática. Siempre había admirado la buena arquitectura, y Wycombe Abbey era uno de los edificios más bonitos de la zona.

Él le lanzó una mirada fulminante:

—Será, literalmente, un montón de piedras si no tengo el dinero para mantenerla.

Ellie tenía la sensación de que la estaba advirtiendo. No le haría ninguna gracia si ahora decidía no casarse con él. No dudaba que el conde podría hacerle la vida imposible si lo plantaba en el altar y sabía que el rencor bastaría para que se dedicara en cuerpo y alma a arruinarle la vida.

—No tiene de qué preocuparse —dijo ella en tono seco—. Nunca he faltado a mi palabra y no pretendo empezar a hacerlo ahora.

—Me tranquiliza, milady.

Ellie frunció el ceño. No parecía tranquilo. Parecía satisfecho consigo mismo. Estaba pensando por qué aquello la perturbaba tanto cuando él volvió a hablar:

—Debería saber algo sobre mí, Eleanor.

Ella se volvió hacia él con los ojos muy abiertos.

—Puede que me tome la vida como un juego, pero, cuando quiero, puedo llegar a ponerme muy serio.

—¿Cómo dice? —respondió ella, y enseguida se mordió la lengua por repetirse.

—Soy el peor enemigo.

Ella se separó un poco.

—¿Me está amenazando?

—¿A mi futura mujer? —respondió él de forma insulsa—. Claro que no.

—Creo que me está amenazando. Y creo que no me gusta.

—¿De veras? —preguntó él arrastrando las palabras—. ¿Eso piensa?

—Pienso —respondió ella— que lo prefería cuando estaba borracho.

Él se rio.

—Era más fácil de manejar. No le gusta no tener el control de la situación.

—¿Y a usted sí?

—En ese aspecto, somos iguales. Creo que encajaremos a la perfección como marido y mujer.

Ella lo miró con incredulidad.

—Eso o nos mataremos en el proceso.

—Es una posibilidad —dijo él mientras se frotaba la barbilla pensativo—. Esperemos que no desenterremos las hachas.

—¿De qué demonios habla?

Él sonrió muy despacio.

—Me consideran un buen tirador. ¿Y usted?

Ella se quedó boquiabierta. Estaba tan sorprendida que no pudo evitar decir:

—¿Cómo dice?

—Era una broma, Eleanor.

Ella cerró la boca.

—Por supuesto —dijo, con la voz algo tensa—. Ya lo sabía.

—Claro.

Ellie notó una presión en su interior, una extraña frustración por el hecho de que ese hombre pudiera dejarla sin habla más de una vez.

—Yo no soy demasiado buena tiradora —respondió ella con una tensa sonrisa en la cara—, pero soy un prodigio con los cuchillos.

Charles emitió un ruido ahogado y tuvo que taparse la boca con la mano.

—Y soy muy silenciosa al andar. —Ellie se inclinó hacia delante y la sonrisa fue adquiriendo picardía mientras volvía a recuperar el ingenio—. Será mejor que cierre la puerta de su habitación por la noche.

Él también se inclinó hacia delante, con los ojos brillantes.

—Pero, querida, mi único propósito en la vida es asegurarme de que su puerta esté abierta por la noche. Cada noche.

Ellie empezó a estar acalorada.

—Me prometió...

—Y usted me prometió —dijo, mientras se acercaba hasta que sus narices se rozaron— que me dejaría intentar seducirla cuando quisiera.

—¡Por el amor de san Pedro! —exclamó, con tanto desdén que Charles retrocedió confuso—. Es la colección de palabras más alocada que he oído en la vida.

Él parpadeó.

—¿Me está insultando?

—Bueno, le aseguro que no era un cumplido —respondió ella, en tono seco—. Dejarle que intente seducirme. ¡Por favor! Le prometí que podría intentarlo. Jamás dije que le dejaría hacer nada.

—Nunca he tenido tantos problemas para seducir a una mujer.

—Le creo.

—Y menos a una con la que he aceptado casarme.

—Tenía la impresión de que era la única que ostentaba ese dudoso honor.

—Mire, Eleanor —dijo él, con un toque de impaciencia en la voz—. Necesita este matrimonio tanto como yo. Y no intente decirme que no. Ya he conocido a la señora Foxglove. Sé lo que la está esperando en casa.

Ellie suspiró. El conde sabía el aprieto en el que estaba. La señora Foxglove y sus interminables críticas se habían encargado de ello.

—Además —añadió él algo irritado—, ¿qué quiere decir con que me cree cuando digo que nunca he tenido tantos problemas para seducir a una mujer?

Ella lo miró como si fuera estúpido.

—Exactamente eso. Que le creo. Debe saber que es un hombre muy apuesto.

Por lo visto, él no supo qué responder. A ella le encantó haberlo dejado sin palabras al menos una vez. Continuó:

—Y es bastante encantador.

Él sonrió.

—¿Eso cree?

—Demasiado encantador —añadió ella mientras entrecerraba los ojos—, lo que dificulta descubrir la diferencia entre sus cumplidos y sus adulaciones.

—Asuma que son todo cumplidos —respondió él agitando la mano en el aire—, y así los dos seremos más felices.

—Usted será más feliz —respondió ella.

—Y usted también. Confíe en mí.

—¿Confiar en usted? ¡Ja! Puede que eso le funcionara con sus estúpidas amiguitas de Londres, que solo se preocupan por el color de las cintas del pelo, pero yo estoy hecha de una pasta más fuerte y más inteligente.

—Lo sé —respondió él—. Por eso me caso con usted.

—¿Me está diciendo que he demostrado mi inteligencia superior con mi habilidad para resistirme a sus encantos? —Ellie empezó a reírse—. ¡Qué maravilla! La única mujer lo bastante inteligente para ser su condesa es la que puede ver a través de su capa superficial de donjuán.

—Algo así —murmuró Charles, que no le gustó cómo había tergiversado ella sus palabras, pero que era incapaz de volver a tergiversarlas a su favor.

Ellie se estaba riendo a carcajadas y a él no le hacía ninguna gracia.

—Basta —le dijo—. ¡Pare!

—No puedo —dijo ella mientras intentaba respirar—. Es que no puedo.

—Eleanor, se lo diré por última vez...

Ella se volvió para responderle y miró al camino antes de llegar a su cara.

—¡Por el amor de Dios! ¡Mire a la carretera!

—Ya miro la...

Lo que fuera a decir quedó en el aire cuando el carruaje atravesó una gran zanja, cayó de lado y lanzó a los dos pasajeros al suelo.

5

Charles gruñó cuando impactó con el suelo, sintiendo el golpe en cada hueso, cada músculo y cada pelo de su cuerpo.

Medio segundo después, Ellie cayó encima de él y pareció un saco de patatas con muy buena puntería.

Él cerró los ojos y se preguntó si algún día podría tener hijos, incluso si algún día querría intentarlo.

—¡Ay! —exclamó ella mientras se frotaba el hombro.

A él le habría gustado responder, a ser posible con algo sarcástico, pero no podía hablar. Le dolían tanto las costillas que estaba convencido de que se le romperían si intentaba decir algo. Después de lo que pareció una eternidad, ella rodó y se apartó, aunque antes su pequeño y puntiagudo codo localizó el tierno hueco que había debajo del riñón izquierdo.

—No puedo creer que no viera la zanja —dijo Ellie, con una mirada altanera, incluso sentada en el suelo.

Charles se planteó estrangularla. Se planteó ponerle un bozal. Incluso se planteó besarla para borrarle esa molesta expresión de la cara, pero, al final, se quedó en el suelo intentando recuperar la respiración.

—Incluso yo podría haber conducido el carruaje mejor que usted —continuó ella mientras se levantaba y se sacudía el polvo del vestido—. Espero que no haya roto la rueda. Repararlas es muy caro y quien se encarga de ello en Bellfield se pasa más horas borracho que sobrio. Podría ir hasta Faversham, claro, pero no se lo recomiendo...

Charles emitió un gruñido agonizante a pesar de que no sabía qué le dolía más: las costillas, la cabeza o el sermón de Ellie.

Ella se agachó a su lado, con la preocupación reflejada en la cara.

—No está herido, ¿verdad?

Él consiguió separar los labios y enseñar los dientes, aunque solo el más optimista del mundo hubiera descrito aquello como una sonrisa.

—Estoy mejor que nunca —dijo con voz ronca.

—¡Está herido! —exclamó Ellie.

—No demasiado —consiguió decir él—. Solo las costillas, la espalda y el... —empezó a toser.

—¡Madre mía! —dijo ella—. Lo siento mucho. ¿Le he cortado la respiración cuando he caído encima de usted?

—Me la ha cortado hasta dentro de unos años.

Ellie frunció el ceño mientras le tocaba la frente con la mano.

—Su voz no pinta nada bien. ¿Tiene fiebre?

—¡Por Dios, Eleanor! No tengo fiebre.

Ella apartó la mano y murmuró:

—Al menos, no ha perdido su amplio y variado vocabulario.

Con la voz emergiendo en forma de doloroso suspiro, Charles dijo:

—¿Por qué siempre que estoy cerca de usted acabo lesionado?

—¡Cuidado con lo que dice! —exclamó Ellie—. No ha sido culpa mía. Yo no conducía. Y le aseguro que no tuve nada que ver con que se cayera de un árbol.

Charles no se molestó en responder. El único sonido que emitió fue un gemido cuando intentó incorporarse.

—Al menos, deje que le mire las heridas —dijo ella.

Él le lanzó una mirada de reojo que olía a sarcasmo.

—¡Perfecto! —gritó ella, al tiempo que se levantaba y agitaba los brazos en el aire—. Cuídese usted mismo, entonces. Espero que la vuelta a casa sea maravillosa. ¿Qué son? ¿Diez, quince kilómetros?

Él se acarició la cabeza, que empezaba a latirle con fuerza.

—Seguro que lo disfruta mucho —continuó ella—. Sobre todo con ese tobillo.

Charles se apretó las sienes con más fuerza, con la esperanza de que la presión mitigaría el dolor.

—Creo que tiene una vena vengativa de un kilómetro de ancha —murmuró él.

—Soy la persona menos vengativa del mundo —dijo ella mientras se sorbía la nariz—. Y, si no está de acuerdo, entonces quizá no debería casarse conmigo.

—Se casará conmigo —gruñó él—, aunque tenga que arrastrarla hasta el altar atada y amordazada.

Ellie sonrió con sarcasmo.

—Podría intentarlo —se burló—, pero en su condición no podría arrastrar ni a una pulga.

—Y dice que no es vengativa.

—Por lo visto, empieza a gustarme.

Charles se sujetó la parte posterior de la cabeza, porque notaba como si alguien le estuviera clavando agujas largas y oxidadas. Hizo una mueca de dolor y dijo:

—No diga nada. Ni una palabra más. Ni una... —gritó cuando sintió otra punzada de dolor— maldita palabra más.

Ellie, que ni siquiera sabía que Charles tenía dolor de cabeza, interpretó que aquellas palabras significaban que él creía que era intrascendente, estúpida y molesta. Irguió la espalda, apretó los dientes y también los puños casi sin querer.

—No he hecho nada para merecer este trato —dijo con voz altanera. Y luego, con un sonoro «¡Uf!», se volvió y empezó a caminar hacia su casa.

Charles levantó la cabeza lo suficiente para verla alejarse, suspiró y se desmayó.

—Esa serpiente despiadada —murmuró Ellie para sí misma—. Si piensa que voy a casarme con él ahora... ¡Es peor que la señora Foxglove! —Arrugó la frente y se dijo que no era apropiado empezar a mentirse a los veintitrés años, así que añadió—: Bueno, casi.

Siguió caminando unos metros más y luego se agachó cuando algo brillante le llamó la atención. Parecía una especie de tornillo metálico. Lo recogió, lo sostuvo en la palma de la mano unos segundos y luego se lo guardó en el bolsillo. Un muchacho de la parroquia de su padre adoraba esas baratijas. Quizá podría dárselo el próximo día que fuera a misa.

Ellie suspiró. Tendría tiempo de sobra para darle el tornillo a Tommy Beechcombe. Por lo visto, seguiría en casa de su padre durante un tiempo. Quizá incluso podría empezar a practicar las técnicas de deshollinador esa misma tarde.

El conde de Billington había aportado cierta dosis de emoción a su vida, pero ahora estaba claro que no se llevarían tan bien. Sin embargo, se sentía algo culpable por dejarlo allí tendido en la cuneta del camino. No es que no se lo mereciera, pero Ellie siempre intentaba ser caritativa y...

Sacudió la cabeza y puso los ojos en blanco. Echar un vistazo no la mataría. Solo para comprobar que estaba bien.

Se volvió, pero vio que había bajado una pequeña colina y que no podía verlo. Suspiró con fuerza y regresó sobre sus pasos.

—Esto no significa que te preocupes por él —se dijo—. Solo significa que eres una mujer buena e íntegra, una mujer que no abandona a nadie, por rudos y viles que sean... —Se permitió esbozar una pequeña sonrisa—. Y aunque sean incapaces de mirar por el bien de... ¡Dios mío!

Lo vio tirado donde lo había dejado, y parecía muerto.

—¡Charles! —gritó ella, mientras se levantaba la falda y echaba a correr hacia él. Tropezó con una roca, cayó a su lado y le golpeó el costado con una rodilla.

Él gruñó. Ellie soltó el aire que no sabía que había estado conteniendo. No había creído que estuviera muerto, pero es que estaba tan quieto...

—¿Dónde están las sales cuando una más las necesita? —murmuró. La señora Foxglove siempre agitaba pestilentes pociones a la mínima provocación—. No, no tengo sales —le dijo al inconsciente conde—. Nunca nadie se me había desmayado.

Miró a su alrededor, buscando algo para reanimarlo, y vio una pequeña petaca que debía de haberse caído del carruaje. La recogió, desenroscó el tapón y olió el contenido.

—¡Madre mía! —dijo mientras alejaba la petaca y agitaba la mano delante de la nariz. El aire se llenó del intenso aroma del *whisky*. Ellie se preguntó si todavía sería del día que se había caído del árbol. Hoy no había bebido, estaba segura. Lo habría notado y, además, no le parecía de los que abusaban del alcohol de forma regular.

Bajó la mirada hasta el hombre con el que estaba pensando casarse. Incluso inconsciente, tenía un aire de poder decidido. No, no necesitaría el alcohol para aumentar su autoestima.

—Bueno —dijo ella en voz alta—, supongo que, al menos, puedo utilizarlo para despertarle —sujetó la petaca y se la colocó debajo de la nariz.

No obtuvo respuesta.

Ellie frunció el ceño y le apoyó la mano encima del corazón.

—Milord, no se ha muerto desde la última vez que ha gruñido, ¿verdad?

Como es lógico, él no respondió, pero ella notó cómo el corazón le latía rítmicamente debajo de la palma de la mano, lo que la tranquilizó mucho.

—Charles —dijo, intentando ser fuerte—, le agradecería que se despertara de inmediato.

Cuando él no hizo ni un gesto, ella colocó los dedos índice y corazón en la boca de la petaca y se impregnó la piel de *whisky*. Se evaporó enseguida, de modo que repitió la operación, aunque esta vez sostuvo la petaca bocabajo más tiempo. Cuando creyó que tenía los dedos lo bastante mojados, se los colocó debajo de la nariz al conde.

—¡Aaah! ¡Ay! ¡Ooooh!

Charles dijo cosas sin sentido cuando despertó. Se levantó como una bala, parpadeando y sorprendido como si se hubiera despertado de golpe de una pesadilla.

Ellie se echó hacia atrás para evitar que la golpeara con los brazos, pero no fue lo bastante rápida, y Charles golpeó la petaca. Salió volando, sin dejar de escupir alcohol ni un segundo. Ellie saltó y esta vez sí que fue rápida. Todo el *whisky* se derramó sobre el conde, que seguía diciendo cosas incoherentes.

—¿Qué diablos me ha hecho? —le preguntó cuando recuperó el habla.

—¿Qué le he hecho?

Él tosió y arrugó la nariz.

—Huelo como un borracho.

—Huele como hace dos días.

—Hace dos días estaba...

—Era un borracho —lo interrumpió ella.

Él oscureció la mirada.

—Estaba borracho, no era un borracho. Hay una diferencia. Y usted... —La señaló con el dedo, pero hizo una mueca por el repentino movimiento y se sujetó la cabeza.

—¿Charles? —preguntó ella con cautela, olvidándose de que estaba enfadada con él por culparla de aquel estúpido incidente. Solo veía que le dolía. Y, a juzgar por su cara, le dolía mucho.

—¡Jesús! —maldijo él—. ¿Alguien me ha golpeado en la cabeza con un tronco?

—Yo he estado tentada —intentó bromear Ellie, con la esperanza de que la frivolidad lo hiciera olvidarse del dolor.

—No lo dudo. De haber nacido hombre, hubiera sido un comandante excelente.

—De haber nacido hombre, habría hecho muchas cosas —murmuró Ellie—, y casarme con usted no hubiera sido una de ellas.

—¡Qué suerte he tenido! —respondió Charles, todavía con una mueca de dolor—. Y usted también.

—Eso está por ver.

Se produjo un extraño silencio y Ellie, que creía que debía explicarle lo que había pasado mientras estaba inconsciente, dijo:

—Acerca del *whisky*..., supongo que tengo que disculparme, pero solo intentaba...

—¿Flamearme?

—No, aunque no es tan mala idea. Intentaba reanimarlo. Ha tirado la petaca cuando se ha levantado.

—¿Por qué parece que a mí me hayan dado una paliza y usted está completamente ilesa?

Ellie esbozó una media sonrisa sarcástica.

—Cualquiera diría que un caballero cortés como usted estaría encantado de que la dama no hubiera sufrido heridas.

—Soy muy cortés, milady. Pero también estoy confundido, ¡maldita sea!

—Es evidente que su cortesía no le impide maldecir en mi presencia. En cualquier caso —agitó la mano en el aire para quitarle hierro al asunto—, tiene suerte de que estas cosas nunca me hayan importado demasiado.

Charles cerró los ojos y se preguntó por qué Ellie necesitaba tantas palabras para decir lo que quería decir.

—Aterricé encima de usted cuando caímos del carruaje —le explicó al final—. Seguro que se ha hecho daño en la espalda cuando ha caído, pero cualquier dolor que sienta en... eh... la parte delantera seguramente es culpa... mía. —Parpadeó varias veces y luego se quedó callada y con las mejillas teñidas de manchas rosadas.

—Entiendo.

Ellie tragó saliva, incómoda.

—¿Quiere que le ayude a levantarse?

—Sí, gracias. —Charles aceptó su mano y se levantó, intentando ignorar los numerosos dolores que sentía con cada movimiento. Una vez derecho, apoyó las manos en las caderas e inclinó la cabeza hacia la izquierda. El cuello crujió y él intentó contener una carcajada cuando Ellie hizo un gesto de dolor.

—Eso no ha sonado demasiado bien —dijo ella.

Él no respondió. Se limitó a inclinar la cabeza hacia el otro lado mientras descubría una especie de perversa satisfacción en la segunda ronda de crujidos. Al cabo de unos instantes, se volvió hacia el carruaje y maldijo entre dientes. La rueda se había salido del eje y estaba aplastada debajo del vehículo.

Ellie siguió su mirada y dijo:

—Sí, he intentado decirle que la rueda estaba inservible, pero ahora me doy cuenta de que estaba demasiado dolorido para escucharme.

Mientras Charles se arrodillaba para inspeccionar los daños, ella lo sorprendió al añadir:

—Lamento mucho haberme marchado hace unos minutos. No me di cuenta de lo malherido que estaba. Si lo hubiera sabido, no lo habría hecho. En cualquier caso, no debería haberme ido. Ha estado muy mal por mi parte.

Charles se emocionó por aquellas sentidas palabras y lo impresionó su sentido del honor.

—Las disculpas no son necesarias —dijo con brusquedad—, pero las agradezco y las acepto.

Ellie inclinó la cabeza.

—No habíamos recorrido mucha distancia desde mi casa. Podríamos regresar con los caballos. Seguro que mi padre podrá encontrar un transporte para que vuelva a casa. O podemos buscar un mensajero que vaya a Wycombe Abbey y diga que envíen otro carruaje.

—Perfecto —murmuró él mientras miraba el carruaje con detenimiento.

—¿Sucede algo, milord? ¿Aparte del hecho de que hemos cruzado una zanja y nos hemos caído?

—Mire esto, Eleanor —alargó el brazo y tocó la rueda destrozada—. Se ha salido del eje.

—Supongo que habrá sido por el accidente.

Charles tamborileó los dedos contra el lateral del carruaje mientras pensaba.

—No, no debería haberse salido. Podría estar rota, por la caída, pero debería estar anclada al carruaje.

—¿Cree que la rueda se ha salido por otras causas?

—Sí —respondió, pensativo—. Sí.

—Pero sé que hemos cruzado esa enorme zanja. Lo he visto. Lo he notado.

—Seguramente, la zanja fue lo que provocó que la rueda, que ya debía de estar floja, se soltara.

Ellie se arrodilló y observó los daños.

—Creo que tiene razón, milord. Mire cómo ha quedado. Los rayos se han roto por el peso del carruaje, pero el cuerpo de la rueda está intacto. He estudiado muy poca física, pero creo que debería haberse partido por la mitad cuando nos hemos caído. Y... ¡Ah, mire! —Metió la mano en el bolsillo y sacó el tornillo.

—¿Dónde lo ha encontrado?

—En el camino. Más allá de la colina. Debió de soltarse de la rueda.

Charles se volvió hacia ella con un movimiento tan rápido que quedaron con las narices pegadas.

—Creo —dijo con ternura— que tiene razón.

Ellie separó los labios, sorprendida. Lo tenía tan cerca que su aliento le acariciaba la cara; tan cerca que podía sentir sus palabras, aparte de oírlas.

—Tendré que volver a besarte.

Ella intentó emitir un sonido que transmitiera..., bueno, no sabía qué quería transmitir exactamente, pero no importó porque sus cuerdas vocales se negaron a emitir ningún sonido. Se quedó allí sentada, inmóvil, mientras él inclinaba la cabeza con lentitud y le daba un beso en los labios.

—Precioso —murmuró él, y sus palabras penetraron en su boca.

—Milord...

—Charles —la corrigió él.

—Tenemos que... Quiero decir... —En ese punto, perdió el hilo de sus pensamientos. Es lo que le pasaba cuando la lengua de un hombre le acariciaba el labio inferior.

Él se rio y levantó la cabeza un centímetro.

—¿Qué decía?

Ellie no dijo nada, solo parpadeó.

—Entonces, debo asumir que solo quería pedirme que siguiera. —La sonrisa se volvió pícara antes de tomarle la barbilla y recorrerle la línea de la mandíbula con los labios.

—¡No! —exclamó Ellie, movida de repente por un mortificador sentido de la urgencia—. No es lo que quería decir.

—¿Ah, no? —bromeó él.

—Quería decir que estamos en mitad de un camino público y...

—Y teme por su reputación —concluyó él.

—Y por la suya, así que no intente hacerme quedar como una mojigata.

—No tengo ninguna intención de hacerlo, cariño.

Ellie retrocedió ante el cariñoso apelativo, perdió el equilibrio y acabó espatarrada en el suelo. Se mordió el labio para no decir algo de lo que después podría arrepentirse.

—¿Por qué no nos vamos a casa? —dijo como si nada.

—Una idea excelente —respondió Charles, mientras se levantaba y le ofrecía la mano. Ella la aceptó y dejó que la ayudara a levantarse, aunque sospechaba que ese gesto le dolía. Al fin y al cabo, todo hombre tiene su orgullo y Ellie sospechaba que el de los Wycombe superaba a la media.

Tardaron unos diez minutos en llegar a casa del vicario. Ellie se aseguró de que la conversación girara en torno a temas neutrales, como literatura, cocina francesa y, aunque hizo una mueca ante la banalidad del asunto cuando lo sacó a relucir, el tiempo. Charles parecía bastante contento durante la conversación, como si supiera exactamente lo que ella estaba haciendo. No, peor. La sonrisa sarcástica era un poco benevolente, como si la estuviera dejando hablar de truenos y cosas así.

A Ellie no le gustaba demasiado la mirada vanidosa de Charles, pero tenía que admitir que la impresionaba que pudiera mantener esa expresión mientras cojeaba, se frotaba la cabeza y, ocasionalmente, se agarraba las costillas.

Cuando vieron la casa, Ellie se volvió hacia él y dijo:

—Mi padre ya ha vuelto.

Él arqueó las cejas.

—¿Cómo lo sabes?

—La vela del despacho está encendida. Estará trabajando en su próximo sermón.

—¿Ya? Todavía faltan días para el domingo. Recuerdo que nuestro vicario se pasaba las noches de los sábados escribiendo el sermón. Solía venir a Wycombe Abbey en busca de inspiración.

—¿En serio? —preguntó Ellie con una sonrisa—. ¿Tan inspirador le resultaba? No tenía ni idea de que hubiera sido un niño tan angelical.

—Me temo que era todo lo contrario. Le gustaba estudiarme y luego escogía cuál de mis pecados serviría como tema principal del próximo sermón.

—¡Pobre! —respondió Ellie, reprimiendo una sonrisa—. ¿Cómo lo soportaba?

—Es peor de lo que cree. También era mi tutor de latín y me daba clases tres días a la semana. Decía que había venido a la tierra a torturarlo.

—Parece un comentario muy irreverente para un vicario.

Charles se encogió de hombros.

—También le gustaba mucho la bebida.

Ellie alargó el brazo para abrir la puerta, pero antes de que la mano agarrara el pomo, Charles la detuvo. Cuando ella lo miró, él dijo en voz baja:

—¿Puedo hablar con usted un segundo antes de conocer a su padre?

—Claro —respondió ella mientras se separaba de la puerta.

Charles tenía los músculos de la cara tensos cuando dijo:

—Sigue decidida a casarse conmigo pasado mañana, ¿verdad?

De repente, el mundo de Ellie empezó a dar vueltas. Charles, que se había mostrado tan firme respecto a que mantuviera su promesa, parecía que le estaba ofreciendo una vía de escape. Podía echarse a llorar, desdecirse de sus palabras...

—Eleanor —insistió él.

Ella tragó saliva y pensó en lo aburrida que era su vida. La idea de casarse con un extraño la aterraba, pero no tanto como una vida de aburrimiento. No, sería peor que eso. Una vida de aburrimiento llena de encontronazos con la señora Foxglove. Aunque el conde tuviera defectos, y Ellie sospechaba que tendría algunos, en el fondo sabía que no era un hombre débil o malo. Seguro que podría ser feliz a su lado.

Charles le acarició un hombro y ella asintió. Ellie habría jurado que vio cómo relajaba los hombros, pero, al cabo de unos instantes, recuperó la máscara del elegante y joven conde.

—¿Está listo para entrar? —le preguntó ella.

Él asintió, Ellie abrió la puerta y exclamó:

—¿Papá? —Al cabo de un instante de silencio, dijo—: Iré a buscarlo al despacho.

Charles esperó y, a los pocos segundos, Ellie regresó seguida por un hombre de aspecto severo y pelo canoso y fino.

—La señora Foxglove ha tenido que volver a su casa —dijo Ellie, dibujando una sonrisa secreta a Charles—, pero le presento a mi padre, el reverendo Lyndon. Papá, él es Charles Wycombe, el conde de Billington.

Los dos hombres se dieron la mano, en silencio, observándose mutuamente. Charles se dijo que el reverendo parecía demasiado rígido y severo para haber engendrado a una hija tan extrovertida como Eleanor. Pero, a juzgar por cómo lo miraba, vio que él tampoco estaba a la altura del yerno ideal.

Intercambiaron unas palabras educadas, se sentaron y, cuando Ellie se hubo ido a preparar un poco de té, el reverendo se volvió hacia Charles y dijo:

—La mayoría de los hombres aprobarían a su futuro yerno por el mero hecho de que fuera conde. Yo no soy de esos.

—Ya lo imaginaba, señor Lyndon. Está claro que a Eleanor la ha educado un hombre con una moral más severa. —Charles pretendía que aquellas palabras sirvieran para tranquilizar al reverendo, pero, después de pronunciarlas, se dio cuenta de que le habían salido del alma. Eleanor Lyndon nunca había dado señales de dejarse cegar por su título o su riqueza. De hecho, parecía mucho más interesada en sus trescientas libras que en la enorme fortuna de su futuro marido.

El reverendo se inclinó hacia delante y entrecerró los ojos como si quisiera saber hasta qué punto llegaba la sinceridad de las palabras del conde.

—No intentaré evitar el matrimonio —dijo muy despacio—. Ya lo intenté una vez, con mi hija mayor, y las consecuencias fueron desastrosas. Pero le diré una cosa: si maltrata a Eleanor de cualquier forma, lo perseguiré con todo el fuego infernal y el tormento que pueda reunir.

Charles no pudo evitar que sus labios dibujaran una respetuosa sonrisa. Suponía que el reverendo podía reunir bastante fuego infernal y tormento.

—Tiene mi palabra de que trataré a Eleanor como a una reina.

—Una cosa más.

—Diga.

El reverendo se aclaró la garganta.

—¿Le gusta beber?

Charles parpadeó, algo desconcertado por la pregunta.

—Me tomo una copa cuando la ocasión lo merece, pero no me paso el día y la noche bebiendo, si es lo que quiere saber.

—Entonces quizá pueda explicarme por qué apesta a *whisky*.

El conde reprimió la absurda necesidad de reírse y le explicó lo que había pasado esa tarde y cómo Ellie le había derramado, accidentalmente, todo el *whisky* por encima.

El señor Lyndon se reclinó en la silla, satisfecho. No sonrió, pero Charles dudaba que ese hombre sonriera a menudo.

—Perfecto —dijo el reverendo—, ahora que ya nos entendemos, permita que sea el primero en darle la bienvenida a la familia.

—Es un honor formar parte de ella.

El reverendo asintió.

—Si a usted le parece bien, quisiera oficiar la ceremonia.

—Por supuesto.

Ellie escogió ese momento para entrar en el salón con el servicio de té.

—Eleanor —dijo su padre—, he decidido que el conde será un buen marido para ti.

Ella soltó el aire que no sabía que había estado conteniendo. Tenía la aprobación de su padre, algo que significaba más de lo que se imaginaba hasta ese momento. Ahora solo tenía que casarse.

Casarse. Tragó saliva. Que Dios la ayudara.

6

Al día siguiente, un mensajero trajo un paquete para Ellie. Desató las cuerdas con curiosidad y se detuvo cuando un sobre cayó al suelo. Se agachó, lo recogió y lo abrió:

Querida Eleanor:

Le ruego que acepte este regalo como muestra de mi estima y afecto. Estaba tan guapa de verde el otro día... He pensado que quizá le gustaría ponérselo para la boda.

Sinceramente,
Billington

P.S. Por favor, no se cubra el pelo.

Ellie apenas pudo contener la emoción cuando sus dedos acariciaron el delicioso terciopelo. Apartó el papel y descubrió el vestido más bonito que había visto en su vida, y que nunca habría soñado que podría ponerse. Era de color verde esmeralda intenso y de corte sencillo, sin volantes ni adornos. Sabía que le iría como anillo al dedo.

Y, con un poco de suerte, el hombre que se lo había regalado también.

El día de la boda amaneció resplandeciente y despejado. Un carruaje vino a llevar a Ellie, a su padre y a la señora Foxglove hasta Wycombe Abbey, y Ellie se sintió realmente como una princesa de cuento. El vestido, el carruaje, el apuesto hombre que la esperaba al final del trayecto... Todo parecía el decorado perfecto para el cuento de hadas más glorioso.

La ceremonia iba a celebrarse en el salón formal de Wycombe Abbey. El reverendo Lyndon se colocó en su sitio frente a Charles y luego, para diversión de todo el mundo, soltó un grito de consternación y salió del salón.

—Tengo que entregar a la novia —dijo antes de salir.

Y las risas continuaron cuando, siguiendo el texto que tenía memorizado, dijo:

—¿Quién entrega a esta mujer? —y luego añadió—: En realidad, yo.

Sin embargo, esos momentos de ligereza no rebajaron el nerviosismo de Ellie, que notó cómo se tensaba todo su cuerpo cuando su padre la invitó a decir «Sí quiero».

Sin poder casi respirar, miró al hombre que iba a convertirse en su marido. ¿Qué estaba haciendo? Si apenas lo conocía...

Puso los ojos en su padre, que la estaba mirando con una nostalgia impropia de él.

Se volvió hacia la señora Foxglove, que, por lo visto, había olvidado todos sus planes de utilizar a Ellie como deshollinadora y se había pasado todo el trayecto hablando de cómo ella siempre había sabido que su «querida Eleanor se casaría con un excelente partido» y de su «querido yerno, el conde».

—Sí quiero —dijo Ellie—. Sí que quiero.

A su lado, notó cómo Charles ahogaba una carcajada.

Y entonces, él le deslizó un impresionante anillo de oro en el dedo anular de la mano izquierda y Ellie se dio cuenta de que, ante los ojos de la Iglesia y de Inglaterra, ahora pertenecía al conde de Billington. Para siempre.

Para una mujer que siempre había presumido de su coraje, notó que las rodillas le temblaban de forma sospechosa.

El señor Lyndon terminó la ceremonia y Charles se inclinó para dar un dulce beso a Ellie en los labios. Para cualquier observador, no fue más que un casto beso, pero ella notó cómo la lengua de su flamante marido le rozaba la comisura de los labios. Agotada por aquella caricia secreta, apenas tuvo tiempo de recuperar la compostura cuando Charles la tomó del brazo y la guio hasta un grupo de personas que ella había imaginado que serían sus familiares.

—No he tenido tiempo de invitar a toda mi familia —le dijo—, pero quiero que conozcas a mis primas. Te presento a la señora de George Pallister, a la señorita Pallister y a la señorita Judith Pallister. —Se volvió hacia la señora y las dos muchachas y sonrió—. Helen, Claire, Judith, os presento a mi mujer, Eleanor, condesa de Billington.

—Encantada —dijo Ellie, que no estaba segura de si tenía que hacerles una reverencia, o si quizá se la tenían que hacer ellas, o si nadie tenía que hacer nada. De modo que esbozó su sonrisa más encantadora. Helen, una atractiva señora rubia de unos cuarenta años, también sonrió.

—Helen y sus hijas viven en Wycombe Abbey —dijo Charles—. Desde la muerte del señor Pallister.

—¿Ah, sí? —preguntó Ellie sorprendida. Se volvió hacia sus nuevas primas—. ¿Ah, sí?

—Sí —respondió Charles—, igual que mi tía soltera, Cordelia. No sé dónde estará.

—Es un poco excéntrica —añadió Helen. Claire, que debía de tener unos catorce o quince años, no dijo nada y estuvo todo el tiempo con expresión hosca.

—Estoy segura de que nos llevaremos de maravilla —dijo Ellie—. Siempre he querido vivir en una casa llena de gente. La mía ha estado bastante vacía desde que mi hermana se marchó.

—La hermana de Eleanor hace poco que se casó con el conde Macclesfield —explicó Charles.

—Sí, pero se marchó de casa mucho antes —dijo Ellie, algo nostálgica—. Hace ocho años que mi padre y yo vivimos solos.

—¡Yo también tengo una hermana! —exclamó Judith—. ¡Claire!

Ellie sonrió hacia la pequeña.

—Ya lo veo. ¿Y cuántos años tienes, Judith?

—Seis —respondió la niña, orgullosa, apartándose el pelo castaño de la cara—. Y mañana tendré doce.

Helen se rio.

—«Mañana» suele significar algún día en el futuro —dijo, mientras se inclinaba para besar a su hija en la mejilla—. Primero tiene que cumplir siete.

—¡Y luego doce!

Ellie se agachó.

—Todavía no, tesoro. Después ocho, y después nueve, y después...

—Diez, después once —la interrumpió orgullosa Judith—, ¡y después doce!

—Exacto —dijo Ellie.

—Puedo contar hasta sesenta y dos.

—¿De verdad? —preguntó Ellie con su mejor voz de «Estoy impresionada».

—Mmm... Mmm... Uno. Dos. Tres. Cuatro...

—¡Madre! —dijo Claire con un atribulado suspiro.

Helen tomó a Judith de la mano.

—Vamos, pequeña. Ya practicaremos los números otro día.

Judith puso los ojos en blanco antes de volverse hacia Charles y decir:

—Mamá dice que ya iba siendo hora de que te casaras.

—¡Judith! —exclamó Helen, ligeramente sonrosada.

—Lo dijiste. Y dijiste que tenía trago con demasiadas mujeres y que...

—¡Judith! —casi gritó Helen mientras agarraba a su hija de la mano—. No es el momento.

—No pasa nada —se apresuró a decir Ellie—. No lo ha hecho con maldad.

Parecía que Helen quisiera que la tierra se la tragara. Tiró a Judith del brazo y dijo:

—Creo que los recién casados querrán estar solos unos momentos. Acompañaré al resto al comedor para el desayuno nupcial.

Mientras Helen salía con todos los invitados, Ellie y Charles oyeron cómo Judith decía:

—Claire, ¿qué es una mujer fresca?

La respuesta de su hermana fue:

—Judith, no tienes remedio.

—¿Acaso tiene siempre frío? ¿Está en la heladera?

Ellie no sabía si reír o llorar.

—Lo siento —dijo Charles cuando se quedaron solos.

—No ha sido nada.

—Una novia no tendría que escuchar historias de los deslices de su nuevo marido el día de su boda.

Ella se encogió hombros.

—No es tan terrible si viene de la boca de una niña de seis años. Aunque imagino que quería decir que tenías *trato* con mujeres.

—Te aseguro que no tengo *trago* con nadie.

Ellie se rio.

Charles miró a la mujer que se había convertido en su esposa y sintió cómo, en su interior, florecía un inexplicable sentido de orgullo. Los acontecimientos de aquella mañana podrían haberla sobrepasado, pero se había comportado con gracia y dignidad. Había elegido bien.

—Me alegro de que no te hayas cubierto el pelo —le susurró él.

Se rio cuando ella se llevó una mano a la cabeza.

—No imagino por qué me pediste que no lo hiciera —dijo ella, algo nerviosa.

Él alargó la mano y acarició uno de los mechones que se había soltado del recogido y se le enroscaba en la base de la garganta.

—¿Ah, no?

Ella no respondió y el la agarró con fuerza por el hombro hasta que Ellie se balanceó hasta él, con los ojos brillando de deseo. Charles sintió una oleada de triunfalismo cuando se dio cuenta de que seducir a su mujer no iba a ser tan difícil como se había imaginado.

Tensó el cuerpo y se inclinó para besarla, para acariciarle el precioso pelo dorado rojizo con las manos y entonces...

Ella se separó.

Sin más.

Charles maldijo en voz baja.

—No es buena idea, milord —dijo ella, muy segura de sus palabras.

—Llámame Charles —respondió él.

—No cuando tienes ese aspecto.

—¿Qué aspecto?

—Así..., no sé. Imperioso. —Parpadeó—. En realidad, parece como si estuvieras dolorido.

—Es que lo estoy —admitió él.

Ella retrocedió.

—¡Oh! Lo siento mucho. ¿Todavía te duele el cuerpo por el accidente con el carruaje? ¿O es el tobillo? Me he fijado en que todavía cojeas un poco.

La miró mientras se preguntaba si realmente podía ser tan inocente.

—No es el tobillo, Eleanor.

—Si yo tengo que llamarte Charles, será mejor que me tú llames Ellie —dijo ella.

—Todavía no me has llamado Charles.

—Supongo que no. —Se aclaró la garganta mientras pensaba que aquella conversación bastaba como prueba de que no conocía lo suficiente a ese hombre para casarse con él—. Charles.

Él sonrió.

—Ellie. Me gusta. Te queda bien.

—Solo mi padre me llama Eleanor —frunció el ceño—. ¡Ah! Y la señora Foxglove, supongo.

—Entonces, nunca te llamaré Eleanor —prometió él con una sonrisa.

—Seguramente lo harás cuando te enfades conmigo —dijo ella.

—¿Por qué dices eso?

—Todo el mundo lo hace cuando se enfada conmigo.

—¿Por qué estás tan segura de que me enfadaré contigo?

Ella se rio.

—Milord, vamos a estar juntos toda la vida. Imagino que no pasará mucho antes de que haga algo que despierte tu ira, al menos una vez.

—Supongo que tendría que estar contento de haberme casado con una mujer realista.

—A largo plazo, somos las mejores —respondió ella con una amplia sonrisa—. Ya lo verás.

—No lo dudo.

Se produjo un momento de silencio y Ellie dijo:

—Deberíamos ir a desayunar.

—Supongo que sí —murmuró él mientras alargaba la mano para acariciarle la barbilla.

Ellie retrocedió.

—No lo intentes.

—¿El qué? Formaba parte de nuestro acuerdo, ¿no es así?

—Sí. —Ellie intentó escaparse—. Pero sabes perfectamente que no puedo pensar cuando haces eso. —Imaginó que debería haberse guardado esa información, pero ¿para qué si él lo sabía tan bien como ella?

Charles esbozó una sonrisa satisfecha.

—Esa es la idea, querida.

—Quizá para ti —respondió ella—, pero a mí me gustaría poder conocerte mejor antes de pasar a... eh... esa fase de la relación.

—Muy bien. ¿Qué quieres saber?

Ellie se quedó callada unos segundos porque no sabía qué responder. Al final, dijo:

—Cualquier cosa.

—¿Lo que sea?

—Lo que sea que te parezca que me servirá para conocer mejor al conde de Billington..., perdón, a Charles.

Él se quedó pensativo, luego sonrió y dijo:

—Escribo listas de forma compulsiva. ¿Te parece interesante?

Ellie no estaba segura de qué esperaba que le revelara, pero aquello no. ¿Escribía listas de forma compulsiva? Eso hablaba más de él que cualquier afición o pasatiempo.

—¿Sobre qué escribes listas? —le preguntó.

—De todo.

—¿Has escrito una lista sobre mí?

—Por supuesto.

Ellie esperó que dijera algo más y luego, impaciente, preguntó:

—¿Qué ponía?

Él se rio ante su curiosidad.

—Era una lista de motivos por los que creía que serías una buena esposa. Esas cosas.

—Ya. —Ellie quería preguntarle cuántos puntos tenía la lista, pero le pareció que podría ser de mala educación.

Él se inclinó hacia delante, con el diablo reflejado en sus ojos marrones.

—Había seis puntos.

Ella retrocedió.

—Estoy segura de que no te he preguntado por el número de puntos.

—Pero querías hacerlo.

Ella no dijo nada.

—Ahora —dijo Charles—, tienes que decirme algo sobre la señorita Eleanor Lyndon.

—Ya no soy la señorita Eleanor Lyndon —respondió ella con descaro.

Charles se rio ante su error.

—La condesa de Billington. ¿Cómo es?

—A veces, habla demasiado —dijo ella.

—Eso ya lo sé.

Ellie hizo una mueca.

—Está bien. —Se quedó pensativa un segundo—. Cuando hace buen tiempo, me gusta escoger un libro y leer al aire libre. No suelo volver a casa hasta el atardecer.

Charles alargó la mano y la tomó por el brazo.

—Está muy bien que un marido sepa eso —dijo con ternura—. Así, si alguna vez te pierdo, sabré dónde buscar.

Se dirigieron hacia el comedor, y él se inclinó y le dijo:

—Parece que el vestido te va como un guante. ¿Te gusta?

—Sí, mucho. Es el vestido más bonito que me he puesto en mi vida. Casi no ha hecho falta arreglarlo. ¿Cómo lo has conseguido en tan poco tiempo?

Él se encogió de hombros con toda tranquilidad.

—He pagado una cantidad obscena de dinero a una modista.

Antes de que Ellie pudiera responder, doblaron una esquina y entraron en el comedor. El pequeño grupo de invitados se puso de pie para recibir y vitorear al nuevo matrimonio.

El desayuno fue tranquilo, con la excepción de la presentación de la tía-abuela de Charles, Cordelia, que había estado ausente durante la ceremonia y gran parte del desayuno. Ellie no pudo evitar fijarse en la silla vacía y preguntarse si la tía de su marido tenía alguna objeción a la elección de Charles.

Él siguió la dirección de su mirada y le susurró:

—No te preocupes. Es una mujer excéntrica y le gusta seguir su propio ritmo. Estoy seguro de que aparecerá.

Ellie no lo creyó hasta que una anciana, con un vestido de hacía al menos veinte años, entró corriendo en el comedor al grito de:

—¡La cocina está ardiendo!

Ellie y su familia estaban levantados (de hecho, la señora Foxglove ya estaba en la puerta) cuando se dieron cuenta de que Charles y sus primas no se habían movido.

—¡Charles! —exclamó Ellie—. ¿No has oído lo que ha dicho? Tenemos que hacer algo.

—Siempre aparece diciendo que esto o aquello está ardiendo —respondió él—. Le gusta poner un toque de dramatismo.

Cordelia se acercó a Ellie.

—Tú debes de ser la novia —dijo la mujer, directamente.

—Eh... Sí.

—Bien. Hacía tiempo que necesitábamos una. —Y se marchó, dejando a Ellie boquiabierta.

Charles le dio una palmadita en la espalda.

—¿Lo ves? Le has caído bien.

Ellie volvió a sentarse mientras se preguntaba si todas las familias aristócratas tenían a una tía soltera loca escondida en el desván.

—¿Hay algún otro familiar que quieras presentarme? —le preguntó con voz débil.

—Solo mi primo Cecil —respondió Charles, que estaba haciendo un gran esfuerzo por no reírse—. Pero no vive aquí. Además, es un sapo adulador.

—Un sapo en la familia —murmuró Ellie, con una delicada sonrisa—. ¡Qué curioso! Desconocía la rama anfibia en los Wycombe.

Charles se rio.

—Sí, somos unos excelentes nadadores.

Ahora Ellie sí que se rio abiertamente.

—Pues algún día tendrás que enseñarme. Nunca he aprendido.

Él le tomó la mano y se la acercó a los labios.

—Será un honor, milady. En cuanto empiece a hacer calor, iremos al estanque.

Y, ante los ojos de todos los presentes, parecían una pareja de jóvenes locamente enamorados.

Unas horas después, Charles estaba sentado en su despacho, con la silla reclinada hacia atrás y los pies apoyados encima de la mesa. Había intuido que Ellie querría estar un rato a solas para deshacer el equipaje y acostumbrarse a su nuevo hogar, de modo que había ido a su despacho intentando convencerse de que tenía muchos asuntos que resolver. Las responsabilidades derivadas de la administración de un condado, si se querían hacer de forma decente, conllevaban mucho tiempo. Podría avanzar algo de trabajo en el despacho y sacarse de encima algunos asuntos que había ido amontonando en la mesa durante esos últimos días. Se ocuparía de sus cosas mientras Ellie se ocupaba de las suyas y...

Soltó un sonoro suspiro mientras intentaba con todas sus fuerzas ignorar el hecho de que todo su cuerpo estaba tenso de deseo por su mujer.

Pero no lo consiguió.

Ciertamente, no esperaba desearla tanto. Sabía que se sentía atraído por ella; era uno de los motivos por los cuales le había pedido que se casara con él. Siempre se había considerado un hombre sensato y casarse con una mujer que no le despertara ninguna emoción no tenía demasiado sentido.

Sin embargo, esas medias sonrisas de ella tenían algo que lo volvían loco, como si tuviera un secreto que no quisiera confesar. Y el pelo... Sabía que ella odiaba el color, pero él solo quería acariciarlo y...

Los pies le resbalaron de la mesa y la silla cayó al suelo con un golpe seco. ¿Hasta dónde le llegaría el pelo a su mujer? Parecía un dato que un marido debería conocer.

Se lo imaginó por las rodillas, agitándose de un lado a otro mientras caminaba. «Me parece que no», pensó. El sombrero que llevaba no era tan grande.

Luego se lo imaginó por la cintura, acariciándole el ombligo y ondulándose encima de la curva de la cadera. Sacudió la cabeza. No, aquello tampoco le convencía. Ellie, ¡Dios, cómo le gustaba ese nombre!, no parecía de las que tenían la paciencia suficiente como para cuidar un pelo tan largo.

Quizá le llegaba hasta la curva de los pechos. Se lo imaginaba recogido detrás de un hombro mientras una cascada de pelo rojizo dorado le cubría un pecho y el otro quedaba al descubierto...

Se golpeó la cabeza con el talón de la mano, como si así pudiera eliminar esa imagen de su cabeza. «¡Demonios!», pensó con irritación. No quería eliminarla. Quería enviarla volando por la sala y la ventana. Esa línea de pensamiento no contribuía a rebajar la tensión de su cuerpo.

Necesitaba pasar a la acción. Cuanto antes sedujera a Ellie y se la llevara a la cama, antes terminaría esa locura que le alteraba la sangre y antes podría volver a la rutina de su vida.

Sacó una hoja de papel y, en la parte superior, escribió:

PARA SEDUCIR A ELLIE

Utilizó las mayúsculas sin pensar, aunque luego decidió que debía de ser una señal de la urgencia con que necesitaba poseerla.

Tamborileó los dedos índice y corazón contra la sien mientras pensaba y, al final, escribió:

1. Flores. A todas las mujeres les gustan las flores.

2. Una clase de natación. Tendrá que quedarse con poca ropa. Objeción: hace frío y el tiempo seguirá así varios meses.
3. Vestidos. Le ha gustado el vestido verde y ha comentado que todos sus vestidos son oscuros y prácticos. Como condesa, necesitará ropa adecuada, así que este punto no supone ningún gasto adicional.
4. Halagar su visión para los negocios. Los halagos típicos seguramente no funcionen con ella.
5. Besarla.

De todos los puntos de la lista, Charles prefería la quinta opción, pero le preocupaba que besarla solo intensificara el estado de frustración que ya sentía. No estaba seguro de poder seducirla con solo un beso; seguramente necesitaría repetidos intentos durante varios días.

Y eso significaría varios días de una incómoda tensión para él. El último beso que le había dado lo había dejado hambriento de deseo y, varias horas después, todavía sentía el dolor de la necesidad insatisfecha.

Sin embargo, las otras opciones no eran viables en esos momentos. Era demasiado tarde para ir al invernadero a buscar un ramo de flores, y hacía demasiado frío para ir a nadar. Un vestuario completo requería un viaje a Londres y un halago hacia su visión por los negocios..., bueno, sería complicado antes de haber podido comprobarla, y Ellie era demasiado lista para no darse cuenta de cuándo un halago era falso.

«No —pensó con una sonrisa—. Tendrá que ser un beso».

7

Ellie miró su nueva habitación y se preguntó cómo demonios iba a poder hacer suyo ese espacio imposible. Todo en la habitación reflejaba fortuna. Fortuna antigua. Dudaba que hubiera algún mueble de menos de doscientos años. La habitación de la condesa estaba muy decorada y era pretenciosa, y Ellie se sentía tan en casa como en el castillo de Windsor.

Se acercó al baúl abierto y buscó algo que le sirviera para transformar la habitación en un espacio más familiar y cálido. Tocó el retrato de su madre. Eso sería un buen inicio. Cruzó la habitación hasta la cómoda y colocó el retrato, de espaldas a la ventana para que la luz natural no lo estropeara.

—Perfecto —dijo con ternura—. Aquí estarás muy bien. No te fijes en todas estas adustas ancianas que te observan. —Ellie miró las paredes, que estaban llenas de condesas anteriores, aunque ninguna parecía demasiado amable—. Vosotras desapareceréis mañana —murmuró, sin sentirse estúpida por estar hablando con las paredes—. Esta noche podré soportarlo.

Cruzó la habitación hasta el baúl para seguir buscando objetos familiares. Estaba rebuscando entre sus cosas cuando alguien llamó a la puerta.

Billington. Tenía que ser él. Su hermana le había dicho que los criados nunca llamaban a la puerta.

Ella tragó saliva y dijo:

—Adelante.

La puerta se abrió y apareció el que hacía menos de veinticuatro horas que era su marido. Iba vestido de forma informal, puesto que se había quitado la chaqueta y la corbata. Ellie no pudo apartar la mirada del pequeño trozo de piel que asomaba por encima del cuello de la camisa desabrochado.

—Buenas noches —dijo Charles.

Ellie lo miró a los ojos.

—Buenas noches. —Ya estaba; había sonado como si lo dijera alguien a quien la cercanía de Charles no lo alterara. Por desgracia, tenía la sensación de que él veía más allá de su alegre voz y su amplia sonrisa.

—¿Te estás instalando? ¿Todo bien? —preguntó él.

—Sí, muy bien. —Ella suspiró—. Bueno, de hecho, no tan bien.

Él arqueó una ceja.

—Esta habitación intimida —le explicó ella.

—La mía está al otro lado de esa puerta. Serás bienvenida a instalarte allí, si quieres.

Ella se quedó boquiabierta.

—¿Hay una puerta que conecta con tu habitación?

—¿No lo sabías?

—No, pensaba que... Bueno, en realidad no he pensado adónde llevaban todas estas puertas.

Charles cruzó la habitación y empezó a abrir puertas.

—Baño. Vestidor. Armario —se dirigió hacia la única puerta que había en la pared este de la habitación y la abrió—. Y, *voilà,* la habitación del conde.

Ellie contuvo la urgencia de soltar una risotada nerviosa.

—Imagino que muchos condes y condesas prefieren las habitaciones contiguas.

—En realidad, no tantos —dijo él—. Las relaciones entre mis antepasados eran tempestuosas. La mayoría de los condes y condesas de Billington se detestaban a muerte.

—¡Madre mía! —exclamó Ellie—. ¡Qué alentador!

—Y los que no... —Charles hizo una pausa para poner énfasis en sus palabras y esbozar una sonrisa salvaje—. Bueno, estaban tan perdidamente enamorados que tener habitaciones y camas separadas era algo impensable.

—Imagino que ninguno encontró el término medio, ¿verdad?

—Solo mis padres —respondió él mientras se encogía de hombros—. Mi madre tenía sus acuarelas, y mi padre, sus perros de caza. Y siempre tenían una palabra amable para el otro cuando sus caminos se cruzaban, que no era demasiado a menudo, claro.

—Claro —repitió Ellie.

—Obviamente, está claro que se encontraron como mínimo una vez —añadió Charles—. Mi existencia es la prueba irrefutable.

—¡Por todos los santos! Mira qué desgastado está el damasco —dijo ella en voz alta mientras se acercaba para tocar una otomana.

Charles sonrió ante el descarado cambio de tema.

Ellie avanzó y se asomó por la puerta. La habitación de Charles estaba decorada con menos pompa y opulencia que la suya y le gustaba mucho más.

—Tu decoración es muy bonita —dijo.

—La reformé hace varios años. Creo que la última vez que alguien hizo cambios en esta habitación fue mi bisabuelo. Tenía un gusto terrible.

Ellie se volvió hacia su habitación e hizo una mueca.

—Y su mujer también.

Charles se rio.

—Cambia y redecora lo que quieras.

—¿De veras?

—Claro. ¿No se supone que es lo que hacen las esposas?

—No lo sé. Es la primera vez que lo soy.

—Yo tampoco he tenido ninguna antes. —Alargó el brazo, la tomó de la mano y le acarició la sensible palma con los dedos—. Y me alegro de tenerla.

—Te alegras de haber podido conservar tu fortuna —respondió ella, que sentía la imperiosa necesidad de mantener cierta distancia entre los dos.

Él le soltó la mano.

—Tienes razón.

A Ellie la sorprendió que lo admitiera cuando se había estado esforzando tanto por seducirla. El materialismo y la avaricia no formaban parte de los temas de conversación más apropiados para seducir a una mujer.

—Aunque también estoy muy contento de tenerte —continuó él con una voz desenfadada.

Ellie no dijo nada, pero, al final, no pudo más y estalló:

—Esto es muy incómodo.

Charles se quedó inmóvil.

—¿El qué? —le preguntó con cautela.

—Esto. Apenas te conozco. No sé... No sé cómo comportarme en tu presencia.

Él sabía perfectamente cómo quería que se comportara, pero eso implicaba que Ellie se quitara toda la ropa y tenía la impresión de que a ella no le haría demasiada gracia.

—Cuando nos conocimos no parecías tener ningún problema siendo la muchacha rotunda y divertida que eres —dijo él—. Me resultó de lo más refrescante.

—Sí, pero ahora estamos casados y quieres...

—¿Seducirte? —dijo él.

Ella se sonrojó.

—¿Es necesario decirlo en voz alta?

—No creo que sea un secreto, Ellie.

—Ya lo sé, pero...

Él le acarició la barbilla.

—¿Qué ha sido de la explosiva mujer que me curó el tobillo, me magulló las costillas y no permitió ni una sola vez que dijera la última palabra?

—Esa mujer no estaba casada contigo —respondió Ellie—. No te pertenecía ante los ojos de Dios y de Inglaterra.

—¿Y ante tus ojos?

—Me pertenezco a mí misma.

—Preferiría pensar que nos pertenecemos el uno al otro —reflexionó él—. Que somos uno.

A Ellie le pareció una bonita forma de expresarlo, pero igualmente dijo:

—Eso no cambia el hecho de que, legalmente, puedes hacer lo que quieras conmigo.

—Pero he prometido que no lo haré. No sin tu permiso. —Cuando ella no respondió, él añadió—: Creía que eso serviría para que te relajaras en mi presencia. Para que fueras tú misma.

Ellie digirió esas palabras. Tenían sentido, pero no tenían en cuenta que su corazón latía tres veces más deprisa cada vez que él le rozaba la barbilla o le acariciaba el pelo. Podía intentar ignorar la atracción que sentía por él cuando hablaban; las conversaciones con él eran tan agradables que le parecía que estaba hablando con un viejo amigo. Sin embargo, a menudo se quedaban callados y lo veía mirarla como un gato hambriento, y las entrañas se le encogían y...

Sacudió la cabeza. Pensar en todo aquello no la estaba ayudando.

—¿Te pasa algo? —preguntó Charles.

—¡No! —respondió ella, con más ímpetu del que pretendía—. No —repitió, esta vez más tranquila—. Pero tengo que acabar de deshacer el equipaje, y estoy muy cansada, y estoy segura de que tú también.

—¿Qué quieres decir?

Lo tomó por el brazo y lo llevó hasta su habitación.

—Que ha sido un día muy largo, y que seguro que los dos necesitamos descansar. Buenas noches.

—Buenas... —Charles maldijo entre dientes. La muy descarada le había cerrado la puerta en las narices.

Y ni siquiera había tenido la oportunidad de besarla. Seguro que, en algún lugar, alguien se estaba riendo a carcajadas.

Charles bajó la mirada hasta su puño cerrado y se dijo que, al menos, se sentiría mucho mejor si pudiera encontrar a ese «alguien» y darle un buen puñetazo.

Al día siguiente, Ellie se despertó temprano, como solía hacer, se puso su mejor vestido, aunque sospechaba que era demasiado viejo para la condesa de Billington, y se dispuso a explorar su nueva casa.

Charles le había dicho que podía redecorar la casa. Estaba muy emocionada ante la idea. Le entusiasmaba planear proyectos y alcanzar metas. No quería reformar toda la casa, porque le gustaba la idea de que ese antiguo edificio reflejara los gustos de todas las generaciones de Wycombe. Sin embargo, sería bonito tener varias habitaciones que representaran el gusto de la actual generación.

«Eleanor Wycombe». Pronunció su nombre varias veces y, al final, decidió que podría acostumbrarse a él. La parte que le costaría más sería la de ser la condesa de Billington.

Bajó las escaleras, cruzó el salón y entró en varias salas. Encontró la biblioteca, y lanzó un suspiro de aprobación. Las paredes estaban forradas de libros desde el suelo hasta el techo, y los lomos de cuero brillaban bajo las primeras luces del día. Podría vivir noventa años y no haberlos leído todos.

Se acercó para leer algunos de los títulos. El primero fue *Infierno cristiano: el diablo, la tierra y la carne*. Ellie sonrió y decidió que su marido no era el responsable de aquella compra.

Vio una puerta abierta en la pared oeste de la biblioteca y se acercó para curiosear. Se asomó y se dio cuenta de que debía de haber descubierto el despacho de Charles. Estaba limpio y ordenado, excepto la mesa, que estaba tan atestada de cosas que demostraba que su marido acudía allí con frecuencia.

Como tuvo la sensación de ser un poco una intrusa, retrocedió y regresó al salón. Al final, encontró el comedor informal. Allí estaba Helen Pallister, sorbiendo un té y con una tostada con mermelada en la mano. Ellie no pudo evitar fijarse en que la tostada estaba quemada.

—¡Buenos días! —exclamó Helen mientras se ponía de pie—. Te has levantado muy temprano. Nunca había tenido el placer de tener compañía durante el desayuno. Nadie de esta casa madruga tanto como yo.

—¿Ni siquiera Judith?

Helen se rio.

—Judith solo se levanta pronto los días que no tiene clase. Los días como hoy, la institutriz casi tiene que echarle un cubo de agua fría en la cabeza para sacarla de la cama.

Ellie sonrió.

—Una muchacha lista. Yo también he intentado seguir durmiendo después del amanecer, pero nunca lo consigo.

—A mí me pasa lo mismo. Claire dice que soy una bárbara.

—Mi hermana me decía lo mismo.

—¿Charles está despierto? —preguntó Helen mientras alargaba la mano para tomar otra taza de té—. ¿Quieres?

—Por favor. Con leche y sin azúcar, gracias. —Ellie observó cómo Helen le servía el té y luego dijo—: Charles todavía está en la cama.

No estaba segura de si su nuevo marido había compartido con su prima la auténtica naturaleza de su matrimonio, pero ella no tenía la confianza suficiente para hacerlo. Ni creía que tuviera que hacerlo.

—¿Te apetece una tostada? —le preguntó Helen—. Tenemos dos mermeladas de cítricos distintas y tres de frutas dulces.

Ellie vio las migas oscuras que había en el plato de Helen.

—No, pero gracias.

Helen sujetó la tostada en el aire y dijo:

—No apetecen demasiado, ¿verdad?

—¿No podríamos enseñarle a la cocinera a preparar una tostada decente?

Helen suspiró.

—El desayuno lo prepara el ama de llaves. El cocinero francés insiste en que la comida de la mañana no es digna de él. Y me temo que la señora Stubbs es demasiado vieja y testaruda para cambiar ahora. Insiste en que prepara las tostadas a la perfección.

—Quizá es culpa del horno —sugirió Ellie—. ¿Lo ha revisado alguien?

—No tengo ni idea.

Con una oleada de determinación, Ellie echó la silla hacia atrás y se levantó.

—Vamos a echarle un vistazo.

Helen parpadeó varias veces antes de preguntar:

—¿Quieres revisar el horno? ¿Tú?

—Llevo toda la vida cocinando para mi padre —le explicó Ellie—. Sé un par de cosas sobre hornos y cocinas.

Helen se levantó, pero su expresión era indecisa.

—¿Seguro que quieres ir a la cocina? A la señora Stubbs no le hará ninguna gracia... Siempre dice que es antinatural que los nobles estén en el piso de abajo. Y *monsieur* Belmont se pone hecho una furia si sospecha que alguien ha tocado algo en su cocina.

Ellie la miró con amabilidad.

—Helen, creo que tenemos que recordar que es nuestra cocina, ¿no crees?

—Me parece que *monsieur* Belmont no compartirá ese criterio —respondió Helen, pero la siguió hasta el salón principal—. Es muy temperamental. Y la señora Stubbs también.

Ellie avanzó unos pasos más antes de darse cuenta de que no tenía ni idea de adónde iba. Se volvió hacia Helen y dijo:

—¿Podrías guiarme? Es difícil jugar a las cruzadas cuando uno no sabe dónde está Tierra Santa.

La mujer se rio y dijo:

—Sígueme.

Las dos avanzaron por un laberinto de pasillos y escaleras hasta que Ellie oyó el inequívoco ruido de la cocina al otro lado de la puerta que tenía delante.

—No sé tú, pero, en mi casa, la cocina estaba justo al lado del comedor. Y, si quieres mi opinión, era comodísimo.

—La cocina hace mucho ruido y desprende calor —explicó Helen—. Charles ha hecho lo que ha podido para mejorar la ventilación, pero sigue siendo asfixiante. Hace quinientos años, cuando construyeron Wycombe Abbey, el calor debía de ser insoportable. No culpo al primer conde por no querer recibir a sus invitados tan cerca de la cocina.

—Me lo imagino —murmuró Ellie, y entonces abrió la puerta y enseguida descubrió que el primer conde había sido muy inteligente. La cocina de Wycombe Abbey no tenía nada que ver con la pequeña cocina que ella había compartido con su padre y su hermana. Había innumerables cacharros colgados del techo y, en el centro de la cocina, había varias mesas de trabajo de madera, y contó hasta cuatro cocinas y tres hornos, incluyendo uno tipo colmena encastado dentro de una chimenea con el fuego abierto. A esa hora de la mañana no había mucha actividad, pero se preguntó cómo sería antes de una gran cena. Imaginó que sería un caos, con cada olla, sartén y utensilio en uso.

Había tres mujeres preparando comida en el extremo más lejano. Parecía que dos eran ayudantes de cocina, y estaban lavando y cortando carne. La otra mujer era un poco más mayor y tenía la cabeza dentro de un horno. Ellie supuso que sería la señora Stubbs.

Helen se aclaró la garganta y las dos muchachas se volvieron hacia ella. La señora Stubbs se levantó demasiado deprisa y se golpeó la cabeza con el extremo del horno. Lanzó un aullido de dolor, murmuró algo que Ellie estaba segura de que a su padre no le habría gustado y se incorporó.

—Buenos días, señora Stubbs —dijo Helen—. Me gustaría presentarle a la nueva condesa.

La mujer hizo una reverencia, igual que las dos ayudantes.

—Milady —dijo.

—Seguro que querrá algo frío para el chichón —dijo Ellie enseguida, muy cómoda ahora que había conseguido algo que hacer. Avanzó hacia las muchachas—. ¿Alguna de vosotras sería tan amable de enseñarme dónde guardáis el hielo?

Las muchachas se quedaron inmóviles un segundo, hasta que una de ellas dijo:

—Iré a buscarlo y se lo traeré, milady.

Ellie se volvió hacia Helen con una sonrisa avergonzada.

—No estoy acostumbrada a que la gente me traiga las cosas.

Helen apretó los labios.

—Ya lo veo.

Ellie cruzó la cocina hasta donde estaba la señora Stubbs.

—Déjeme verlo.

—No, de verdad, no es nada —dijo rápidamente el ama de llaves—. No necesito...

Sin embargo, los dedos de Ellie ya habían encontrado el chichón. No era muy grande, pero seguro que le dolía.

—Claro que sí —dijo. Tomó un trapo que vio en una de las mesas, envolvió un trozo de hielo que una de las muchachas le estaba ofreciendo y lo apretó contra el chichón del ama de llaves.

La señora Stubbs se quejó y, entre dientes, dijo:

—Está muy frío.

—Claro —respondió Ellie—. Es hielo. —Se volvió hacia Helen con una expresión exasperada, pero su nueva prima se estaba tapando la boca con una mano y parecía que estaba haciendo un gran esfuerzo por no reírse. Ellie abrió los ojos como platos y movió la barbilla hacia delante, en una petición de colaboración silenciosa.

Helen asintió, respiró hondo un par de veces para calmar la risa y dijo:

—Señora Stubbs, lady Billington ha venido a la cocina a revisar los hornos.

El ama de llaves volvió la cabeza lentamente hacia Ellie.

—¿Cómo dice?

—Esta mañana, no he podido evitar fijarme en que las tostadas estaban un poco quemadas —dijo la joven.

—A la señora Pallister le gustan así.

Helen se aclaró la garganta y dijo:

—En realidad, señora Stubbs, prefiero las tostadas menos quemadas.

—¿Y por qué no lo ha dicho nunca?

—Lo hice. Y me dijo que, con independencia del tiempo que las tostara, salían así.

—Solo puedo concluir —intervino Ellie— que el horno está estropeado. Y como tengo mucha experiencia con cocinas y hornos, he pensado que quizá podría echarle un vistazo.

—¿Usted? —preguntó la señora Stubbs.

—¿Usted? —preguntó la ayudante de cocina número uno (como Ellie la llamaba mentalmente).

—¿Usted? —preguntó la ayudante de cocina número dos (por defecto, claro).

Las tres se quedaron atónitas. Ellie se dijo que el único motivo por el que Helen no estaba boquiabierta y había repetido la misma pregunta por cuarta vez era porque ya lo había hecho arriba, en el comedor.

Ellie frunció el ceño, apoyó las manos en las caderas y dijo:

—A diferencia de la opinión popular, es posible que, de vez en cuando, una condesa posea uno o dos talentos útiles. Incluso quizá alguna habilidad.

—Siempre me ha parecido que bordar era bastante útil —dijo Helen. Se volvió hacia el ennegrecido horno—. Y es una afición limpia.

Ellie le lanzó una mirada fulminante y, entre dientes, susurró:

—No me estás ayudando.

Helen se encogió de hombros, sonrió y dijo:

—Creo que deberíamos dejar que la condesa eche un vistazo al horno.

—Gracias —dijo Ellie, con lo que le pareció que fue una gran dosis de dignidad y paciencia. Se volvió hacia la señora Stubbs y preguntó—: ¿Qué horno utiliza para hacer las tostadas?

—Ese —respondió el ama de llaves mientras señalaba el más sucio de todos—. Los otros son del *franchuten*. No los tocaría ni aunque me pagasen.

—Son importados de Francia —explicó Helen.

—¡Ah! —dijo Ellie, que tenía la sensación de estar atrapada en un sueño muy extraño—. Bueno, estoy segura de que no se pueden comparar con nuestros robustos hornos ingleses. —Se acercó al horno, abrió la puerta y luego se volvió y dijo—: ¿Sabéis una cosa? Podríamos ahorrarnos muchos problemas si utilizáramos unas pinzas de tostar.

La señora Stubbs se cruzó de brazos y dijo:

—Jamás utilizaré esas cosas. No me fío.

Ellie no entendía de dónde procedía la desconfianza hacia unas pinzas, pero se dijo que no valía la pena insistir, así que se arremangó el vestido por encima de los tobillos, se arrodilló y metió la cabeza en el horno.

Charles llevaba varios minutos buscando a su nueva esposa y la búsqueda lo llevó, aunque pareciera improbable, hasta la cocina. Un lacayo le juró que, hacía una hora, había visto a Ellie y a Helen dirigirse hacia allí. Él no se lo creía, pero, en cualquier caso, decidió investigar. Ellie no era una condesa convencional, de modo que supuso que era posible que se hubiera propuesto presentarse al personal de la cocina.

No estaba preparado para la visión que captaron sus ojos. Su esposa estaba a cuatro patas con la cabeza..., no, con medio torso metido dentro de un horno que Charles sospechaba que llevaba en Wycombe Abbey desde antes de los tiempos de Cromwell. Su reacción inicial fue de terror: la cabeza se le llenó de imágenes del pelo de Ellie en llamas. Sin embargo, Helen parecía tranquila, de modo que consiguió reprimir la necesidad de entrar en la cocina y poner a Ellie a salvo.

Retrocedió un poco para poder seguir observando sin que lo vieran. Ellie estaba diciendo algo, aunque más bien pareció un gruñido, y luego la oyó gritar:

—¡La tengo! ¡La tengo!

Helen, la señora Stubbs y las dos ayudantes de cocina se acercaron, claramente maravilladas ante los progresos de Ellie.

—¡Maldición! No la tengo —dijo al final, en un tono que a Charles le pareció malhumorado.

—¿Estás segura de que sabes lo que haces? —preguntó Helen.

—Completamente. Solo tengo que mover esta rejilla. Está demasiado alta. —Empezó a tirar de algo que, obviamente, no cedía, puesto que cayó de culo varias veces—. ¿Cuándo fue la última vez que limpiaron este horno?

La señora Stubbs se tensó.

—El horno está todo lo limpio que tiene que estar.

Ellie murmuró algo que Charles no oyó y luego dijo:

—Ya está. Ya la tengo. —Sacó una rejilla chamuscada del horno y luego volvió a encajarla—. Ahora solo tenemos que alejarla de la llama.

¿Llama? Charles se quedó helado. ¿Realmente estaba jugando con fuego?

—¡Ya está! —Ellie retrocedió y cayó de culo una vez más—. Ahora debería funcionar bien.

Charles decidió que aquel era un buen momento para anunciar su presencia.

—Buenos días, esposa —dijo mientras entraba en la cocina con una actitud de tranquilidad fingida. Lo que Ellie no veía era que tenía las manos agarradas con fuerza detrás de la espalda. Era la única forma en que Charles podía evitar agarrarse a los hombros de Ellie y arrastrarla hasta la habitación para un buen sermón sobre la seguridad, o la poca seguridad, de la cocina.

—¡Billington! —exclamó Ellie, sorprendida—. Estás despierto.

—Es obvio que sí.

Ella se levantó.

—Debo de tener un aspecto horrible.

Charles sacó un impoluto pañuelo blanco del bolsillo.

—Tienes un poco de hollín aquí —le limpió la mejilla izquierda— y aquí —le limpió la derecha—, y por supuesto también aquí. —Esta vez le limpió la nariz.

Ellie le quitó el pañuelo de las manos porque no le gustaba cómo arrastraba las palabras.

—No es necesario, milord —dijo—. Soy perfectamente capaz de limpiarme la cara.

—Imagino que querrás explicarme qué estabas haciendo dentro del horno. Te aseguro que tenemos comestibles suficientes en Wycombe Abbey, de modo que no tienes por qué ofrecerte como plato principal.

Ellie lo miró fijamente, porque no estaba segura de si le estaba tomando el pelo.

—Estaba arreglando el horno, milord.

—Tenemos criados que lo hacen.

—Está claro que no —respondió ella, irritada ante su tono—. Si no, no llevaríais diez años comiendo tostadas quemadas.

—Me gustan las tostadas quemadas —respondió él.

Helen tosió tan fuerte que la señora Stubbs tuvo que darle unas palmaditas en la espalda.

—Bueno, pues a mí no —dijo Ellie—, y a Helen tampoco, así que somos mayoría.

—Yo quiero las tostadas quemadas.

Todos se volvieron hacia la puerta, donde estaba Claire, de pie y con las manos en las caderas. A Ellie le pareció que la muchacha tenía una actitud bastante militar para tener solo catorce años.

—Quiero el horno como antes —dijo la muchacha con firmeza—. Lo quiero todo como antes.

Ellie se entristeció. Estaba claro que su nueva prima no estaba demasiado contenta de su llegada.

—¡Está bien! —dijo levantando las manos—. Volveré a poner la rejilla en su sitio.

Había recorrido medio camino hasta el horno cuando la mano de Charles la agarró por el cuello del vestido y la tiró hacia atrás.

—No volverás a repetir esa peligrosa operación —le dijo—. El horno se quedará como está.

—Pensaba que te gustaban las tostadas quemadas.

—Me acostumbraré.

En ese preciso instante, Ellie quiso echarse a reír, pero, por su propio bien, mantuvo la boca cerrada.

Charles lanzó una beligerante mirada a los demás ocupantes de la cocina.

—Me gustaría hablar a solas con mi mujer. —Como nadie se movió, gritó—: ¡Ahora!

—Entonces, quizá deberíamos irnos nosotros —dijo Ellie—. En definitiva, la señora Stubbs y las muchachas trabajan aquí y nosotros no.

—Pues hace unos minutos, hacías una muy buena imitación de alguien que trabaja aquí —gruñó él, que de repente parecía más insolente que enfadado.

Ellie lo miró con la boca abierta.

—Eres el hombre más extraño y terco que he conocido en mi vida.

—Yo no meto la cabeza en un horno —respondió él.

—¡Y yo no como tostadas quemadas!

—Y yo… —Charles se detuvo, como si se hubiera dado cuenta de repente de que no solo estaba manteniendo una extraña discusión con su mujer, sino que lo estaba haciendo con público. Se aclaró la garganta y la tomó de la delicada muñeca—. Y yo creo que quiero enseñarte la sala azul —dijo en voz alta.

Ellie lo siguió. En realidad, no le quedó otra opción. Charles salió de la cocina casi corriendo y, como la muñeca de Ellie estaba pegada a su mano, ella se fue con él. No sabía adónde iban; seguramente, al primer salón que Charles encontrara y que les garantizara cierta privacidad para reñirla sin que nadie los oyera.

Sala azul… ¡ja!

8

Para mayor sorpresa de Ellie, la sala a la que Charles la llevó estaba realmente decorada en azul. Miró a su alrededor y vio los sofás azules, las cortinas azules..., y luego miró hacia el suelo, que estaba cubierto con una alfombra azul y blanca.

—¿Tienes algo que decir en tu defensa? —le preguntó Charles.

Ella no dijo nada porque estaba maravillada por el dibujo de la alfombra.

—Ellie —gruñó Charles.

La joven levantó la cabeza.

—¿Cómo dices?

Charles parecía con ganas de sacudirla. Con fuerza.

—He dicho —repitió él— si tienes algo que decir en tu defensa.

Ella parpadeó y respondió:

—La sala es azul.

Él se la quedó mirando, sin saber qué responder.

—Pensaba que lo de la sala azul no lo decías en serio —explicó ella—. Pensaba que querías llevarme a cualquier lugar donde pudieras gritarme.

—Claro que quiero gritarte —gruñó él.

—Sí, eso ya lo veo —dijo ella con sarcasmo—. Aunque debo admitir que no sé demasiado bien por qué...

—¡Eleanor! —gritó Charles—. ¡Tenías la cabeza en el horno!

—Claro —respondió ella—. Lo estaba arreglando. Me lo agradecerás cuando empieces a comer las tostadas en condiciones en el desayuno.

—No te lo agradeceré. Las tostadas no podrían importarme menos, y te prohíbo que vuelvas a entrar en la cocina.

Ellie se llevó las manos a las caderas.

—Milord, eres idiota.

—¿Has visto alguna vez a alguien con el pelo ardiendo? —le preguntó Charles mientras le clavaba un dedo en el hombro—. ¿Lo has visto?

—Claro que no, pero...

—Yo sí, y no es algo agradable.

—Ya me lo imagino, pero...

—No sé qué acabó provocando la muerte del pobre hombre, si las quemaduras o el dolor.

Ellie tragó saliva mientras intentaba no visualizar el desastre.

—Lo siento mucho por tu amigo, pero...

—Su mujer se volvió loca. Dijo que seguía oyendo sus gritos en sueños.

—¡Charles!

—¡Santo Dios! No sabía que tener una mujer sería tan molesto. Y solo llevamos casados un día.

—Estás siendo ofensivo de forma innecesaria. Y te aseguro que...

Él suspiró y miró al cielo mientras la interrumpía:

—¿Era esperar demasiado que mi vida siguiera tan pacífica como antes?

—¡¿Me vas a dejar hablar?! —gritó Ellie al final.

Él se encogió de hombros como si nada.

—Adelante.

—No tienes que ser tan macabro —le dijo—. Llevo toda la vida arreglando hornos. Yo no crecí rodeada de criados y lujos. Si queríamos cenar, tenía que cocinar. Y si el horno se estropeaba, tenía que arreglarlo.

Charles se quedó pensativo, hizo una pausa y dijo:

—Te pido disculpas si en algún momento te he subestimado. No pretendía menospreciar tus talentos.

Ellie no estaba segura de si arreglar un horno podía calificarse de «talento», pero no dijo nada.

—Simplemente —continuó Charles, mientras alargaba el brazo, tomaba un mechón de pelo rubio rojizo y se lo enrollaba en el dedo índice—, es que no me gustaría que esto se quemara.

Ella tragó saliva algo nerviosa.

—No seas estúpido.

Él la tiró del pelo con delicadeza, obligándola a acercarse a él.

—Sería una lástima —murmuró—. Es tan suave...

—Solo es pelo —dijo Ellie, mientras pensaba que uno de los dos tenía que mantener el realismo en la conversación.

—No —Charles se acercó el mechón de pelo a la boca y lo acarició con los labios—. Es mucho más que eso.

Ellie lo miró, inconsciente de que había separado ligeramente los labios. Juraría que notaba la delicada caricia de sus labios en el cuero cabelludo. No, en los labios. No, en el cuello. No... ¡Maldición! Había percibido esa endemoniada sensación por todo el cuerpo.

Levantó la cabeza. Él seguía acariciándole el pelo con los labios. Se estremeció. Todavía lo notaba.

—Charles —dijo con voz ronca.

Él sonrió, porque era consciente del efecto que provocaba en ella.

—¿Ellie? —respondió.

—Creo que deberías... —Dejó las palabras en el aire e intentó oponer resistencia cuando él la atrajo aún más.

—Crees que debería, ¿qué?

—Soltarme el pelo.

Con la otra mano, la agarró por la cintura.

—Pues yo no —le susurró—. He establecido un fuerte vínculo con él.

Ellie le miró el dedo, alrededor del cual ahora había varios mechones.

—Ya lo veo —dijo, aunque quisiera haber sonado más sarcástica y menos aturdida.

Charles levantó el dedo para poder observar el pelo a contraluz.

—Es una lástima —murmuró—. El sol ya está demasiado alto. Me hubiera gustado comparar el color de tu pelo con el del amanecer.

Ellie lo miró anonadada. Nunca nadie le había dicho nada tan poético. Por desgracia, no tenía ni idea de cómo interpretar sus palabras.

—¿De qué estás hablando? —le dijo, al final.

—Tu pelo —respondió él con una sonrisa— es del color del sol.

—Mi pelo —dijo ella en voz alta— es ridículo.

—Mujeres... —dijo lanzando un suspiro—. Nunca estáis satisfechas.

—Eso no es verdad —protestó Ellie, que creía que era momento de defender a su género.

Él se encogió de hombros.

—Tú nunca estás satisfecha.

—¿Cómo dices? Estoy muy satisfecha con mi vida.

—Como tu marido, no tengo palabras para expresar lo mucho que me alegra oír eso. Debo de ser mejor marido de lo que pensaba.

—Estoy muy satisfecha —continuó ella mientras ignoraba su tono sarcástico—, porque ahora tengo el control absoluto de mi destino. Ya no estoy bajo la voluntad de mi padre.

—Ni de la señora Foxglove —añadió él.

—Ni de la señora Foxglove —admitió ella.

El rostro de Charles adoptó un gesto pensativo.

—Pero sí bajo la mía, y mi voluntad podría hacer mucho.

—Te aseguro que no sé de qué estás hablando.

Él le soltó el pelo y le acarició el lateral del cuello.

—Seguro que no —le murmuró—. Pero lo sabrás. Y entonces sí que estarás satisfecha.

Ellie entrecerró los ojos mientras se separaba de él. Su nueva esposa no tenía ningún problema en pisotearle la autoestima. Es más, Ellie dudaba que Charles hubiera oído alguna vez la palabra «no» de unos labios femeninos. Con los ojos entrecerrados, le preguntó:

—Has seducido a muchas mujeres, ¿verdad?

—No creo que sea el tipo de pregunta que una mujer debería hacer a su marido.

—Pues a mí me parece que es exactamente el tipo de pregunta que una mujer debería hacer a su marido. —Colocó las manos en las caderas—. Para ti, las mujeres solo son un juego.

Charles la miró durante unos segundos. Había sido un comentario muy astuto.

—Un juego, precisamente, no —respondió mientras intentaba ganar tiempo.

—Entonces, ¿qué son?

—Bueno, al menos tú no eres un juego.

—¿Ah, no? ¿Y qué soy?

—Mi mujer —soltó él, que empezaba a perder la paciencia con aquella conversación.

—No tienes ni idea de cómo tratar a una mujer.

—Sé muy bien cómo tratar a una mujer —dijo él—. El problema no soy yo.

Ofendida, Ellie retrocedió.

—¿Qué intentas decir?

—No sabes ser una buena esposa.

—Solo llevo casada un día —gruñó ella—. ¿Qué esperabas?

De repente, Charles se sintió el sinvergüenza más grande del mundo. Le había prometido que le daría tiempo para acostumbrarse al matrimonio y allí estaba, sacando fuego por las muelas como un dragón. Soltó un suspiro de arrepentimiento.

—Lo siento, Ellie. No sé qué me ha pasado.

Ella pareció sorprendida por la disculpa, pero luego relajó los músculos de la cara.

—No le des más vueltas, milord. Han sido unos días muy estresantes para todos y...

—¿Y qué? —preguntó él cuando ella dejó la frase en el aire.

Ella se aclaró la garganta.

—Nada. Solo que imagino que no esperabas encontrarme con la cabeza en el horno esta mañana.

—Ha sido una sorpresa —admitió él con ternura.

Ellie se quedó en silencio. Al cabo de unos segundos, abrió la boca, pero enseguida volvió a cerrarla.

Charles arqueó la comisura de los labios.

—¿Querías decir algo?

Ella sacudió la cabeza.

—No.

—Sí que querías.

—No era importante.

—Vamos, Ellie. Querías defender tus habilidades en la cocina, o con los hornos, o como quieras llamarlo, ¿verdad?

Ella levantó la barbilla de forma casi imperceptible.

—Te aseguro que he arreglado rejillas de horno un millón de veces.

—No has vivido lo suficiente para haber hecho eso un millón de veces.

Ella soltó un suspiro de rabia.

—¿No puedo hablar con hipérboles?

—Sí —respondió él con demasiada ternura—, pero solo si hablas de mí.

Ellie esbozó una sonrisita.

—¡Oh, Charles! —exclamó—. Siento que hace un millón de años que te conozco. —Su voz adquirió un mayor sarcasmo—. Así de cansada estoy ya de tu compañía.

Él se rio.

—Yo me refería a algo más parecido a: «¡Oh, Charles, eres el hombre más amable...!».

—¡Ja!

—«Y más elegante que jamás ha pisado el planeta. Si viviera mil años...».

—Espero vivir mil años —respondió ella—. Entonces, sería una bruja sabia y vieja cuyo único propósito en la vida sería molestarte.

—Serías una vieja bruja muy atractiva. —Ladeó la cabeza y fingió estar observándole la cara—. Veo perfectamente dónde te aparecerán las arrugas. Justo aquí, al lado de los ojos y...

Ella le apartó la mano, que estaba recorriendo los futuros surcos de las arrugas.

—¡Qué poco caballeroso!

Él se encogió de hombros.

—Lo soy cuando me conviene.

—No imagino cuándo debe de ser eso. Hasta ahora te he visto borracho...

—Tenía un buen motivo para ese empacho de alcohol —dijo agitando la mano en el aire—. Además, mi pequeño estupor de ebriedad me condujo hasta ti, ¿no es cierto?

—¡No me refería a eso!

—Tranquila, no me saltes a la yugular —dijo él con voz cautelosa.

—Yo no salto a la yugular de nadie —retrocedió y se cruzó de brazos.

—Pues tu imitación es excelente.

Ellie entrecerró los ojos y esbozó una confiada sonrisa.

—Mis ataques son mucho más letales. Será mejor que no provoques ninguno.

Charles suspiró.

—Supongo que tendré que besarte.

—¿Quéeeee?

La agarró del brazo y la atrajo hacia él en un movimiento rápido hasta que estuvo completamente pegada a su cuerpo.

—Parece que es la única forma de hacerte callar —dijo arrastrando las palabras.

—Serás... —Pero no pudo terminar la frase, porque los labios de Charles se pegaron a los suyos y le estaban haciendo lo más endiablado... Le rozaban la comisura de los labios, y luego le acariciaban la línea de la mandíbula y Ellie tenía la sensación de derretirse. Sí, pensó aturdida. Esa debía de ser la única explicación, porque sus piernas parecían de mantequilla, se balanceaba contra él y debía de estar ardiendo, porque tenía mucho calor y la palabra «¡Fuego!» resonó en su mente y...

Charles la soltó tan de repente que ella tuvo que sentarse en una silla.

—¿Lo has oído? —le preguntó, alterado.

Ella estaba demasiado aturdida para responder.

—¡Fuego! —gritó alguien.

—¡Santo Dios! —exclamó Charles mientras se dirigía hacia la puerta.

—Es tu tía Cordelia —dijo Ellie—. ¿No dijiste que siempre gritaba «¡Fuego!»?

Pero él ya estaba corriendo por el pasillo. Ellie se levantó y se encogió de hombros, porque no creía que hubiera ningún peligro, no después de conocer a Cordelia el día anterior. Sin embargo, era su nueva casa y, si Charles creía que había algo de qué preocuparse, su obligación era investigar. Respiró hondo, se arremangó el vestido y corrió tras él.

Dobló tres esquinas en su persecución de Charles antes de darse cuenta de que se estaba dirigiendo a la cocina.

—¡Oh, no! —gruñó, con una repentina y enfermiza sensación en el estómago. «El horno no. Por favor, el horno no».

Percibió el humo antes incluso de ver la puerta de la cocina. Era espeso y acre, y le invadió los pulmones a los pocos segundos. Con el corazón encogido, dobló la última esquina. Los criados estaban en hilera, pasándose cubos de agua, y Charles estaba al mando, gritando órdenes y entrando y saliendo de la cocina mientras intentaba apagar el fuego.

Cuando lo vio acercarse a las llamas, a Ellie se le encogió el corazón.

—¡No! —gritó y, sin pensar, cruzó la hileras de criados y entró en la cocina—. ¡Charles!

Él se volvió, con los ojos llenos de terror e ira cuando la vio junto a él.

—¡Sal de aquí! —le gritó.

—No a menos que vengas conmigo. —Ellie agarró un cubo de agua que tenía un criado y lo vació encima de una pequeña llama que había saltado desde el suelo hasta una mesa. Al menos, podría encargarse de apagar esa pequeña sección del incendio.

Charles la agarró del brazo y la arrastró hasta la puerta.

—Si valoras tu vida, ¡vete!

Ellie lo ignoró y alcanzó otro cubo.

—¡Casi lo hemos extinguido! —gritó, avanzando con el agua.

Él la agarró por la parte posterior del vestido, la detuvo en seco y provocó que el agua del cubo se derramara, aunque cayó justo encima del fuego.

—Quería decir que te mataré yo mismo —le dijo entre dientes mientras la arrastraba hasta la puerta. Antes de que Ellie pudiera darse cuenta de qué estaba pasando, estaba con la espalda pegada a la pared y Charles volvía a estar entre las llamas.

Intentó volver a entrar en la cocina, pero su marido debía de haber dicho algo a los criados porque le bloqueaban el paso con gran eficiencia. Después de un minuto de intentar abrirse paso hacia la cocina, acabó cediendo y se unió a la hilera para transportar cubos de agua, negándose a quedarse en la impotente posición que Charles le había asignado.

Al cabo de unos minutos más, oyó el silbido final del fuego apagado, y la gente de la hilera empezó a suspirar con tanta fuerza que Ellie se preguntó si alguno de ellos había recordado respirar mientras transportaba cubos de agua. Todos parecían exhaustos y aliviados, y allí mismo decidió que su primer gesto oficial como condesa de Billington sería asegurarse de que toda esa gente recibiera algún detalle de agradecimiento por sus esfuerzos. Una paga extraordinaria, quizá, o tal vez otro medio día libre.

La multitud que se apelotonaba en la puerta de la cocina disminuyó y Ellie pudo acercarse. Tenía que echar un vistazo al horno y ver si podía determinar qué había provocado el incendio. Sabía que todos pensaban que era culpa suya, pero esperaba que creyeran que no había arreglado bien el horno, en lugar de provocar el incendio de forma intencionada. Prefería que pensaran que era estúpida y no diabólica.

Cuando entró en la cocina, Charles estaba en la otra esquina, hablando con un mozo. Gracias a Dios, estaba de espaldas a ella, así que aprovechó para acercarse al horno, que todavía sacaba humo, y metió la cabeza dentro.

Lo que vio la dejó helada. La rejilla estaba en la posición más alta, más incluso de lo que estaba antes de que ella la arreglara. Cualquier comida que hubieran puesto allí dentro acabaría ardiendo. Era inevitable.

Metió la cabeza un poco más adentro, porque quería fijarse mejor, pero entonces oyó una seca maldición tras ella. Antes de que pudiera reaccionar, notó cómo la estiraban hacia atrás y no tuvo ninguna duda de quién era.

Se volvió con cautela. Charles estaba de pie tras ella, con la mirada ardiendo de ira.

—Tengo que decirte una cosa —le susurró con cierta urgencia—. El horno está...

—Ni una sola palabra —dijo él. Tenía la voz ronca a causa del humo, pero aquello no disminuyó su rabia—. Ni una sola palabra, ¡maldita sea!

—Pero...

—Eso es una palabra. —Dio media vuelta y salió de la cocina.

Ellie notó cómo unas traidoras lágrimas le humedecían los ojos, y no sabía si las había provocado el dolor o la rabia. Esperaba que fueran de rabia, porque no le gustaba la sensación que tenía en la boca del estómago y que se traducía en que él la había rechazado. Se levantó y se acercó a la puerta de la cocina para poder oír lo que Charles estaba diciendo al servicio:

—... gracias por poner en peligro vuestras vidas y ayudarme a salvar la cocina y todo el conjunto de Wycombe Abbey. Ha sido un gesto noble y altruista. —Hizo una pausa y se aclaró la garganta—. Sin embargo, debo preguntaros si alguno de vosotros estaba presente cuando el fuego ha estallado.

—Yo había ido al jardín a recoger unas hierbas —dijo una de las ayudantes de cocina—. Cuando volví, la señorita Claire estaba gritando por el fuego.

—¿Claire? —Charles entrecerró los ojos—. ¿Qué estaba haciendo aquí abajo?

Ellie dio un paso adelante.

—Creo que bajó antes cuando... —Se quedó sin palabras ante la furiosa mirada de su marido, pero entonces se dijo que no tenía nada de qué avergonzarse y continuó—: Cuando estábamos todos en la cocina.

Todos los ojos estaban clavados en ella y Ellie percibía la condena general del servicio. Al fin y al cabo, ella había movido la rejilla.

Charles se volvió sin dirigirle la palabra.

—Tráeme a Claire —le dijo a un mozo. Luego se volvió hacia Ellie—. Quiero hablar contigo —gruñó y regresó a la cocina. Sin embargo, antes de llegar a la puerta, dio media vuelta y se dirigió al grupo de personas allí reunido—. Los demás podéis seguir con vuestras tareas. Los que vais cubiertos de hollín, podéis utilizar los servicios del ala de invitados. —Como ninguno de los criados se movió, añadió en tono seco—: Buenos días.

Entonces, todos salieron corriendo.

Ellie siguió a su marido a la cocina.

—Es un gesto muy amable permitirles que utilicen tus servicios —le dijo, con calma, porque quería hablar primero antes de que le riñera.

—Son nuestros servicios —le respondió—, y no creas que vas a distraerme.

—No era mi intención. Pero no puedo evitar decirlo cuando tienes un gesto tan bonito.

Charles suspiró e intentó dar tiempo a que su corazón recuperara el ritmo normal. ¡Jesús! Menudo día, y ni siquiera era mediodía. Se había despertado y se había encontrado a su mujer con la cabeza en el horno, había tenido la primera pelea con ella y la había besado apasionadamente (y había acabado deseando mucho, mucho más), pero los había interrumpido un maldito fuego que, por lo visto, ella había provocado.

Le rascaba la garganta, tenía la espalda destrozada y le dolía horrores la cabeza. Bajó la mirada y se fijó en sus brazos, que parecía que estaban temblando. Decidió que el matrimonio no era saludable.

Se volvió hacia su mujer, que parecía que no sabía si reír o fruncir el ceño. Luego volvió a mirar el horno, que todavía sacaba humo.

Gruñó. Dentro de un año estaría muerto. Estaba convencido.

—¿Sucede algo? —preguntó ella muy despacio.

Él la miró con expresión de incredulidad.

—¿Sucede algo? —repitió—. ¿Que si sucede algo? —Esta vez fue más un rugido.

Ella frunció el ceño.

—Bueno, es obvio que ha pasado... eh... algo, pero lo decía en un sentido más general...

—Eleanor, ¡toda la maldita cocina está chamuscada!

Ella alzó la barbilla.

—No ha sido culpa mía.

Silencio.

Ella se cruzó de brazos y se mantuvo firme.

—Alguien ha movido la rejilla. No está donde la había dejado. Era imposible que el horno no se incendiara. No sé quién...

—Me importa un carajo la rejilla. Uno, para empezar, no deberías haberte acercado al horno. Dos —iba contando con los dedos—, no deberías haber venido mientras la cocina estaba en llamas. Tres, no deberías haber metido tu maldita cabeza en el horno otra vez mientras todavía estaba caliente. Cuatro...

—Ya es suficiente —lo interrumpió ella.

—¡Yo diré cuándo es suficiente! Eres... —No dijo más, pero solo porque se dio cuenta de que estaba temblando de rabia. Y, quizá, también un poco de miedo.

—Estás haciendo una lista sobre mí —lo acusó Ellie—. Estás haciendo una lista de mis defectos. Además —añadió, blandiendo un dedo frente a su cara—, has blasfemado dos veces en una sola frase.

—Que Dios me ayude —lloriqueó Charles—. Que Dios me ayude.

—¡Uf! —dijo ella, que consiguió impregnar aquella expresión con un toque de desaprobación mordaz—. No te ayudará si sigues maldiciendo.

—Creo recordar que una vez me dijiste que no eras remilgada con estas cosas —dijo él.

Ella se cruzó de brazos.

—Eso era antes de convertirme en tu esposa. Ahora se supone que tengo que serlo.

—Que Dios me libre de las esposas —gruñó.

—Pues no deberías haberte casado con una —le recriminó ella.

—Ellie, si no cierras la boca, y que Dios me perdone, voy a romperte el cuello.

Ella pensó que había dejado claro su punto de vista sobre la ayuda de Dios, así que se conformó susurrando:

—Una maldición es comprensible, pero dos..., bueno, dos son demasiadas.

No estaba segura, pero juraría que había visto a Charles alzar la mirada al cielo y suplicar:

—Por favor, llévame contigo.

Aquello fue la gota que colmó el vaso.

—¡Oh, por el amor de Dios! —intervino Ellie, que utilizó el nombre del Señor en vano, algo poco habitual en ella, puesto que la había criado un reverendo—. No soy tan mala como para preferir la muerte a este matrimonio.

Él la miró fijamente y le dio a entender que él no estaba tan seguro.

—¡Este matrimonio no tiene por qué ser permanente! —exclamó ella, puesto que la rabia de la humillación le hacía alzar la voz—. Podría salir ahora mismo por esa puerta y conseguir la anulación.

—¿Qué puerta? —preguntó él con sarcasmo—. Yo solo veo un trozo de madera chamuscada.

—Tu sentido del humor deja mucho que desear.

—Mi sentido del humor... ¿Adónde diablos vas?

Ellie no respondió y se limitó a continuar su camino hacia aquel trozo de madera chamuscada que ella prefería llamar «puerta».

—¡Vuelve aquí!

Ella siguió caminando. Bueno, lo habría hecho si la mano de Charles no la hubiera agarrado por la faja del vestido y la hubiera tirado hacia él. Ellie oyó un desgarro de tela y, por segunda vez ese día, se vio pegada totalmente al cuerpo de su marido. No podía verlo, pero lo notaba en su espalda y lo olía... Juraría que, a pesar del intenso olor a humo, podía olerlo.

—No pedirás la anulación —le ordenó él, con los labios prácticamente pegados a su oreja.

—Me sorprende que te preocupe —respondió ella mientras intentaba ignorar el cosquilleo que sentía en la piel que rozaba su respiración.

—Me preocupa —gruñó él.

—¡A ti solo te preocupa tu maldito dinero!

—Y a ti el tuyo, así que será mejor que nos llevemos bien.

Un «ejem» desde la puerta impidió que Ellie tuviera que admitir que tenía razón. Levantó la cabeza y vio a Claire, que estaba de pie con los brazos cruzados. Tenía el gesto contrariado, con el ceño fruncido.

—¡Oh! Buenos días, Claire —dijo Ellie con una sonrisa forzada, intentando con todas sus fuerzas fingir que estaba encantada de estar en aquella extraña posición en medio de una cocina quemada.

—Milady —respondió la muchacha sin demasiado entusiasmo.

—¡Claire! —exclamó Charles, muy contento, soltando a Ellie tan deprisa que la lanzó contra la pared. Se dirigió hacia su prima, que le sonrió.

Ellie se quedó allí frotándose el codo, dolorido después del golpe en la pared, y murmuró todo tipo de desagravios hacia su marido.

—Claire —repitió Charles—, tengo entendido que has sido tú quien ha descubierto el fuego.

—Sí. Empezó cuando ni siquiera hacía diez minutos que tú y tu nueva esposa habíais salido de la cocina.

Ellie entrecerró los ojos. ¿Había percibido cierto tono de escarnio en la voz de Claire cuando había pronunciado la palabra «esposa»? ¡Sabía que a esa muchacha no le caía bien!

—¿Tienes alguna idea de qué lo provocó? —le preguntó Charles.

Claire parecía sorprendida de que se lo preguntara.

—Bueno, yo... —miró directamente a Ellie.

—Dilo, Claire —dijo esta—. Crees que lo provoqué yo.

—No creo que lo hicieras a propósito —respondió la muchacha, con la mano en el corazón.

—Todos sabemos que Ellie nunca haría algo así —dijo Charles.

—Un accidente puede tenerlo cualquiera —murmuró Claire, mientras lanzaba una piadosa mirada a la flamante esposa.

Ellie quería estrangularla. No le hacía ninguna gracia que una cría de catorce años fuera condescendiente con ella.

—Estoy segura de que creías que sabías lo que hacías —continuó Claire.

En ese punto, Ellie supo que tenía dos opciones. Podía irse a su habitación a darse un baño o podía quedarse y matar a Claire. Con gran pesar, se decantó por el baño. Se volvió hacia Charles, adquirió su mejor postura de muchacha desvalida, y dijo:

—Si me disculpas, me iré a mi habitación. Creo que voy a desmayarme.

Charles la miró con suspicacia y, entre dientes, dijo:

—Nunca en tu vida te has desmayado.

—¿Cómo ibas a saberlo? —le respondió ella, igualmente en voz baja—. Ni siquiera sabías de mi existencia hasta la semana pasada.

—Pues parece una eternidad.

Ellie levantó la nariz y, en tono seco, susurró:

—Estoy de acuerdo.

Luego irguió la espalda y salió de la cocina con la esperanza de que su gran salida no se viera estropeada por el hecho de ir llena de hollín, de cojear ligeramente y de llevar un vestido que ahora estaba partido en tres pedazos.

9

Ellie se pasó todo el día cuidándose las heridas y alegó que estaba agotada cuando una doncella entró en la habitación para acompañarla al salón a cenar. Sabía que parecería una cobarde, pero la verdad es que estaba tan furiosa con Charles y su familia que no confiaba en ella misma si tenía que compartir una cena entera con ellos.

Sin embargo, quedarse en la habitación era muy aburrido, así que bajó sin que nadie la viera y pilló el periódico del día para revisar las páginas económicas. Comprobó sus inversiones, como solía hacer, pero entonces se dio cuenta de que no sabía en qué situación estaban sus ahorros. ¿Habría hecho Charles ya la transferencia, como le había prometido? Seguramente no, se dijo, intentando ser paciente. Solo llevaban casados un día. Aunque tendría que recordárselo. Había leído un informe favorable sobre una nueva fábrica de algodón en Derbyshire, y estaba deseando invertir una parte de su dinero.

Leyó el periódico tres veces, ordenó los adornos de la cómoda dos veces y se pasó una hora mirando por la ventana antes de dejarse caer en la cama con un gruñido. Estaba aburrida, hambrienta y sola, y todo era culpa de su marido y su maldita familia. Estaría encantada de estrangularlos a todos.

Y entonces, Judith llamó a la puerta.

Ellie sonrió a su pesar. Supuso que no estaba furiosa con toda la familia de su marido. Al fin y al cabo, era bastante difícil estar enfadada con una niña de seis años.

—¿Estás enferma? —preguntó la pequeña mientras se subía a la cama de Ellie.

—No. Solo cansada.

Judith frunció el ceño.

—Cuando estoy cansada, la señorita Dobbin me saca de la cama igualmente. A veces, me pone un trapo mojado y frío en el cuello.

—Y seguro que funciona.

La pequeña asintió, muy seria.

—Cuesta mucho dormir con el cuello mojado.

—Me lo imagino.

—Mamá dijo que haría que te trajeran una bandeja con la cena.

—Es muy amable.

—¿Tienes hambre?

Antes de que pudiera responder, su estómago gruñó.

Judith se echó a reír.

—¡Tienes hambre!

—Supongo que sí.

—Me parece que me caes bien.

Ellie sonrió, y se sintió mejor que en todo el día.

—Me alegro. Tú también me caes bien.

—Claire dice que has provocado un incendio.

La joven contó hasta tres antes de responder.

—Ha habido un incendio, pero ha sido un accidente. Yo no lo he provocado.

Judith ladeó la cabeza como si estuviera reflexionando sobre las palabras de Ellie.

—Me parece que voy a creerte. Claire se equivoca a menudo, aunque no le gusta admitirlo.

—A poca gente le gusta.

—Yo casi nunca me equivoco.

Ellie sonrió y se apartó el pelo. Una doncella apareció en la puerta con una bandeja. Judith saltó de la cama y dijo:

—Será mejor que vuelva a mi habitación. Si llego tarde, la señorita Dobbin se comerá mi pudin.

—¡Eso sería terrible!

Judith hizo una mueca.

—Se lo come cuando me voy a la cama.

Ellie dobló el dedo y le susurró:

—Ven aquí un momento.

Intrigada, Judith volvió a subir a la cama y se acercó a la cara de Ellie.

—La próxima vez que la señorita Dobbin se coma tu pudin —le susurró—, me lo dices. Iremos a la cocina y buscaremos algo incluso más bueno.

Judith aplaudió; su cara era el reflejo de la felicidad.

—¡Milady, serás la mejor prima del mundo!

—Como tú —respondió la joven condesa, que notó cómo se le humedecían los ojos—. Y llámame Ellie. Ahora somos familia.

—Mañana te enseñaré toda la casa —dijo la pequeña—. Conozco todos los pasadizos secretos.

—Será un placer. Pero será mejor que te vayas. No queremos que la señorita Dobbin se coma tu pudin esta noche.

—Pero si has dicho...

—Lo sé, pero hoy la cocina está inutilizable y sería muy difícil encontrar otro postre.

—¡Ay! —exclamó Judith, que palideció ante la idea—. ¡Adiós!

Ellie la vio salir de la habitación, luego se volvió hacia la bandeja y empezó a comer.

A pesar del hambre, Ellie descubrió que su apetito solo le permitió comerse una cuarta parte de la cena. El estómago vacío no ayudó a calmarle los nervios y, más adelante, cuando oyó cómo la puerta de la habitación de Charles se abría, casi saltó hasta el techo. Lo oyó ir de un lado a otro, seguramente se preparaba para acostarse, y se maldijo por contener el aliento cada vez que oía que se acercaba a la puerta que comunicaba las dos habitaciones.

Aquello era una locura. Una absoluta locura.

—Tienes un día —murmuró—. Un día para sentir lástima por ti misma, pero después tienes que salir y hacerlo lo mejor posible. ¿Que todos piensan que prendiste fuego a la cocina? Bueno, no es lo peor que podría haber pasado.

Se pasó un minuto intentando pensar en algo peor. No era fácil. Al final, agitó la mano en el aire y, un poco más alto que antes, dijo:

—Podrías haber matado a alguien. Eso habría estado muy mal. Muy, muy mal.

Oyó un ruido en la puerta. Ellie se tapó hasta la barbilla a pesar de que sabía que estaba cerrada.

—¿Sí? —dijo.

—¿Hablabas conmigo? —preguntó Charles desde el otro lado de la puerta.

—No.

—¿Y puedo preguntarte con quién hablabas?

¿Acaso creía que estaba hablando con un mozo?

—¡Hablaba sola! —y luego, murmurando, añadió—: Aparte de Judith, soy la mejor compañía que voy a encontrar en este mausoleo.

—¿Qué?

—¡Nada!

—No te he oído.

—¡Es que no hablaba contigo! —exclamó ella.

Silencio, y luego oyó cómo sus pasos se alejaban de la puerta. Se relajó un poco y se acurrucó. Justo cuando se había puesto cómoda, oyó un suave ruido metálico y gruñó, porque sabía qué se iba a encontrar cuando abriera los ojos.

La puerta abierta. Y Charles de pie en el umbral.

—¿Te he dicho —le preguntó, arrastrando las palabras, mientras se apoyaba casualmente en el marco de la puerta— alguna vez lo molestas que me resultan estas puertas?

—Se me ocurren al menos tres respuestas —contestó ella—, pero ninguna es propia de una dama.

Él agitó la mano en el aire, para restar importancia a su comentario.

—Te aseguro que ya hace tiempo que dejé de esperar que te comportaras como una dama.

Ella se quedó boquiabierta.

—Estabas hablando. —Charles se encogió de hombros—. No podía oírte.

Ellie necesitó reunir toda su fuerza de voluntad para apretar los dientes y contenerse, pero lo hizo.

—Creo que te he dicho que no estaba hablando contigo —luego esbozó una extraña sonrisa—. Es que estoy algo chiflada.

—Es curioso que lo digas porque juraría que estabas hablando de matar a alguien. —Charles avanzó unos pasos y se cruzó de brazos—. La cuestión es: ¿estás muy chiflada?

Ellie lo miró horrorizada. No creía que fuera capaz de matar a nadie, ¿verdad? Si aquello no era prueba suficiente de que no conocía a ese hombre lo bastante bien como para haberse casado con él, no sabía qué pruebas necesitaba. Pero entonces vio arrugas alrededor de sus ojos mientras intentaba no reírse y respiró tranquila.

—Si quieres saberlo —dijo ella al final—, estaba intentando consolarme por lo del terrible incidente de esta mañana...

—¿El incendiario?

—Sí, ese —dijo, aunque no le hizo demasiada gracia aquella interrupción burlona—. Como decía, intentaba consolarme con una lista de cosas que podrían haber pasado y que habrían sido peores.

Charles curvó la comisura de los labios en una sonrisa sarcástica.

—¿Y matar a alguien es peor?

—Bueno, depende de a quién.

Él soltó una carcajada.

—¡*Touché*, milady! Sabes cómo hacerme daño.

—Por desgracia, mis golpes no son letales —respondió Ellie, que no pudo evitar sonreír. Se lo estaba pasando demasiado bien.

Se produjo un agradable momento de silencio y luego Charles dijo:

—Yo hago lo mismo.

—¿Cómo dices?

—Intentar mejorar una situación negativa imaginando todas las opciones que habrían podido ser peores.

—¿Todavía lo haces? —A Ellie le gustó muchísimo que los dos se enfrentaran de la misma forma a la adversidad. Sintió que, de alguna forma, encajaban mejor.

—Mmm... Sí. Deberías haber oído lo que pensaba el mes pasado, cuando estaba convencido de que toda mi fortuna iría a parar a mi odioso primo Phillip.

—Pensaba que tu odioso primo se llamaba Cecil.

—No, Cecil es el sapo. El odioso es Phillip.

—¿Hiciste una lista?

—Siempre hago listas —respondió él con ligereza.

—No —dijo ella, riendo—. Me refería a si hiciste una lista de qué sería peor que perder tu fortuna.

—En realidad, sí —dijo con una sonrisa—. Y, ahora que lo dices, la tengo en mi habitación. ¿Quieres oírla?

—Por favor.

Charles desapareció por la puerta que conectaba las dos habitaciones y, al cabo de unos segundos, regresó con una hoja de papel. Antes de que Ellie supiera qué iba a hacer, él saltó a la cama y se tumbó a su lado.

—¡Charles!

Él la miró de reojo y sonrió.

—Necesito una almohada para apoyar la espalda.

—Sal de mi cama.

—No estoy dentro, solo estoy encima. —Le sacó una de las almohadas de debajo de la cabeza y se la afianzó—. Esto está mucho mejor.

Ellie, cuya cabeza ahora colgaba de una forma muy extraña, no le pareció que así estuviera mejor y se lo hizo saber.

Charles la ignoró y le preguntó:

—¿Quieres que te lea la lista o no?

Ella accedió agitando la mano en el aire.

—Perfecto. —Elevó la nota hasta la altura de los ojos—. Número Uno... ¡Ah, por cierto! La lista se titula: «Lo peor que podría pasarme».

—Espero no estar en ella —susurró Ellie.

—No seas boba. Tú eres lo mejor que me ha pasado en meses.

Ella se sonrojó ligeramente y se enfadó con ella misma por reaccionar así ante sus palabras.

—Si no fuera por algunos malos hábitos, serías perfecta.

—¿Cómo dices?

Él sonrió con picardía.

—Me encanta cuando me dices eso.

—¡Charles!

—Está bien. Supongo que salvaste mi fortuna, por lo que debo ignorar algunos pequeños defectos.

—¡Yo no tengo pequeños defectos! —exclamó ella.

—Tienes razón —murmuró él—. Solo grandes.

—No quería decir eso, y lo sabes.

Él se cruzó de brazos.

—¿Quieres que lea la lista?

—Empiezo a pensar que no tienes ninguna lista. Jamás he conocido a nadie que cambiara tanto de tema.

—Y yo jamás he conocido a nadie que hablara tanto como tú.

Ellie sonrió.

—Pues tendrás que acostumbrarte a esta mujer habladora, porque te has casado con ella.

Charles volvió la cabeza hacia ella y la observó con detenimiento.

—Mujer habladora, ¿eh? ¿A quién te refieres?

Ella se separó de él hasta el punto de que casi se cayó de la cama.

—Ni se te ocurra besarme, Billington.

—Me llamo Charles, y no se me había ocurrido besarte. Aunque, ahora que lo dices, no es mala idea.

—Lee... la... lista.

Él se encogió de hombros.

—Si insistes...

Ellie pensaba que iba a gritar.

—Veamos —sujetó la lista frente a sus ojos y golpeó el papel para congregar toda la atención—. Número uno: Cecil podría heredar la fortuna.

—Pensaba que Cecil iba a heredarla.

—No, el heredero sería Phillip. Cecil tendría que matarnos a los dos. Si no me hubiera casado, solo tendría que haber matado a Phillip.

Ellie lo miró boquiabierta.

—Lo dices como si realmente se le hubiera pasado por la cabeza.

—No lo descartaría —respondió Charles, encogiéndose de hombros—. Sigamos. Número dos: Inglaterra podría estar anexionada a Francia.

—¿Estabas borracho cuando la hiciste?

—Tienes que admitir que sería terrible. Peor que perder mi fortuna.

—Eres muy amable al anteponer el bienestar de Inglaterra al tuyo propio —dijo Ellie, muy mordaz.

Él suspiró y respondió:

—Imagino que soy así. Noble y patriótico hasta la médula. Número tres...

—¿Puedo interrumpir?

Él le lanzó una atribulada mirada que decía claramente: «Acabas de hacerlo».

Ellie puso los ojos en blanco.

—Es que me preguntaba si la lista sigue algún orden de importancia.

—¿Por qué lo preguntas?

—Si sigue un orden, significa que prefieres que Francia conquiste Inglaterra a que Cecil herede tu fortuna.

Charles soltó aire por la boca muy despacio.

—No sé qué es peor. Me costaría decidirme.

—¿Siempre eres tan frívolo?

—Solo con las cosas importantes. Número tres: El cielo podría caer sobre la tierra.

—¡Eso es mucho peor que el hecho de que Cecil herede tu fortuna! —exclamó ella.

—En realidad, no. Si el cielo cae sobre la tierra, Cecil estaría muerto y no podría disfrutar de la fortuna.

—Ni tú —respondió Ellie.

—Mmm... Tienes razón. Tendré que revisar la lista. —Volvió a sonreírle y sus ojos se llenaron de calidez, aunque no de pasión, se dijo Ellie.

La mirada de Charles parecía reflejar algo más parecido a la amistad o, al menos, eso esperaba ella. Respiró hondo y decidió aprovecharse de aquel dulce momento para decir:

—Yo no provoqué el fuego, ¿sabes? No fui yo.

Él suspiró.

—Ellie, sé que nunca harías algo así a propósito.

—Es que yo no hice nada —respondió ella en tono seco—. Alguien movió la rejilla del horno después de que yo lo arreglara.

Charles volvió a soltar el aire. Deseaba creerla, pero ¿por qué iba alguien a tocar el horno? Las únicas personas que sabían cómo funcionaba eran los criados, y ninguno de ellos tenía motivos para querer hacer quedar mal a la nueva condesa.

—Ellie —dijo, intentando calmar los ánimos—, quizá no sabes tanto sobre hornos como creías.

De repente, ella se tensó.

—O quizá este horno es distinto al tuyo.

Relajó un poco la mandíbula, pero todavía estaba muy enfadada con él.

—O quizá —siguió él, con mucha ternura, mientras alargaba el brazo y la tomaba de la mano— sabes tanto como dices de hornos, pero cometiste un pequeño error. El estado de recién casado puede llegar a distraer mucho.

Pareció que ella se relajó un poco con ese comentario y Charles añadió:

—Dios sabe que yo estoy distraído.

Para cambiar de tema, Ellie señaló unos garabatos que había en la parte inferior de la hoja que él tenía en la mano.

—¿Qué es eso? ¿Otra lista?

Charles miró, se apresuró a doblar el papel y dijo:

—¡Ah! No es nada.

—Tengo que leerla —le quitó el papel de las manos y, cuando él se estiró para recuperarlo, Ellie saltó de la cama—. ¿Las cinco cualidades más importantes en una esposa? —leyó, incrédula.

Él se encogió de hombros.

—Me pareció que valía la pena decidir de antemano qué necesitaba.

—¿Qué? ¿Ahora solo soy un «qué»?

—No seas obtusa, Ellie. Eres demasiado inteligente para fingir eso.

Aquello era un cumplido, pero ella no iba a agradecérselo. Con una risotada, empezó a leer:

—«Número uno: Lo bastante atractiva para mantener mi interés». ¿Ese es tu principal requisito?

Charles tuvo la decencia de mostrarse un poco avergonzado.

—Si estás la mitad de enfadada de lo que aparentas, estoy metido en un buen lío —susurró.

—Ni que lo jures. —Se aclaró la garganta—. «Número dos: Inteligente». —Lo miró con algunas reservas—. Te has redimido, aunque solo un poco.

Él chasqueó la lengua y se reclinó en el cabezal de la cama, con las manos entrelazadas detrás de la cabeza.

—¿Y si te dijera que esta lista no sigue ningún orden de importancia?

—No te creería.

—Me lo imaginaba.

—«Número tres: Que no me dé la lata». Yo no te doy la lata.

Charles no dijo nada.

—No lo hago.

—Ahora mismo, lo estás haciendo.

Ellie le lanzó una mirada asesina y continuó con la lista.

—«Número cuatro: Habilidad para moverse en mi círculo social con facilidad». —Tosió de incredulidad al leerlo—. Estoy segura de que te das cuenta de que no tengo ningún tipo de experiencia con la aristocracia.

—Tu cuñado es el conde de Macclesfield —señaló Charles.

—Sí, pero es familia. Con él no tengo que darme aires. Jamás he estado en un baile de Londres ni en un salón literario, o lo que sea que los indolentes de tu clase hagáis durante la temporada.

—Ignoraré tu gratuito insulto —dijo Charles, con la altanería que Ellie siempre había esperado en un conde—. Eres una mujer inteligente, ¿verdad? Estoy seguro de que aprenderás lo que haga falta. ¿Sabes bailar?

—Claro.

—¿Sabes conversar? —Agitó la mano—. No, no digas nada. Ya sé la respuesta. Conversas demasiado y demasiado bien. Te desenvolverás perfectamente en Londres, Eleanor.

—Charles, me estás empezando a resultar muy irritante.

Él se cruzó de brazos y esperó a que continuara, porque todo aquello le empezaba a parecer muy cansino. Había escrito la lista hacía más de un mes y nunca había imaginado repasarla con su futura esposa. Incluso había escrito...

De repente, recordó el quinto punto. La sangre que tenía en la cabeza, de golpe le bajó hasta los pies. Vio, a cámara lenta, cómo Ellie bajaba la mirada hacia la lista y la oyó decir:

—«Número cinco...».

Charles ni siquiera tuvo tiempo de pensar. Saltó de la cama, emitió un grito primitivo, se abalanzó sobre ella y la tiró al suelo.

—¡La lista! —gritó—. Dame la lista.

—¿Qué demonios haces? —Ellie le golpeó los brazos para zafarse de él—. Suéltame, bellaco.

—Dame la lista.

Ella, que estaba en posición supina en el suelo, alargó el brazo por encima de la cabeza.

—¡Suéltame!

—¡La lista! —exclamó él.

A Ellie no se le ocurrió otra alternativa: le golpeó en el estómago con la rodilla y se escapó gateando. Se levantó y leyó el papel que tenía entre las manos mientras él contenía la respiración. Recorrió las líneas con los ojos y gritó:

—¡Serás desgraciado!

Charles gruñó de dolor, doblado por la mitad.

—Debería haberte golpeado más abajo —dijo ella entre dientes.

—No exageres, Ellie.

—«Número cinco —leyó ella con voz remilgada—: Debe ser lo bastante sofisticada como para pasar por alto mis aventuras amorosas, y ella no tendrá ninguna hasta que me haya dado, al menos, dos herederos».

Charles tuvo que admitir que, visto así, parecía un poco frío.

—Ellie —dijo en tono conciliador—, sabes que lo escribí antes de conocerte.

—¿Y qué diferencia hay?

—Mucha. Es... eh... es...

—¿Tengo que creer que te has enamorado tan perdidamente de mí que, de repente, todas tus nociones sobre el matrimonio han cambiado?

Parecía que sus ojos azul marino escupían fuego y hielo al mismo tiempo, y Charles no sabía si debía sentir temor o deseo. Se planteó decir una necedad como «Estás preciosa cuando te enfadas». Con sus amantes siempre le había funcionado a las mil maravillas, pero tenía el presentimiento de que con su mujer no tendría éxito.

La miró dubitativo. Estaba de pie al otro lado de la habitación, con la postura firme y los puños cerrados. La lista estaba arrugada en el suelo. Cuando vio que la miraba, lo miró fijamente y Charles hubiera jurado que oía truenos.

No había duda; esta vez había metido la pata hasta el fondo.

«Su intelecto», pensó. Tendría que apelar a su intelecto a intentar razonar con ella. Siempre se enorgullecía de su sensibilidad y sensatez, ¿no es cierto?

—Ellie —dijo—, nunca tuvimos la oportunidad de hablar sobre el matrimonio.

—No —respondió ella, en un tono de voz lleno de amargura—, simplemente nos casamos.

—Admito que la boda fue un poco precipitada, pero teníamos buenos motivos para actuar así.

—Tú tenías un buen motivo —respondió ella.

—No intentes fingir que me he aprovechado de ti —dijo él con impaciencia en la voz—. Necesitabas este matrimonio tanto como yo.

—Aunque yo no he ganado tanto con él.

—¡No tienes ni idea de lo que has ganado! Ahora eres condesa. Tienes más riquezas de las que jamás habías soñado. —La miró fijamente—. No me insultes fingiendo ser la víctima.

—Tengo un título. Y tengo una fortuna. Y también tengo un marido ante quien tengo que responder. Un marido que, por lo visto, no ve nada malo en tratarme como a una esclava.

—Eleanor, estás siendo poco razonable. No quiero discutir contigo.

—¿Te has fijado en que solo me llamas «Eleanor» cuando me hablas como si fuera una niña pequeña?

Charles contó hasta tres y dijo:

—Los matrimonios de la aristocracia se basan en la premisa de que ambas partes son lo bastante maduras como para respetar las elecciones del otro.

Ella lo miró boquiabierta.

—¿Sabes lo que acabas de decir?

—Ellie...

—Creo que has dicho que, si quiero, yo también puedo ser infiel.

—No seas estúpida.

—Después del heredero y el de repuesto, claro, como tan elocuentemente has expresado por escrito. —Se sentó en una otomana y se quedó perdida en sus pensamientos—. Libertad para vivir mi vida como yo elija y con quien yo elija. ¡Qué interesante!

Mientras Charles estaba allí, observando cómo ella contemplaba el adulterio, sus anteriores puntos de vista sobre el matrimonio de repente le parecieron tan apetecibles como el barro.

—Ahora ya no puedes hacer nada al respecto —dijo—. Está muy mal visto tener una aventura antes de tener un hijo.

Ella se echó a reír.

—El cuarto punto de la lista ha adquirido un nuevo significado.

Él la miró inexpresivo.

—Querías a alguien que pudiera moverse con facilidad en tu círculo social. Se ve que tendré que dominar las complejidades de lo que está bien visto y lo que no. Veamos... —Tamborileó los dedos en la mandíbula y Charles tuvo ganas de apartarle la mano, aunque solo fuera para borrar esa expresión sarcástica de su cara—. No está bien visto tener una aventura al poco tiempo de casarse —continuó—, pero ¿está mal visto tener más de un amante a la vez? Tendré que investigarlo.

Él notó cómo se iba sonrojando y cómo el músculo de la sien latía cada vez más deprisa.

—Seguramente está mal visto tener una aventura con un amigo tuyo, pero ¿y con un primo lejano?

Charles empezaba a verlo todo a través de un extraño halo rojo.

—Estoy casi segura de que traer un amante a casa está mal visto —continuó ella—, pero no estoy segura de dónde...

Un sonido ahogado, seco y a medio camino entre el grito y el rugido salió de la garganta de Charles mientras se abalanzaba sobre ella.

—¡Basta! —gritó—. Basta ya.

—¡Charles! —Ella trató de zafarse de sus manos, con lo que consiguió enloquecerlo más.

—Ni una palabra más —dijo él, en tono seco y con los ojos saliéndosele de las órbitas—. Si dices una palabra más, juro por Dios que no respondo de mis actos.

—Pero yo...

Ante el sonido de su voz, la agarró con fuerza por los hombros. Agitó los músculos y exageró la expresión salvaje de los ojos, como si ya no supiera o le importara lo que fuera a hacer.

Ellie lo miró con cautela.

—Charles —susurró—, quizá no deberías...

—Quizá sí.

Ella abrió la boca para protestar, pero, antes de poder decir algo, él la devoró con un apasionado beso. Era como si su boca estuviera en todas partes: en sus mejillas, en su cuello, en sus labios. Le recorrió el cuerpo con las manos y se detuvo para disfrutar de la curva de sus caderas y la turgencia de sus pechos.

Ellie percibió cómo la pasión crecía en él, y en ella. Charles pegó sus caderas a las suyas. Ella notaba su erección mientras él la aprisionaba todavía más en la otomana, y tardó varios segundos en darse cuenta de que ella también estaba balanceando su cuerpo al ritmo de sus envestidas.

La estaba seduciendo desde la rabia, y ella estaba respondiendo. Aquello bastó para enfriar su pasión; colocó las manos en sus hombros y se escurrió de debajo de él. Estaba al otro lado de la habitación antes de que él se levantara.

—¿Cómo te atreves? —dijo, jadeando—. ¿Cómo te atreves?

Charles levantó un hombro en un gesto insolente.

—Era besarte o matarte. Me parece que mi decisión ha sido la correcta. —Se fue hasta la puerta y colocó la mano en el pomo—. Demuéstrame que no me he equivocado.

10

Al día siguiente, Charles se despertó con un terrible dolor de cabeza. Su nueva esposa parecía que tenía la habilidad de provocarle una horrible resaca sin haber probado ni una gota de alcohol.

No cabía ninguna duda. El matrimonio no era bueno para la salud.

Después de lavarse y vestirse, decidió que tenía que buscar a Ellie y ver cómo estaba. No tenía ni idea de qué iba a decirle, pero parecía que tenía que decirle algo.

Lo que quería decirle era: «Disculpas aceptadas», pero, para eso, ella tenía que disculparse por sus escandalosas palabras de la noche anterior, y dudaba que fuera a hacerlo.

Llamó a la puerta que conectaba las habitaciones y esperó una respuesta. Cuando no obtuvo ninguna, abrió la puerta solo un poco y la llamó. Siguió sin tener respuesta, así que abrió la puerta un poco más y se asomó.

—¿Ellie? —Miró la cama y lo sorprendió ver que estaba perfectamente hecha. Los criados todavía no habían venido a limpiar. Estaba seguro, porque les había dado instrucciones de que llevaran un ramo de flores frescas a la habitación de su mujer cada mañana y allí todavía estaban las violetas de ayer.

Sacudió la cabeza cuando comprendió que su mujer se había hecho la cama. Imaginó que no debía de sorprenderle. Era una mujer competente.

Excepto con los hornos, claro.

Charles bajó al salón del desayuno, pero, en lugar de su mujer, solo encontró a Helen, Claire y Judith.

—¡Charles! —exclamó Claire cuando lo vio entrar por la puerta. Se levantó.

—¿Cómo está mi prima de catorce años favorita esta mañana? —dijo mientras la tomaba de la mano y la besaba con galantería. A las jóvenes les encantaban esas tonterías románticas, y él adoraba a Claire lo suficiente para recordar agasajarla con esos gestos.

—Estoy bien, gracias —respondió ella—. ¿Desayunarás con nosotras?

—Creo que sí —murmuró Charles mientras se sentaba.

—No tenemos tostadas —añadió Claire.

Helen le lanzó una mirada de reprobación, pero él no pudo evitar chasquear la lengua mientras se servía una locha de jamón.

—A mí también puedes darme un beso en la mano —dijo Judith.

—Que me caiga un rayo por haberme olvidado —dijo Charles mientras se levantaba. Tomó la mano de la pequeña y se la acercó a los labios—. Mi querida princesa Judith, un millón de disculpas.

La niña se rio mientras Charles volvía a su silla.

—¿Dónde estará mi mujer? —preguntó él.

—No la he visto —respondió Claire.

Helen se aclaró la garganta.

—Eleanor y yo somos madrugadoras. La he visto desayunar antes de que Claire y Judith bajaran.

—¿Y estaba comiendo tostadas? —preguntó su hija mayor.

Charles tosió para disimular su risa. No quedaría bien reírse de la mujer de uno delante de la familia. A pesar de que ese uno estuviera increíblemente enfadado con dicha mujer.

—Creo que se ha comido una galleta —respondió Helen, en tono seco—. Y tendré que pedirte que no vuelvas a sacar el tema, Claire. Tu nueva prima es muy sensible respecto a ese incidente.

—Es mi prima política. Y no fue un incidente, fue un incendio.

—Eso fue ayer —intervino Charles—, y yo ya lo he olvidado por completo.

Claire frunció el ceño y Helen continuó:

—Creo que tenía pensado ir al invernadero. Dijo algo de ser una experta jardinera.

—¿El invernadero es ignífugo? —preguntó Claire.

Charles la miró con severidad.

—Claire, ya basta.

La muchacha volvió a fruncir el ceño, pero no dijo nada más.

Entonces, mientras los tres se miraban en silencio, un poderoso grito atravesó el aire:

—¡Fuego!

—¡¿Lo veis?! —gritó Claire con indolencia—. ¿Lo veis? Os dije que prendería fuego al invernadero.

—¿Otro fuego? —preguntó la niña, encantada con la idea—. La vida con Ellie es muy emocionante.

—Judith —dijo su madre, en tono cansado—, los incendios no son emocionantes. Y, Claire, sabes perfectamente que solo es la tía Cordelia. Estoy segura de que no hay ningún incendio.

Como si quisiera demostrar que Helen tenía razón, Cordelia entró en el salón gritando: «¡Fuego!». Pasó junto a la mesa y siguió corriendo hacia el comedor formal, con destino desconocido.

—¿Veis? —dijo Helen—. Solo es Cordelia. No hay ningún fuego.

Charles quería estar de acuerdo con Helen, pero, después del susto de ayer, descubrió que estaba algo nervioso. Se limpió la boca con la servilleta y se levantó.

—Creo que iré a dar un paseo —improvisó. No quería que sus primas creyeran que iba a comprobar qué hacía su mujer.

—Pero si apenas has probado la comida —protestó Claire.

—No tengo hambre —dijo Charles enseguida, calculando mentalmente cuánto podría tardar un fuego en extenderse desde el invernadero—. Nos veremos en la comida. —Dio media vuelta, se marchó y, en cuanto hubo salido del comedor, echó a correr.

Ellie allanó la tierra alrededor de un arbusto en flor mientras se maravillaba ante el espectacular invernadero. Había oído hablar de estas estructuras, pero nunca había visto una. Así se mantenía un clima lo bastante cálido como para poder cultivar plantas durante todo el año, incluso naranjos, que sabía que preferían un clima más tropical. Cuando tocó las hojas del naranjo, se le hizo la boca agua. Ahora no tenía frutos, pero cuando llegara la primavera y el verano, sería maravilloso.

Si el lujo significaba poder comer naranjas en verano, se dijo que podría acostumbrarse a él.

Paseó por el invernadero y observó las distintas plantas. Estaba impaciente por empezar a cuidar los rosales. Le encantaba entretenerse en el jardín de su padre. Esto tenía que ser el mayor beneficio de su apresurado matrimonio: la oportunidad de poder dedicarse al jardín durante todo el año.

Estaba arrodillada intentando observar el sistema de raíces de una planta en particular, cuando oyó que unos pasos se acercaban. Cuando levantó la mirada, vio que Charles entraba corriendo en el invernadero; bueno, llegó corriendo a la puerta y luego se detuvo en seco, como si no quisiera que ella supiera que había venido corriendo.

—¡Ah! —dijo ella, inexpresiva—. Eres tú.

—¿Esperabas a otra persona? —Charles miró a su alrededor, como si estuviera buscando algo.

—Claro que no. Pero no esperaba que vinieras a buscarme.

—¿Por qué no? —preguntó él, distraído, todavía buscando algo.

Ellie lo miró fijamente.

—¿Acaso tienes una memoria deficiente, milord?

Él pareció no oírla, así que ella exclamó:

—¡Charles!

Él se volvió de golpe.

—¿Qué?

—¿Qué buscas?

—Nada.

Justo entonces, Cordelia entró en el invernadero gritando: «¡Fuego! ¡Fuego!».

Ellie vio cómo su tía-abuela salía y se volvió hacia Charles con expresión acusatoria.

—Pensabas que había prendido fuego al invernadero, ¿verdad?

—Por supuesto que no —respondió él.

—¡Por el amor de...! —Se detuvo antes de blasfemar. A su padre le daría algo si descubriera lo mucho que había empeorado el vocabulario de su hija en los dos días que llevaba fuera de su casa. El matrimonio estaba teniendo unos efectos negativos en su carácter, eso seguro.

Charles miró al suelo, avergonzado. Su tía Cordelia llevaba gritando «¡Fuego!» cada día desde que la conocía. Tendría que haber confiado un poco más en su mujer.

—¿Te gusta la jardinería? —farfulló.

—Sí. Espero que no te importe que me dedique a las plantas.

—En absoluto.

Se quedaron en silencio durante medio minuto. Ellie repiqueteó en el suelo con la punta del zapato. Charles tamborileó los dedos de la mano en el muslo. Al final, ella se dijo que nunca había sido una persona sumisa por naturaleza y dijo:

—Sigues enfadado conmigo, ¿verdad?

Él levantó la cabeza, sorprendido de que le hubiera hecho la pregunta.

—Es una forma de describirlo.

—Yo también estoy enfadada contigo.

—No se me ha pasado por alto.

Su tono seco la enfurecía. Era como si se estuviera burlando de su angustia.

—Quiero que sepas —le dijo ella— que nunca imaginé que mi matrimonio sería el contrato frío que pareces tener en mente.

Él chasqueó la lengua y se cruzó de brazos.

—Seguramente, nunca imaginaste casarte conmigo.

—Es lo más egoísta que he...

—Además —la interrumpió él—, si nuestro matrimonio es frío, como dices con tanta delicadeza, es porque has elegido no consumar la unión.

Ellie se quedó sin habla ante su crueldad.

—Señor, es usted despreciable.

—No, simplemente te deseo. ¿Por qué? Te prometo que no lo sé, pero te deseo.

—¿La lujuria siempre convierte a los hombres en seres tan horribles?

Él se encogió de hombros.

—No lo sé. Nunca me había costado tanto llevarme a una mujer a la cama. Y nunca había estado casado con ninguna de ellas.

Ellie volvió a quedarse boquiabierta. Desconocía los detalles de un matrimonio de la nobleza, pero estaba convencida de que los maridos no tenían que hablar de sus conquistas amorosas delante de sus mujeres.

—No tengo por qué escuchar estas cosas —dijo ella—. Me voy.

Empezó a caminar hacia la puerta, pero se detuvo y dio media vuelta.

—No —dijo—. Quiero seguir con las plantas. Vete tú.

—Ellie, ¿debo recordarte que esta es mi casa?

—Ahora también es la mía. Quiero estar en el invernadero. Tú no. Por lo tanto, te vas tú.

—Eleanor...

—Me está empezando a resultar muy difícil saborear el placer de tu compañía —dijo ella.

Charles sacudió la cabeza.

—De acuerdo. Entiérrate hasta los codos, si quieres. Tengo cosas mejores que hacer que quedarme aquí discutiendo contigo.

—Yo también.

—Perfecto.

—¡Perfecto!

Y se marchó.

Ellie pensó que parecían dos niños pequeños, pero, a esas alturas, estaba demasiado enfurecida para preocuparse por eso.

Los recién casados consiguieron evitarse durante dos días y, seguramente, habrían podido seguir con sus vidas solitarias si no se hubiera producido un desastre.

Ellie estaba desayunando cuando Helen entró en el comedor con expresión de asco.

—¿Sucede algo, Helen? —preguntó Ellie, intentando ignorar el hecho de que la cocina todavía no había retomado el servicio de tostadas.

—¿Tienes idea de qué es ese olor tan asqueroso del ala sur? He estado a punto de desmayarme por el camino.

—Yo no he notado nada, pero he bajado por las escaleras laterales y... —Se le detuvo el corazón. «El invernadero. Por favor, no. El invernadero, no». Estaba en el ala sur—. ¡Madre mía! —murmuró, mientras se levantaba. Corrió por los pasillos, con Helen pisándole los talones. Si había pasado algo en el invernadero, no sabía qué haría. Era el único lugar de ese mausoleo dejado de la mano de Dios donde se sentía como en casa.

A medida que se iba acercando a su destino, le llegó un olor terrible a podrido.

—¡Dios mío! —gritó—. ¿Qué es esto?

—Es horrible, ¿verdad? —comentó Helen.

Ellie entró en el invernadero y lo que vio le provocó ganas de llorar. Los rosales, de los que ya se había enamorado, estaban muertos, con las hojas casi chamuscadas. Los pétalos habían caído todos al suelo y los esqueletos de los arbustos apestaban. Se tapó la nariz.

—¿Quién ha podido hacer algo así? —Se volvió hacia Helen y repitió—: ¿Quién?

Helen se la quedó mirando unos segundos y luego dijo:

—Ellie, eres la única que se pasa horas en el invernadero.

—¿No creerás que yo...? ¿Crees que lo he hecho yo?

—A propósito, no —respondió Helen, que estaba bastante incómoda—. Todos veíamos lo mucho que te gustaban las plantas y las flores. Quizá pusiste algo en la tierra o le echaste algo que no debías.

—¡Yo no he hecho nada! —insistió Ellie—. Yo...

—¡Por el amor de Dios! —Charles entró en el invernadero con un pañuelo encima de la boca y la nariz—. ¿Qué es ese olor?

—¡Mis rosales! —gritó Ellie—. Mira lo que les han hecho.

Él apoyó las manos en las caderas mientras observaba los daños y, accidentalmente, respiró por la nariz y tosió.

—¡Diablos, Ellie! ¿Cómo has conseguido matar los rosales en apenas dos días? Mi madre siempre tardaba, al menos, un año.

—¡Yo no he tenido nada que ver! —gritó—. ¡Nada!

Claire escogió ese instante para entrar en escena.

—¿Se ha muerto algo en el invernadero? —preguntó.

Ellie entrecerró los ojos.

—No, pero mi marido está a punto de hacerlo si dice una palabra despectiva más sobre mí.

—Ellie —dijo Charles en tono conciliador—, sé que no lo has hecho a propósito. Pero es que...

—¡Aaah! —gritó ella, mientras levantaba las manos en el aire—. Si vuelvo a oír esa frase otra vez, gritaré.

—Ya estás gritando —dijo Claire.

Ellie quería estrangular a esa niña.

—Hay personas a las que no se les da bien la jardinería —continuó Claire—. No tiene nada de malo. A mí se me da fatal. Por eso nunca me atrevería a pisar el invernadero. Para eso tenemos jardineros.

Ellie miró a Charles, a Helen y a Claire, y luego otra vez a Charles. Sus expresiones eran de lástima, como si se hubieran encontrado con una criatura que, aunque era agradable, también era completamente inepta.

—Ellie —dijo Charles—, quizá podamos hablarlo.

Después de dos días de tratamiento de silencio, la repentina disponibilidad para hablar sobre su supuesto fallo en el invernadero fue la gota que colmó el vaso.

—No tengo nada que hablar contigo —gruñó—. ¡Con ninguno de vosotros! —Y se marchó.

Charles dejó que Ellie estuviera sola en la habitación hasta la noche, cuando decidió que era mejor subir y hablar con ella. Nunca la había visto tan enfadada como esa mañana, aunque también era cierto que hacía apenas una semana que la conocía, pero nunca se había imaginado que la mujer alegre y valiente con quien se había casado pudiera enfadarse tanto por algo.

Había tenido unos días para enfriar los ánimos desde la última pelea. Ahora se daba cuenta de que Ellie lo había estado poniendo a prueba. No conocía las costumbres de la aristocracia y se había defendido atacando. Se calmaría a medida que fuera acostumbrándose al matrimonio.

Llamó con suavidad a la puerta y, como no obtuvo respuesta, llamó un poco más fuerte. Al final, le pareció oír algo como «¡Adelante!», así que se asomó.

Ellie estaba sentada en la cama, envuelta en una vieja manta que debía de haber traído de su casa. Era una pieza sencilla, blanca con pespuntes azules; algo que no encajaba con los opulentos gustos de sus antepasados.

—¿Querías algo? —preguntó ella en tono neutro.

Charles la miró fijamente. Tenía los ojos rojos y, debajo de la voluminosa manta, parecía muy pequeña y joven. Tenía algo en la mano izquierda.

—¿Qué es eso? —preguntó él.

Ellie bajó la mirada hasta las manos, como si hubiera olvidado que estaba sujetando algo.

—Ah, esto. Es el retrato de mi madre.

—Es muy especial para ti, ¿verdad?

Se produjo una larga pausa, como si Ellie estuviera decidiendo si quería compartir con él sus recuerdos familiares. Al final, dijo:

—Cuando supo que iba a morir, hizo dos. Uno para mí y otro para Victoria. La idea siempre fue que nos los lleváramos cuando nos casáramos.

—Para que no la olvidarais nunca.

Ella se volvió hacia él de golpe, con los ojos azules muy abiertos.

—Es exactamente lo que dijo. Lo mismo. —Se sorbió la nariz y se la limpió con la mano, en un gesto muy poco elegante—. Como si pudiera olvidarla.

Miró las paredes de su habitación. Todavía no había descolgado todos aquellos horribles retratos y, en comparación con la dulce expresión de su madre, las condesas parecían todavía más imponentes.

—Siento mucho lo que ha pasado hoy en el invernadero —dijo Charles con delicadeza.

—Yo también —respondió ella con amargura.

Charles intentó ignorar su dureza mientras se sentaba a su lado en la cama.

—Sé que adorabas esas plantas.

—Igual que todos.

—¿Qué quieres decir?

—Que alguien no quiere verme feliz. Alguien está arruinando, a propósito, mis esfuerzos por intentar que Wycombe Abbey sea mi casa.

—Ellie, eres la condesa de Billington, y eso significa que Wycombe Abbey es tu casa.

—Todavía no. Tengo que dejar mi marca. Tengo que hacer algo para que al menos un trocito sea mío. Intenté ayudar cuando arreglé el horno.

Charles suspiró.

—Quizá no deberíamos mencionar el horno.

—No coloqué mal la rejilla —dijo ella, desprendiendo fuego por los ojos—. Alguien arruinó mis esfuerzos.

Charles soltó el aire muy despacio y la tomó de la mano.

—Ellie, nadie piensa mal de ti. No es culpa tuya que seas un poco inepta cuando se trata de...

—¿Inepta? ¡Inepta! —exclamó con voz aguda—. No soy una... —Pero aquí se hizo un lío porque, entre las prisas por levantarse de la cama y colocar los brazos en jarra, en gesto ofendido, olvidó que Charles estaba sentado sobre una esquina de la manta, con lo que cayó al suelo y aterrizó sobre las nalgas con poca delicadeza. Intentó levantarse, pero tropezó dos veces, una con la falda y la otra con la manta, hasta que al final gruñó—: No soy una inepta.

Él, a pesar de sus esfuerzos por ser sensible ante la angustia de su mujer, no pudo evitar esbozar una sonrisa.

—Ellie, no quería decir...

—Te diré que siempre he sido muy *epta.*

—*¿Epta?*

—Siempre he sido extremadamente organizada y brillantemente capaz...

—*¿Epta?*

—No dejo las cosas para más tarde y no eludo mis responsabilidades. Termino lo que empiezo.

—¿Esa palabra existe?

—¡¿Qué palabra?! —exclamó ella, que parecía muy enfadada con él.

—*Epta.*

—Por supuesto que no.

—Pues la has dicho —dijo Charles.

—Yo no he dicho eso.

—Ellie, me temo que...

—Si lo he dicho —dijo, sonrojándose ligeramente—, eso demuestra lo furiosa que estoy. Utilizar palabras inexistentes... ¡Ja! No es propio de mí.

—Ellie, sé que eres una mujer muy inteligente. —Esperó a que ella dijera algo, pero como no fue así, añadió—: Por eso me casé contigo.

—Te casaste conmigo —respondió ella, ofendida— porque necesitabas salvar tu fortuna y pensaste que haría la vista gorda con tus aventuras amorosas.

Él también se sonrojó.

—Es cierto que mi inestable situación económica tuvo que ver con la rapidez con que nos casamos, pero te aseguro que lo último que pensé cuando me casé contigo fue tener una aventura.

Ella soltó una risita.

—Solo tienes que mirar tu lista para ver que mientes.

—¡Ah, sí! —dijo, muy mordaz—. La infame lista.

—Hablando de nuestro acuerdo matrimonial —dijo Ellie—, ¿te has encargado de mis asuntos financieros?

—Sí, en realidad, lo hice ayer.

—¿Ayer? —Ellie parecía bastante sorprendida—. Pero...

—Pero ¿qué? —preguntó él, irritado de que ella no esperara que cumpliera su palabra.

—Nada —hizo una pausa, y luego añadió—: Gracias.

Charles asintió a modo de respuesta. Al cabo de unos instantes de silencio, él dijo:

—Ellie, tenemos que hablar de nuestro matrimonio. No sé de dónde has sacado tu pobre impresión sobre mí, pero...

—Ahora no —lo interrumpió ella—. Estoy muy cansada y no creo que pueda soportar tus comentarios sobre lo poco que sé de los matrimonios de la nobleza.

—Cualquier idea preconcebida que tuviera del matrimonio era anterior a conocerte —le explicó él.

—Ya te he dicho que no creo que sea tan increíblemente atractiva como para que olvides tus nociones sobre lo que debería ser un matrimonio.

Charles la miró fijamente y se fijó en la melena rojiza dorada que le caía encima de los hombros y decidió que la palabra «atractiva» se quedaba corta para describirla. Su cuerpo la pedía a gritos y el corazón..., bueno, no era un experto en temas del corazón, pero estaba bastante seguro de que el suyo estaba sintiendo algo.

—Entonces, enséñame —le dijo sin más—. Enséñame qué debería ser un matrimonio.

Ella lo miró atónita.

—¿Cómo iba a saberlo? Para mí, todo esto es tan nuevo como para ti.

—Entonces, quizá no deberías regañarme tan rápido.

La vena de la sien de Ellie estuvo a punto de estallar antes de que dijera:

—Sé que los maridos y las mujeres deberían respetarse lo suficiente como para no reírse y poner la otra mejilla cuando la otra persona comete adulterio.

—¿Lo ves? Sabía que tenías algunas ideas sobre el matrimonio. —Sonrió y se reclinó en una almohada—. Y no te imaginas lo contento que estoy de saber que no pretendes serme infiel.

—Pues a mí me encantaría oír lo mismo de tus labios —respondió ella.

La sonrisa de Charles se convirtió en una amplia expresión de alegría.

—Los celos nunca acariciaron oídos más agradecidos.

—Charles... —Había un tono de advertencia en su voz.

Él chasqueó la lengua y dijo:

—Ellie, te aseguro que, desde que te conozco, la idea del adulterio ni se me ha pasado por la cabeza.

—Eso me tranquiliza —respondió ella con sarcasmo—. Has conseguido mantener tu mente centrada una semana entera.

Charles se planteó comentar que, en realidad, habían sido ocho días, pero le pareció muy infantil. En lugar de eso, dijo:

—En tal caso, me parece que tu papel como esposa está bastante claro.

—¿Cómo dices?

—Al fin y al cabo, no quiero extraviarme.

—Creo que esto no me gusta —dijo ella entre dientes.

—Nada me gustaría más que pasar la vida entre tus brazos.

Ella se rio.

—No quiero saber la de veces que has dicho esa frase, milord.

Charles se levantó de la cama y se colocó delante de ella con la agilidad de un gato. Aprovechó su desconcierto para tomarla de la mano y acercársela a los labios.

—Si intentas seducirme —dijo ella, inexpresiva—, no funcionará.

Él esbozó una sonrisa endiablada.

—No intento seducirte, querida Eleanor. Jamás intentaría llevar a cabo una tarea tan extraordinaria. Al fin y al cabo, eres noble, recta y fuerte.

Visto así, a Ellie le daba la sensación de ser el tronco de un árbol.

—¿Adónde quieres ir a parar? —le preguntó.

—Es sencillo. Creo que deberías seducirme tú.

11

Le golpeó el pecho con las palmas de las manos y lo tiró a la cama.

—¡¿Te has vuelto loco?! —gritó.

Charles sonrió.

—Te aseguro que no tenías que recurrir a la fuerza para atraerme a tu cama, querida esposa.

—¡Esto es solo un juego para ti!

—No, Ellie. Es el matrimonio.

—No sabes qué es el matrimonio.

—Ya, pero tú misma has admitido que tú tampoco. —Alargó el brazo para tomarla de la mano—. Sugiero que aprendamos juntos.

Ella apartó la mano.

—No me toques. No puedo pensar cuando me tocas.

—Una realidad muy alentadora —murmuró él.

Ella le lanzó una mirada mordaz.

—No voy a intentar seducirte.

—No sería tan complicado. Y siempre es agradable conseguir los objetivos que uno se propone.

—Sería muy complicado —respondió ella, ofendida—. Sería incapaz de reunir el deseo suficiente para hacerlo bien.

—¡Ah! Un buen golpe, milady, pero claramente falso.

Ellie quería responder algo ingenioso, pero no se le ocurrió nada. El problema era que ella también sabía que sus palabras eran falsas. Charles solo tenía que mirarla y a ella se le doblaban las rodillas. Cuando alargaba la mano y la tocaba, apenas podía mantenerse en pie.

—Ellie —dijo con ternura—, ven a la cama.

—Voy a tener que pedirte que te marches —respondió ella con remilgo.

—¿Ni siquiera piensas darle una oportunidad a mi plan? No me parece justo que descartes mis ideas de buenas a primeras.

—¡¿Justo?! ¿Estás loco?

—A veces yo también me lo pregunto —dijo él entre dientes.

—¿Lo ves? Sabes tan bien como yo que esto es una locura.

Charles maldijo para sí mismo y farfulló algo sobre que ella tenía mejor oído que un conejo. Ellie se aprovechó de aquel relativo silencio para seguir a la ofensiva y dijo:

—¿Qué podría ganar seduciéndote?

—Te lo explicaría —dijo él con picardía—, pero no estoy seguro de que tus tiernos oídos estén listos para eso.

Ellie se sonrojó de golpe e intentó decir:

—Sabes que no me refería a eso. —Pero tenía los dientes tan apretados que solo se oyó un silbido.

—¡Ah! Mi mujer reptil… —dijo Charles lanzando un suspiro.

—Estoy perdiendo los nervios, milord.

—¿De veras? No me había dado cuenta.

Ellie nunca había querido abofetear a nadie en su vida, pero comenzaba a pensar que aquel era un buen momento para empezar. La actitud burlona y segura de su marido era casi insoportable.

—Charles…

—Antes de que continúes —la interrumpió él—, permíteme que te explique por qué deberías considerar seriamente seducirme.

—¿Has hecho una lista? —preguntó ella, arrastrando las palabras.

Él agitó la mano en el aire como si nada.

—Te aseguro que no es algo tan formal. Pero tiendo a pensar en listas, es una costumbre que compartimos los escritores de listas compulsivos, y naturalmente tengo algunos motivos organizados en mi cabeza.

—Naturalmente.

Él sonrió ante su intento de sarcasmo.

—No siguen ningún orden, claro. —Cuando ella no dijo nada, él añadió—: Lo digo para que no haya malentendidos sobre la seguridad de Inglaterra, la posibilidad de que el cielo caiga sobre la tierra y todo eso.

Ellie quería echarlo de la habitación con todas sus fuerzas. Y, contra su propio criterio, dijo:

—Adelante.

—Está bien, veamos.

Charles colocó las manos en posición de oración mientras intentaba ganar tiempo. No se le había ocurrido hacer una lista hasta que Ellie lo mencionó. Miró a su mujer, que estaba golpeando el suelo con la punta del pie, impaciente.

—Está bien, empecemos, pero primero tenemos que buscar un título.

Ella lo miró con recelo y Charles supo que sospechaba que se lo estaba inventando todo sobre la marcha. Ningún problema, se dijo. No debería ser tan complicado.

—El título —le recordó ella.

—¡Ah, sí! «Motivos por los que Ellie debería seducir a Charles». La habría llamado «Motivos por los que Ellie debería intentar seducir a Charles» —añadió él—, pero la primera me parece más acertada.

Ella solo lo miró fijamente, así que él continuó:

—Quería decir que no hay motivo para temer que fracases en el intento.

—Ya sé lo que querías decir.

Él sonrió con aire travieso.

—Sí, claro. ¿Pasamos al primer motivo?

—Por favor.

—Empezaré por el más elemental. Número uno: lo disfrutarás.

Ellie quería contradecirlo, pero tenía la sensación de que sería otra mentira.

—Número dos: lo disfrutaré. —La miró y sonrió—. Estoy convencido.

Ellie se apoyó en la pared porque notaba que las rodillas empezaban a fallarle.

Charles se aclaró la garganta.

—Lo que enlaza directamente con el número tres: como lo disfrutaré, no tendré ningún motivo para buscar cariño en otra parte.

—¡El hecho de estar casado conmigo debería bastar!

—Es cierto —asintió él—. Pero soy el primero en reconocer que no soy el hombre más noble y temeroso de Dios. Tendré que aprender lo placentero y satisfactorio que puede ser el matrimonio.

Ellie soltó una risa desdeñosa y burlona.

—Cuando lo haga —continuó—, estoy seguro de que seré un marido modelo.

—En la otra lista escribiste que querías un matrimonio sofisticado y abierto, uno en el que fueras libre de extraviarte.

—Eso fue antes de conocerte —respondió él, muy jovial.

Ella colocó las manos en las caderas.

—Ya te he dicho que no me creo ese argumento.

—Pero es verdad. Para ser sincero, jamás hubiera pensado encontrar a una mujer a la que quisiera ser fiel. No voy a decirte que estoy enamorado de ti...

El corazón de Ellie se encogió.

—... pero creo que, con el tiempo y el estímulo necesarios, puedo llegar a quererte.

Ella se cruzó de brazos.

—Dirías cualquier cosa para seducir a una mujer, ¿verdad?

Charles hizo una mueca. Sus palabras habían sonado mucho peor de lo que él pretendía.

—Esto no va bien —dijo entre dientes.

Ella arqueó una ceja, y le regaló una expresión que era idéntica a la de su difunta niñera cuando se enfadaba con él. De repente, Charles se sintió como un niño al que estaban regañando; una sensación muy desagradable para alguien de su posición.

—¡Demonios, Ellie! —dijo mientras saltaba de la cama y se ponía de pie—. Quiero hacer el amor con mi mujer. ¿Acaso es un crimen?

—Lo es cuando no sientes cariño por ella.

—¡Siento cariño por ti! —Se echó el pelo hacia atrás con las manos y su expresión reflejó lo agotado que estaba—. Me gustas más que cualquier otra mujer que haya conocido. ¿Por qué demonios crees que me casé contigo?

—Porque, sin mí, toda tu fortuna habría ido a parar a tu odioso primo Cecil.

—Phillip —la corrigió automáticamente—, y para salvar mi fortuna me habría podido casar con cualquiera. Créeme, podía elegir entre las mejores camadas de Londres.

—¿Camadas? —repitió ella, atónita—. Es horrible. ¿Acaso no respetas a las mujeres?

—¿Cuándo fue la última vez que fuiste a Londres y te diste una vuelta por la escena social?

—Sabes que nunca he...

—Exacto. Confía en mí. Si tuvieras la oportunidad de conocer a la mayoría de las debutantes, sabrías de qué hablo. El año pasado, solo encontré a una con más de medio cerebro en la cabeza, y ya estaba enamorada de otro.

—Un testamento para el hecho de que tuviera más de medio cerebro.

Charles le perdonó la indirecta.

—Ellie —dijo en tono dulce y alentador—, ¿qué motivo puede haber para evitar que hagamos realidad nuestro matrimonio?

Ella abrió la boca, pero no encontró las palabras. Lo que se le ocurría parecía pobre. ¿Cómo iba a explicarle que no creía que estuviera preparada para intimar por una sensación que tenía? No tenía argumentos racionales, ni motivos sensatos y razonados, solo una sensación.

Y, aunque pudiera transmitirle esa sensación, sospechaba que no resultaría demasiado convincente. No cuando su constante ataque sensual empezaba a hacer mella en ella y empezaba a desearlo.

—Ellie —dijo—, algún día vas a tener que enfrentarte al hecho de que me deseas.

Ella lo miró sorprendida. ¿Acaso le había leído la mente?

—¿Quieres que te lo demuestre? —murmuró él. Se levantó y se acercó a ella—. ¿Qué sientes cuando hago... —alargó la mano y le acarició la mejilla con delicadeza— esto?

—Nada —susurró ella, que, de repente, se quedó paralizada.

—¿En serio? —Esbozó una sonrisa lenta y perezosa—. Pues yo siento muchas cosas.

—Charles...

—Shhh... ¿Qué sientes cuando hago... —Se inclinó y le tomó el lóbulo de la oreja entre los dientes— esto?

Ellie tragó saliva e intentó ignorar cómo su cálido aliento le acariciaba la piel.

Charles la rodeó con un brazo y la atrajo todavía más a su cálido cuerpo.

—¿Y si hago... —se agarró a sus nalgas y las apretó— esto?

—Charles —dijo ella, sorprendida.

—¿Charles, sí —murmuró él—, o Charles, no?

Ella no dijo nada y, aunque le hubiera ido la vida en ello, habría sido incapaz de articular palabra.

Él sonrió.

—Me lo tomaré como un sí.

Sus labios se apoderaron de los de ella en un hambriento movimiento y Ellie tuvo que agarrarse a él para no caerse. Odiaba que pudiera hacerle eso, y se odiaba a sí misma por desear tanto aquellas sensaciones. Era un mujeriego de la peor calaña y prácticamente había admitido que pretendía tener aventuras paralelas durante el matrimonio, pero con solo tocarla, ella se derretía más deprisa que la mantequilla.

Suponía que por eso tenía tanto éxito entre las mujeres. Le había dicho que quería serle fiel, pero ¿cómo iba a creerlo? Seguro que las mujeres caían en su cama en efecto dominó; ella misma era un claro ejemplo. ¿Cómo iba a poder resistirse a todas?

—Sabes a miel —le dijo con voz ronca mientras le mordisqueaba la comisura de los labios—. Tienes un sabor único, incomparable.

Ellie notó cómo se la llevaba a la cama, y luego sintió el fuerte cuerpo de Charles encima del suyo. Estaba muy excitado; tenía unas ganas salvajes de ella y su corazón disfrutó de esa sensación y ese poder. Con cautela, alargó la mano y la posó en los fuertes tendones de su cuello. Los músculos de Charles se tensaron ante el contacto y ella apartó la mano.

—No —dijo él colocándole otra vez la mano—. Más.

Ella volvió a tocarlo y se maravilló de lo cálida que estaba su piel.

—Charles —susurró—, no debería...

—Deberías —respondió él con fervor—. Desde luego que deberías.

—Pero...

La silenció con otro beso, y Ellie lo dejó hacer. Si no podía hablar, no podía protestar y, de repente, se dio cuenta de que no quería protestar. Arqueó la espalda, moviéndose instintivamente hacia su calidez y se sorprendió cuando notó sus senos aplastados contra su pecho.

Él pronunció su nombre, lo murmuró una y otra vez. Se estaba perdiendo en él, estaba perdiendo la capacidad de pensar. Solo existía ese hombre, y las cosas que le estaba haciendo sentir y...

Sus oídos despertaron de golpe.

Y oyó un ruido en la puerta.

—Charles —susurró—, creo que...

—No pienses.

Los golpes se intensificaron.

—Alguien llama a la puerta.

—Nadie sería tan cruel —murmuró él, mientras sus palabras se perdían en su cuello—. O tan estúpido.

—¡Ellie! —Los dos lo oyeron y enseguida reconocieron la voz de Judith.

—¡Maldición! —dijo Charles, al tiempo que se separaba de Ellie. No habría podido mantener su deseo a raya por nadie más. Pero la voz de la pequeña Judith bastaba para convencerlo de que no era momento de anteponer sus necesidades. Se sentó en la cama y se abrochó la camisa. Cuando miró a Ellie, vio que estaba corriendo hacia la puerta mientras adecentaba su aspecto. Charles sonrió ante sus esfuerzos por arreglarse el pelo. Se lo había dejado bien revuelto.

Ellie abrió la puerta y vio a la niña, que tenía el labio inferior temblando. Enseguida se arrodilló.

—Judith, ¿qué sucede? —le preguntó—. ¿Por qué estás triste?

—No estoy triste, ¡estoy enfadada!

Ellie y Charles se rieron.

—¿No quieres entrar? —dijo Ellie, que mantuvo un tono de voz grave.

Judith asintió como una reina y entró.

—¡Ah! Buenas noches, Charles.

—Buenas noches, Judith. Me alegro de verte. Pensaba que te estabas preparando para acostarte.

—Y lo estaría haciendo, pero la señorita Dobbin me ha robado el postre.

Charles miró a Ellie, totalmente confundido. Su esposa estaba intentando disimular una sonrisa. Por lo visto, sabía de qué iba todo eso.

—¿Y te ha dado algún motivo? —le preguntó Ellie.

Judith hizo un gesto de enfado con la boca.

—Dijo que me había portado mal cuando estábamos practicando las letras.

—¿Y es cierto?

—Quizá un poco. Pero te aseguro que no lo suficiente como para que me robara el postre.

Ellie se volvió hacia Charles.

—¿Qué postre había esta noche?

—Tarta de fresa con crema y canela —respondió él—. Estaba muy buena.

—Es mi favorita —dijo Judith entre dientes—. Y también la de la señorita Dibbon.

—Y la mía —añadió Ellie, que se cubrió el estómago con una mano cuando este rugió.

—Quizá no deberías haberte perdido la cena —dijo Charles.

Ella le atravesó con la mirada antes de volverse hacia Judith.

—Te prometí que te ayudaría si esta ocasión se repetía, ¿verdad?

—Sí. Por eso he venido. ¡Me merezco el postre! Y puedo demostrarlo.

De reojo, Ellie vio que Charles se estaba riendo. Intentó ignorarlo, se centró en Judith y dijo:

—¿De veras?

—Mmm... Mmm... —La niña asintió con la cabeza—. He traído la lección. Verás que todas las letras están perfectas. Incluso la zeta, que es muy difícil.

Ellie tomó la hoja de papel que Judith había sacado del bolsillo del vestido. Estaba un poco arrugada, pero vio que la niña había escrito todo el abecedario en mayúsculas y minúsculas.

—Muy bien —murmuró—, aunque la «m» tiene un arco de más.

—¡¿Qué?! —gritó Judith, horrorizada.

—Era una broma —respondió Ellie. Luego se volvió hacia Charles y dijo—: Me temo que tendrás que perdonarnos. Judith y yo tenemos que ocuparnos de un asunto muy importante.

—Como señor de la casa —dijo Charles con una expresión de preocupación fingida—, creo que se me debería informar de cualquier plan secreto y poco limpio que se esté tramando.

—De acuerdo —dijo Ellie—. Vamos a ir a la cocina a buscar otra porción de tarta para Judith. —Hizo una pausa coincidiendo con un rugido de su estómago—. Y otra para mí, imagino.

—Tendré que impedirlo —dijo él.

—¡Oh, Charles, no! —exclamó Judith.

—A menos que pueda participar. —Se volvió hacia Ellie—. Además, creía que no querías volver a bajar a la cocina sola.

Ella le frunció el ceño.

—Judith y yo estaremos muy bien solas.

—Por supuesto, pero el viaje será más divertido si os acompaño.

Judith tomó la mano de Ellie y tiró de ella.

—Tiene razón. Cuando quiere, Charles puede ser muy divertido.

Él la despeinó.

—¿Solo cuando quiero?

—A veces eres un poco terco.

—Yo siempre se lo digo —dijo Ellie, encogiéndose de hombros con impotencia.

—Eleanor —la reprendió él—, sueles acusarme de lo contrario. Quizá si fuera más terco contigo... mmm... quizá conseguiría algo más.

—Creo que va siendo hora de marcharnos —dijo Ellie mientras empujaba a Judith hacia la puerta.

—Cobarde —le susurró Charles cuando pasó por su lado.

—Llámalo «cobardía», si quieres —le susurró ella—. Yo prefiero llamarlo «sentido común». Judith solo tiene seis años.

—Casi siete —dijo la pequeña.

—Y lo oye todo —añadió Ellie.

—Todos los niños lo hacen —respondió Charles mientras se encogía de hombros.

—Mayor motivo aún para ser más cauto con tus palabras.

—¿Vamos a la cocina o no? —preguntó Judith, golpeando el suelo con un pie.

—Claro, tesoro —dijo Charles, que se adelantó y la tomó de la mano—. Pero no podemos hacer ruido y tenemos que hablar bajo.

—¿Así? —susurró Judith.

—Todavía más. Y tú... —se volvió hacia Ellie— cállate.

—No he dicho nada —protestó ella.

—Puedo oír tus pensamientos —respondió Charles con un divertido baile de cejas.

Judith se rio.

Y Ellie, que Dios la ayudara, también. Justo cuando estaba decidida a tomar a su marido por inútil, iba y la dejaba boquiabierta convirtiendo la excursión a la cocina en una aventura romántica para la joven Judith.

—¿Puedes oír los míos? —le preguntó la niña.

—Claro. Estás pensando en tartas de fresa.

Judith contuvo el aliento y se volvió hacia Ellie.

—¡Tiene razón!

Charles miró a su mujer a los ojos con expresión sensual.

—¿Puedes tú leer los míos?

Ella sacudió la cabeza.

—Seguramente no —asintió él—, porque si no estarías mucho más que sonrojada.

—¡Mira! —exclamó Judith—. Se está sonrojando. ¡Sabe lo que estás pensando!

—Ahora sí —respondió la joven esposa.

—¿Y qué piensa? —preguntó la niña.

—¡Madre mía! —dijo Ellie—. ¿Estamos ya cerca de la cocina? Será mejor que no digas nada, Judith. Charles dijo que teníamos que estar en silencio.

El trío entró de puntillas en la cocina, y Ellie descubrió que estaba mucho más limpia que la última vez que la había visto. Parecía que el horno quemado volvía a funcionar. Se moría de ganas de abrirlo y comprobar dónde estaba la rejilla. Quizá cuando Charles le diera la espalda...

—¿Dónde supones que *monsieur* Belmont ha escondido la tarta? —le preguntó Charles a Judith.

—¿En el armario, quizá? —sugirió.

—Una idea excelente. Echemos un vistazo.

Mientras los dos abrían todos los armarios, Ellie corrió, aunque en silencio por necesidad, hasta el horno. Echó un último vistazo a su marido para comprobar que Judith y él seguían ocupados y metió la cabeza.

La sacó igual de rápido, pero tuvo tiempo de comprobar que la rejilla volvía a estar a la misma altura que ella la había colocado.

—Esto es muy extraño —murmuró entre dientes.

—¿Has dicho algo? —preguntó Charles mientras se volvía.

—No —mintió ella—. ¿Habéis encontrado la tarta?

—No. Tengo la sensación de que el personal de cocina se la ha debido de terminar, pero hemos encontrado otra cubierta de mantequilla que parece riquísima.

—Mantequilla, ¿eh? —preguntó Ellie, con un renovado interés.

—Mmm... Estoy seguro.

Ellie lo creyó, pues se estaba lamiendo un dedo.

—Está deliciosa —dijo Judith, mientras hundía el dedo en la mantequilla y se lo llevaba a la boca.

—¿Acaso ninguno de los dos va a probar la tarta? —preguntó Ellie.

—No.

—Yo no.

—La mantequilla sola os hará daño al estómago.

—Una lástima —dijo Charles mientras volvía a lamerse el dedo—, pero es que somos tan felices...

—Pruébala, Ellie —dijo Judith.

—Está bien. Pero solo con un trozo de tarta —dijo Ellie.

—Pero nos estropearás el plan —dijo Charles—. Judith y yo pensábamos dejar la tarta sin mantequilla y que *monsieur* Belmont resuelva el misterio por la mañana.

—Estoy segura de que no le hará ninguna gracia —dijo Ellie.

—No le hace gracia nada.

—Charles tiene razón —añadió Judith—. Siempre está de mal humor y le gusta gritarme en francés.

Él acercó un dedo lleno de mantequilla a la boca de Ellie.

—Pruébalo, Ellie. Sabes que quieres.

Ellie se sonrojó. Esas palabras se parecían demasiado a las que le había dicho en la habitación, donde la había estado seduciendo. Él acercó el dedo un poco más, pero ella retrocedió antes de que le rozara los labios.

—Una lástima —dijo él—. Pensaba que ibas a hacerlo.

—¿El qué? —preguntó Judith.

—Nada —gruñó Ellie y luego, para demostrar a Charles que no era una cobarde, acercó un dedo al suyo, untó un poco de mantequilla y se la comió—. ¡Dios mío! —dijo—. Está deliciosa.

—Ya te lo había dicho —dijo Judith.

Ellie olvidó cualquier intento de ser la señora digna de la casa. Entre los tres, tardaron dos minutos en comerse toda la mantequilla de la tarta.

12

Al día siguiente, Ellie se despertó con una mejor disposición hacia su marido. Era difícil mantener el enfado con un hombre que adoraba así a los niños.

¿Que no se tomaba el matrimonio tan en serio como a ella le hubiera gustado? Eso no lo convertía en mala persona. Irreverente, quizá, pero no malo y, después de todos esos años de convivencia con su padre, Ellie empezaba a pensar que ser irreverente era incluso bueno. Obviamente, Charles todavía tenía que cambiar mucho antes de ser el marido en el que ella pudiera confiar a ciegas, pero, al menos, la excursión de la noche anterior con Judith había alimentado un poco las esperanzas de que podrían tener un matrimonio decente.

Aunque eso no quería decir que estuviera pensando en caer en su trampa e intentara seducirlo. Ellie no tenía ninguna duda sobre quién tendría el control de dicha situación. Se lo imaginaba perfectamente. Se acercaría para darle un beso, que era lo único que ella sabía hacer, y, a los pocos segundos, la seductora se habría convertido en seducida.

Sin embargo, para ser justos, Charles había mantenido su palabra. Se había encargado de los asuntos financieros de Ellie, para su mayor alegría, pues se moría de ganas de ponerse a trabajar. En algún momento de la noche, Charles había deslizado un papel por debajo de la puerta con toda la información que ella necesitaría para tomar las riendas de sus ahorros. Era de agradecer que se hubiera acordado y Ellie decidió que, cada vez que quisiera estrangularlo, algo que sucedía con una frecuencia que ella esperaba que disminuyera con el tiempo, pensaría en su amabilidad.

Se marchó a ver al nuevo abogado después de desayunar. No había tostadas, claro; la señora Stubbs se negaba rotundamente a hacerlas, algo que a Ellie le parecía un poco presuntuoso para un ama de llaves. Aunque claro, si lo único que podía esperar era otro cuadrado seco y quemado que pareciera como si algún día se hubiera originado de una rebanada de pan, estaba segura de que no merecía la pena discutir.

Pero entonces recordó lo que había visto la noche anterior: alguien había colocado la rejilla donde ella la había dejado. Si sabía lo que hacía, y estaba segura de que sí, en Wycombe Abbey podrían volver a comer tostadas deliciosas toda la vida.

Se dijo que debía comprobarlo cuando volviera.

El nuevo abogado de Ellie era un hombre de mediana edad llamado William Barnes, y era obvio que Charles le había dejado claro que su mujer estaría al cargo de sus finanzas. El señor Barnes era la educación personificada, e incluso expresó su gran respeto por los conocimientos y la visión de Ellie para los negocios. Cuando ella le dijo que invirtiera la mitad de sus ahorros en una cuenta conservadora y la otra mitad en el negocio del algodón, más arriesgado, el señor Barnes chasqueó la lengua como muestra de aprobación por el valor que Ellie daba a la diversificación.

Era la primera vez que Ellie había podido reclamar crédito por sus expertas gestiones, y le pareció una sensación embriagadora. Le gustaba poder hablar por sí misma y no tener que empezar cada frase con: «A mi padre le gustaría...» o «Mi padre cree que...».

La única opinión de su padre sobre el dinero era que era fuente de mucha maldad y Ellie estaba encantada de poder decir: «Quiero invertir mi dinero de la siguiente forma». Imaginaba que la mayoría la considerarían excéntrica; normalmente, las mujeres no gestionaban su propio dinero, pero no le importaba. De hecho, disfrutaba mucho de su recién descubierta independencia.

Cuando regresó a Wycombe Abbey, estaba de buen humor, y decidió esforzarse todavía más en convertir aquella gran propiedad en su casa. Sus esfuerzos dentro de aquellas paredes habían acabado en sonados fracasos, así que decidió pasar el día fuera y conocer personalmente a los arrendatarios. Era una aventura que valía la pena; sabía que, a menudo, las relaciones entre dueño y arrendatarios marcaban la diferencia entre unas tierras prósperas y unas tierras pobres. Si algo había aprendido como hija del vicario, era escuchar las preocupaciones de la gente y ayudarlos a encontrar soluciones a sus problemas. Como señora de esas tierras, su poder y posición serían mucho más elevados, pero estaba segura de que el proceso sería el mismo.

Aquello sí que sabía hacerlo.

Aunque, claro, también sabía arreglar hornos y cuidar rosas, y todo le había salido mal.

Regresó poco después de mediodía y Rosejack la informó de que el conde había salido a dar un paseo a caballo. Daba igual; prefería conocer a los arrendatarios sin la imponente presencia del conde junto a ella. Helen sería una mejor compañía y Ellie esperaba que aceptara.

Y así fue. Cuando la encontró en el salón, Helen respondió:

—¡Oh, encantada! He tenido que encargarme de eso yo sola durante años y, para serte sincera, creo que no se me da demasiado bien.

—Bobadas —respondió Ellie con una sonrisa cómplice.

—No, de veras. Puedo llegar a ser muy tímida y nunca he sabido qué decirles.

—Entonces, no se hable más. Estoy encantada de asumir la responsabilidad, pero tendrás que acompañarme para guiarme.

Cuando salieron, el aire era frío, pero el sol estaba en lo alto del cielo y brillaba con la promesa de una tarde cálida. Tardaron unos veinte minutos en llegar al primer grupo de casas. Ellie habría tardado cinco minutos menos, pero hacía tiempo que había aprendido a adaptar sus andares rápidos y desbocados al ritmo de los demás.

—La primera casa es de Thom y Bessie Stillwell —dijo Helen—. Tienen un pequeño trozo de tierra donde siembran avena y cebada. La señora Stillwell también hace remiendos para ganarse unas monedas más.

—Stillwell —se repitió Ellie mientras anotaba el apellido en una pequeña libreta—. Avena. Cebada. Remiendos. —Levantó la mirada—. ¿Hijos?

—Dos, creo. ¡Ah, no! Espera, ahora son tres. Hace unos meses tuvieron una niña.

Ellie llamó a la puerta y les abrió una mujer de unos veinticinco años.

—¡Oh! Señora Pallister, ¿cómo está? —le dijo a Helen, casi disculpándose con la mirada—. No la esperaba. ¿Le apetece una taza de té? Me temo que no tengo galletas.

—No se preocupe, señora Stillwell —respondió Helen—. No le hemos dicho que veníamos, de modo que no esperamos que nos reciba con todos los honores.

—No, no, claro que no —respondió Bessie, que no parecía demasiado convencida. Miró a Ellie y empezó a ponerse nerviosa. Había oído que el conde se había casado y no se equivocaba al imaginar que Ellie era la nueva condesa. Esta decidió sacarla de dudas.

—¿Cómo está, señora Stillwell? —dijo—. Soy la nueva condesa de Billington y es un placer conocerla.

Bessie hizo una rápida reverencia y farfulló un saludo. Ellie se preguntó qué experiencias había tenido aquella gente con la aristocracia para estar tan nerviosos en su presencia. Esbozó su más cálida sonrisa y dijo:

—Es la primera arrendataria que visito. Tendré que confiar en sus buenos consejos. Estoy convencida de que sabrá decirme la mejor ruta si quiero visitar a todos los demás esta tarde.

Bessie agradeció la sugerencia de poder aconsejar a una condesa y la charla continuó en un tono tan agradable como Ellie podía esperar. Descubrió que los hijos de los Stillwell se llamaban Thom Junior, Billy y Katey, que la familia estaba pensando en comprar otro cerdo y que el tejado tenía una gotera, algo que Ellie prometió arreglar lo antes posible.

—No, Thom puede encargarse. Es un manitas —dijo Bessie. Y luego bajó la mirada—. Lo que no tenemos son los materiales necesarios.

Ellie imaginó que el último año había sido difícil para los Stillwell. Sabía que, en Bellfield, las cosechas no habían sido tan abundantes como otros años, y supuso que por las cercanías de Wycombe Abbey había sucedido lo mismo.

—Entonces, me aseguraré de que les envíen los materiales —dijo—. Es lo menos que podemos hacer. Nadie tendría que vivir con goteras en el tejado.

Bessie le dio las gracias y, al final del día, Ellie había tenido tanto éxito con los arrendatarios que, con frecuencia, Helen decía:

—No sé cómo lo haces. Acabas de conocerlos y no sé por qué presiento que todos estarían dispuestos a lanzarse bajo las ruedas de un carromato por ti.

—Solo tienes que asegurarte de que sepan que estás a gusto con ellos. Cuando lo sepan, estarán a gusto contigo.

Helen sonrió.

—Supongo que la señora Smith no tiene ninguna duda de que estás cómoda con ella, después de ver cómo te has subido a una escalera y has inspeccionado el nido de pájaros de su tejado.

—No podía no hacerlo. Si los pájaros estaban quitándole la paja del tejado podrían haber provocado un problema grave. Por eso creo que el nido debería trasladarse a algún árbol cercano. Sin embargo, no estoy segura de cómo hacerlo sin asustar a las crías. He oído que, si un humano toca a las crías, la madre ya no las alimentará nunca más.

Helen sacudió la cabeza.

—¿Dónde aprendes esas cosas?

—De mi cuñado —respondió Ellie mientras agitaba la mano en el aire—. Siempre ha sido bastante científico. Ya hemos llegado. La última casa del día.

—Aquí vive Sally Evans —dijo Helen—. Enviudó hace casi un año.

—¡Qué pena! —murmuró Ellie—. ¿De qué murió su marido?

—De fiebre. Asoló el pueblo el año pasado, pero él fue la única víctima.

—¿La señora Evans puede mantenerse sola? ¿Tiene hijos?

—No —respondió Helen—. Llevaba casada menos de un año. Y no sé cómo se gana la vida. Imagino que dentro de poco se buscará otro marido. Tiene un pequeño huerto y unos cuantos animales, pero cuando sacrifique a los cerdos no sé qué va a hacer. Su marido era herrero, de modo que ella no tiene ninguna tierra para intentar sembrar algo. Además, aunque la tuviera, dudo que pudiera arreglárselas sola.

—Sí —asintió Ellie mientras levantaba la mano para llamar a la puerta—, trabajar la tierra es muy duro. Demasiado para una mujer sola. O un hombre solo, da lo mismo.

Sally Evans era más joven de lo que Ellie se esperaba y enseguida reconoció las líneas de dolor agrietando su pálida cara. Estaba claro que la mujer todavía lloraba a su marido.

Mientras Helen las presentaba, Ellie echó un vistazo a la pequeña casa. Estaba limpia y ordenada, pero tenía cierto aire abandonado, como si Sally pudiera encargarse de las pequeñas cosas de la vida, pero de las grandes todavía no. Todo estaba en su sitio, pero había un montón de ropa en el suelo que llegaba hasta la altura de la cadera de Ellie y varios trozos de una silla rota arrinconados esperando a que alguien los arreglara. La casa estaba tan fría que Ellie se preguntó cuánto hacía que Sally no encendía el fuego.

Durante la entrevista, quedó claro que la joven viuda se dejaba llevar por la vida. Su marido y ella no habían sido bendecidos con hijos y ahora estaba sola en su dolor.

Mientras Ellie pensaba en eso, Helen se estremeció y era imposible decidir quién estaba más avergonzada, si Sally por la temperatura de su casa o Helen por haberlo puesto de manifiesto.

—Lo siento mucho, señora Pallister —dijo Sally.

—No, no te preocupes, de verdad, soy yo. Creo que estoy incubando un resfriado y...

—No tiene que excusarse —la interrumpió Sally con rostro melancólico—. La casa está helada y todas lo sabemos. Pero es que la chimenea está estropeada y no he podido arreglarla todavía y...

—¿Por qué no le echo un vistazo? —dijo Ellie mientras se levantaba.

De repente, la expresión de Helen fue de auténtico pánico.

—No voy a intentar arreglarla —dijo Ellie en tono molesto—. Nunca intento arreglar nada que no sé arreglar.

Helen hizo una mueca tan sarcástica que Ellie sabía que se moría por sacar a relucir el tema de las tostadas.

—Pero sé reconocer que algo está estropeado —continuó Ellie—. ¿Por qué no me ayudáis a mover este tronco?

Sally se levantó de inmediato y, al cabo de unos segundos, Ellie estaba de pie en la chimenea, mirando hacia arriba y sin ver nada.

—Esto está oscuro como la noche. Sally, ¿qué sucede cuando intentas encender el fuego?

—Que la casa se llena de humo negro —respondió la muchacha mientras le acercaba una lámpara.

Mientras sus ojos se acostumbraban a la oscuridad, Ellie levantó la mirada y vio que el agujero de la chimenea estaba mugriento.

—En mi opinión, solo necesita una buena limpieza. Enviaremos a alguien de inmediato para que lo haga. Estoy segura de que el conde estaría de acuerdo conmigo en que...

—¿Estaría de acuerdo contigo en qué? —dijo una divertida voz desde la puerta.

Ellie se quedó de piedra. A Charles no le iba a hacer ninguna gracia encontrársela con la cabeza metida en una chimenea.

—¡Charles! —exclamó Helen—. ¡Qué sorpresa! Ven y mira lo que...

—Me ha parecido oír la voz de mi encantadora esposa —la interrumpió él.

Sally le respondió:

—Ha sido muy amable. La chimenea...

—¿Qué?

Ellie hizo una mueca y consideró seriamente escalar por el tubo de la chimenea.

—Eleanor —dijo él, muy serio—, sal de la chimenea ahora mismo.

Ella vio unos pequeños escalones en la pared de piedra. Si subía uno o dos, no podría verla.

—¡Eleanor! —exclamó Charles, enfadado.

—Charles, ella solo... —añadió Helen, en tono conciliador.

—De acuerdo, pues iré a buscarte —dijo él, todavía más enfadado, a pesar de que Ellie creía que eso era imposible.

—¡Señor! No hay espacio —dijo Sally, presa del pánico.

—Eleanor, voy a contar hasta tres. —Otra vez Charles, que estaba..., bueno, Ellie ya no veía el sentido a analizar lo enfadado que estaba.

Quería salir y enfrentarse a sus reprimendas, de verdad que sí. No era cobarde por naturaleza, pero cuando él dijo «Uno», se quedó helada; cuando dijo «Dos», dejó de respirar, y si Charles dijo «Tres», ella no lo oyó por encima del ruido de la sangre latiéndole en las orejas.

Entonces, notó cómo él se metía en la chimenea a su lado y, de repente, recuperó el cerebro:

—¡Charles! ¿Qué demonios haces?

—Intentar meter un poco de sentido común en esa cabecita tuya.

—¿A la fuerza? —dijo ella entre dientes—. ¡Ay!

—¿Qué? —preguntó él.

—Tu codo.

—Sí, bueno, tu rodilla...

—¿Estáis bien? —preguntó Helen, preocupada.

—¡Dejadnos solos! —gritó Charles.

—Bueno, milord —dijo Ellie en tono sarcástico—, creo que aquí estamos bastante solos...

—Mujer, deberías aprender cuándo callar.

—Sí, bueno... —Y sus palabras quedaron en el aire cuando oyó cómo la puerta de la casa se cerraba. De repente fue muy consciente de que estaba metida en un espacio muy estrecho con su marido, y de que sus cuerpos estaban pegados de formas que no deberían ser legales.

—¿Ellie?

—¿Charles?

—¿Te importaría explicarme por qué estás en una chimenea?

—No lo sé —respondió ella, arrastrando las palabras y enorgulleciéndose de ella misma por su *savoir-faire*—. ¿Quieres decirme tú qué estás haciendo en una chimenea?

—Ellie, no pongas a prueba mi paciencia.

Ella opinaba que ya habían dejado atrás la fase de las pruebas, pero fue lista y se guardó esos pensamientos para sí. Dijo:

—No había ningún peligro, por supuesto.

—Por supuesto —respondió él, y a Ellie la impresionó la cantidad de sarcasmo que imprimió a esas dos palabras. Hacer algo así era un talento.

—Solo habría sido peligroso si el fuego hubiera estado encendido, pero no lo estaba, claro.

—Uno de estos días voy a tener que estrangularte antes de que te mates.

—No te lo recomendaría —dijo ella, con un hilo de voz, mientras intentaba deslizarse hacia abajo. Si podía salir antes que él, ganaría el tiempo suficiente para llegar hasta el bosque. Charles nunca la atraparía entre esos árboles.

—Eleanor, ¡por el amor de Dios!, ¿qué estás haciendo?

—Eh... Intento salir —respondió ella, con la cabeza a la altura de su cintura. Se había quedado atascada allí.

Charles gimió. Gimió de verdad. Podía notar cada centímetro del cuerpo de su mujer, y su boca... ¡Su boca! Estaba peligrosa y deliciosamente cerca de su entrepierna y...

—Charles, ¿te encuentras mal?

—No —respondió él con voz ronca mientras intentaba ignorar el hecho de que notaba el movimiento de su boca cuando hablaba, y tuvo que hacer un gran esfuerzo por ignorar que se movía contra su ombligo.

—¿Estás seguro? Tu voz no suena demasiado bien.

—Ellie.

—¿Sí?

—Ponte de pie. Ahora.

Ella le hizo caso, pero tuvo que contonearse bastante para conseguirlo, y después de que Charles notara sus pechos contra el muslo, luego la cadera y luego el brazo..., bueno, tuvo que concentrarse con todas sus fuerzas para que ciertas partes de su anatomía no se excitaran más de lo que ya estaban.

No lo consiguió.

—Ellie —dijo.

—¿Sí? —volvía a estar de pie, lo que dejaba su boca en algún punto indeterminado de la parte baja de su cuello.

—Levanta la cabeza. Solo un poco.

—¿Estás seguro? Porque puede que quedemos encajados y...

—Ya estamos encajados.

—No, podría deslizarme hacia abajo y...

—¡No te deslices hacia abajo!

—¡Oh!

Charles respiró hondo. Y entonces ella se movió. No fue un gran movimiento, solo un ligero contoneo de la cadera, pero bastó. Y él la besó. No habría podido evitarlo ni siquiera si Francia hubiera estado invadiendo Inglaterra, ni tampoco si el cielo cayera sobre la tierra, ni tampoco si su maldito primo Cecil fuera a heredar hasta el último céntimo.

La besó, y volvió a besarla, y luego la besó otra vez. Y luego, al fin, levantó la cabeza un segundo, solo un segundo, para tomar aire, y la confundida mujer consiguió hablar.

—¿Por eso querías que levantara la cabeza? —le preguntó.

—Sí, y ahora calla.

Volvió a besarla y habría hecho mucho más, pero estaban tan pegados que, aunque lo hubiera intentado, no habría podido abrazarla.

—Charles —dijo ella, cuando él se separó para tomar aire.

—Tienes un talento especial para esto, ¿lo sabías?

—¿Para besar? —preguntó ella, más encantada de lo que le habría gustado demostrar.

—No, para hablar cada vez que me separo para respirar.

—¡Oh!

—Aunque lo de besar tampoco se te da mal. Un poco más de práctica y serás excelente.

Ella le dio un codazo en las costillas, todo un logro considerando que él no podía ni mover los brazos.

—No voy a morder el anzuelo —dijo ella—. Lo que quería decir antes de tu paréntesis es que Helen y Sally Evans deben de estar muy preocupadas por nosotros.

—Imagino que curiosas, pero no preocupadas.

—Sí, bueno, creo que deberíamos intentar salir. Se me caerá la cara de vergüenza cuando las vea. Seguro que saben lo que estamos haciendo y...

—En tal caso, el daño ya está hecho. —Volvió a besarla.

—¡Charles! —Esta vez, ni siquiera esperó a que se separara.

—¿Y ahora qué? Estoy intentando besarte.

—Y yo estoy intentando salir de esta mugrienta chimenea. —Y, para demostrarlo, empezó a deslizarse hacia abajo, sometiéndolo a la misma tortura erótica de hacía unos minutos. Pronto cayó al suelo con un golpe seco—. Ya está —dijo, mientras salía a cuatro gatas del agujero y ofrecía a Charles una bonita vista de su trasero manchado de hollín.

Él respiró hondo varias veces para intentar controlar su acelerado cuerpo.

—¿Vas a salir o no? —preguntó Ellie en tono divertido.

—Dame un segundo. —Él se agachó puesto que, ahora que ella ya no estaba, moverse era más fácil, y salió gateando.

—¡Madre mía! —se rio Ellie—. ¡Mírate!

Él se miró mientras se sentaba a su lado en el suelo. Iba cubierto de hollín.

—Tú también vas sucia —respondió él.

Los dos se echaron a reír, incapaces de negar lo estúpidos que parecían, y luego Ellie dijo:

—¡Ah! Me había olvidado. Hoy he ido a ver al señor Barnes.

—¿Y estaba todo dispuesto a tu gusto?

—Sí, perfecto. De hecho, ha sido muy emocionante poder encargarme de mis finanzas sin intermediarios. Y también será de gran ayuda para ti.

—¿Y eso?

—Querías una esposa que no interfiriera en tu vida, ¿verdad?

Él frunció el ceño.

—Eh... Sí, supongo que lo dije.

—De acuerdo, entonces es lógico creer que si tengo algo con qué entretenerme, no te molestaré para nada.

Él volvió a fruncir el ceño, pero no dijo nada.

Ellie exhaló.

—Todavía estás enfadado conmigo, ¿verdad?

—No —respondió él con un suspiro—. Pero tienes que dejar de hacer cosas potencialmente peligrosas.

—No era...

Él levantó una mano.

—No lo digas, Ellie. Solo recuerda una cosa. Ahora estás casada. Tu bienestar ya no te concierne a ti sola. Lo que te hace daño a ti, me hace daño a mí. De modo que no quiero que corras más peligros innecesarios.

Ellie se dijo que era lo más dulce que le habían dicho en la vida y que, si hubieran estado en casa, se habría lanzado a sus brazos sin pensárselo. Al cabo de unos segundos, dijo:

—¿Cómo nos has encontrado?

—No ha sido difícil. Solo he seguido el hilo de arrendatarios que hablaban maravillas de ti.

Ella sonrió.

—Creo que hoy he hecho un buen trabajo.

—Sí —respondió él con ternura—. Serás una magnífica condesa. Lo supe desde el principio.

—Arreglaré los daños que he provocado en casa, lo prometo. He mirado el horno y...

—No me digas que has vuelto a juguetear con el horno —dijo Charles, que parecía el hombre más furioso de Inglaterra—. Dime lo que sea, menos eso.

—Pero...

—No quiero oírlo. Mañana, quizá. Pero hoy no. No tengo las fuerzas para darte la zurra que te mereces.

—¿Zurra? —repitió ella, al tiempo que erguía la espalda en un gesto de ofendida indignación. Sin embargo, antes de que pudiera añadir algo más, Helen abrió la puerta y asomó la cabeza.

—Menos mal que estáis fuera —dijo—. Empezábamos a estar preocupadas. Sally estaba convencida de que os ibais a quedar ahí metidos toda la noche.

—Te ruego que nos disculpes ante ella —dijo Ellie—. Nos hemos comportado de forma abominable. —Como su marido ni siquiera se molestó en farfullar algo, le dio una patada en el pie. Entonces dijo algo, pero, si era su mismo idioma, dijo unas palabras que Ellie jamás había oído.

Ella se levantó, se arregló la falda, con lo que consiguió mancharse todavía más los guantes, y sin mirar a nadie dijo:

—Creo que deberíamos volver a Wycombe Abbey, ¿no os parece?

Helen asintió enseguida. Charles no dijo nada, pero se levantó, un gesto que Ellie interpretó como un «sí». Se despidieron de Sally y se marcharon. Él había venido con un pequeño carruaje y, después de pasarse todo el día andando, tanto Ellie como Helen lo agradecieron.

Ellie no dijo nada en todo el trayecto y aprovechó para repasar mentalmente los acontecimientos del día. La visita al señor Barnes había ido de maravilla. Había empezado con muy buen pie con los arrendatarios, que parecía que ya la aceptaban sinceramente como la nueva condesa. Y tenía la sensación de que había avanzado un poco más con su marido, que, a pesar de que no la quería, estaba claro que sentía por ella algo que iba más allá de la lujuria y el agradecimiento por el hecho de haber salvado su fortuna.

En definitiva, Ellie se sentía complacida con la vida.

13

Dos días después, Ellie creía que quería estrangular a la casa entera. A Helen, a Claire, a su marido..., especialmente a su marido. De hecho, la única persona a la que no quería estrangular era Judith, aunque seguramente porque la pobre solo tenía seis años.

Su éxito con los arrendatarios había resultado ser una victoria efímera. Desde entonces, todo le había salido mal. Todo. Todos los de la casa la miraban como si fuera una inepta. Y eso la volvía loca.

Algo nuevo moría en su invernadero cada día. Se había convertido en una enfermiza pesadilla: intentar adivinar qué rosal se había ido a decorar el cielo cada mañana cuando entraba en el habitáculo.

Y luego estaba lo del asado de ternera que había hecho para su marido para llevarle la contraria cuando le había dicho que las condesas no sabían cocinar. Estaba tan salado que Charles no habría podido ocultar la mala cara aunque lo hubiera intentado. Pero no lo hizo. Cosa que la irritó todavía más.

Ellie tuvo que tirar toda la olla. Y ni siquiera los cerdos se lo comieron.

—Estoy seguro de que quisiste sazonarlo correctamente —dijo Charles mientras todos los demás tenían arcadas.

—Claro —dijo Ellie, apretando los dientes, maravillada de que todavía no se hubieran convertido en polvo.

—Quizá has confundido la sal con otra especia.

—¡Sé qué es la sal! —gritó ella.

—Ellie —dijo Claire, demasiado dulcemente—, está claro que el asado está un poco salado. Tienes que admitirlo.

—¡Tú! —exclamó Ellie, señalando a la muchacha de catorce años con el dedo índice—. Deja de hablarme como si fuera una niña pequeña. Ya he tenido suficiente.

—No has debido de entenderme.

—Aquí solo hay una cosa que entender, y una persona que tiene que entenderlo. —A estas alturas, Ellie prácticamente echaba fuego por la boca, y todos los de la mesa estaban boquiabiertos—. Me he casado con tu primo. Y da igual si no te gusta, da igual si a él no le gusta, y da igual si a mí no me gusta. Me he casado con él y punto.

Parecía que Claire estaba a punto de responder ante aquella diatriba, de modo que Ellie la interrumpió:

—La última vez que consulté las leyes de Inglaterra y de la Iglesia de Inglaterra, el matrimonio era permanente. Así que será mejor que te acostumbres a mi presencia en Wycombe Abbey, porque no pienso irme a ningún sitio.

Charles había empezado a aplaudir, pero Ellie todavía estaba demasiado furiosa con él por el comentario sobre la sal y le lanzó una mirada fulminante. Y luego, como estaba convencida de que si se quedaba un segundo más en el comedor haría daño a alguien, se marchó.

Sin embargo, su marido reaccionó con rapidez.

—¡Eleanor, espera! —gritó.

En contra de su criterio, Ellie se volvió, aunque no hasta que estuvo fuera del comedor, en el pasillo, donde nadie de la familia podría ver su humillación. Charles la había llamado «Eleanor», y eso nunca era una buena señal.

—¡¿Qué?! —respondió, airada.

—Lo que has dicho en el comedor... —empezó a decir él.

—Sí, ya sé que debería estar arrepentida por haberle gritado a una niña, pero no lo estoy —dijo, desafiante—. Claire ha estado haciendo todo lo posible por hacerme sentir incómoda en esta casa, y no me sorprendería que... —Se calló porque se dio cuenta de que había estado a punto de decir que no le sorprendería que fuera Claire quien había echado la sal al asado.

—¿Qué no te sorprendería?

—Nada. —No iba a obligarla a decirlo. Ellie se negó a difundir acusaciones infantiles e insignificantes.

Charles esperó a que ella continuara y, cuando se dio cuenta de que no iba a hacerlo, dijo:

—Lo que has dicho en el comedor..., eso de que el matrimonio es permanente. Quería que supieras que estoy de acuerdo.

Ellie lo miró fijamente porque no estaba segura de qué quería decir.

—Siento mucho si he herido tus sentimientos —dijo muy despacio.

Ella se quedó boquiabierta. ¿Se estaba disculpando?

—Pero quiero que sepas que a pesar de estos... contratiempos más que insignificantes...

Ellie volvió a cerrar la boca y a ponerse seria.

Él no debió de darse cuenta, porque siguió hablando.

—... creo que te estás convirtiendo en una condesa soberbia. Tu comportamiento con los arrendatarios el otro día fue magnífico.

—¿Me estás diciendo que se me da mejor la vida fuera de Wycombe Abbey que dentro? —le preguntó ella.

—No, claro que no. —Charles exhaló y se echó el abundante pelo castaño hacia atrás—. Solo intento decir... ¡Diablos! —dijo entre dientes—. ¿Qué intento decir?

Ellie contuvo las ganas de hacer algún comentario sarcástico y esperó con los brazos cruzados. Al final, Charles le ofreció una hoja de papel y dijo:

—Toma.

—¿Qué es esto? —preguntó ella mientras la aceptaba.

—Una lista.

—Claro —murmuró ella—. Una lista. Justo lo que necesitaba. Hasta ahora, he tenido mucha suerte con las listas.

—Esta es distinta —dijo él, en un obvio intento de ser paciente con ella.

Ellie desdobló la hoja y leyó:

ACTIVIDADES PARA HACER CON MI MUJER

1. Un paseo a caballo y un pícnic en el campo.
2. Volver a visitar a los arrendatarios como una pareja unida.
3. Un viaje a Londres. Ellie necesita vestidos nuevos.

4. Enseñarle a escribir sus propias listas. Es una actividad endemoniadamente entretenida.

Ella levantó la cabeza.

—Endemoniadamente entretenida, ¿eh?

—Mmm... Sí. He pensado que quizá querrías probar con algo como: «Siete formas de silenciar a la señora Foxglove».

—La idea me gusta —murmuró, antes de volver a concentrarse en la lista.

5. Llevarla a ver el mar.
6. Besarla hasta que pierda el sentido.
7. Besarla hasta que yo pierda el sentido.

Charles supo en qué momento llegó a las dos últimas propuestas, porque sus mejillas se sonrojaron ligeramente.

—¿Qué significa esto? —preguntó ella al final.

—Significa, querida mujer, que yo también me he dado cuenta de que el matrimonio es para siempre.

—No lo entiendo.

—Ya va siendo hora de que nuestro matrimonio sea normal.

Ella se sonrojó todavía cuando escuchó la palabra «normal».

—Sin embargo —continuó él—, en lo que debió de ser un momento de locura transitoria, acepté tu propuesta de darte tiempo para conocerme mejor antes de intimar.

A estas alturas, Ellie ya estaba como un tomate.

—Por lo tanto, he decidido darte todas las oportunidades posibles para conocerme mejor, todas las oportunidades para que te sientas cómoda en mi presencia.

—¿Cómo dices?

—Escoge una actividad de la lista. Lo haremos mañana.

Ellie separó los labios de la sorpresa. Su marido la estaba cortejando. Iba a ser una mujer cortejada. Nunca había soñado que Charles hiciera algo tan romántico. Aunque él jamás admitiría ni un ápice de romanticismo en sus acciones. De seducción, quizá. Incluso de mujeriego, travieso o apasionado. Pero romántico, no.

Sin embargo, ella lo veía de otra forma. Y eso era lo importante. Sonrió y volvió a leer la lista.

—Te sugiero el número seis o el número siete —dijo él.

Ella lo miró. Estaba sonriendo de aquella forma fina, cortés y despreocupada que debía de haber roto corazones de aquí a Londres y de vuelta.

—No sé muy bien si entiendo la diferencia —dijo— entre besarme hasta que pierda el sentido o besarme hasta que lo pierdas tú.

La voz de Charles se convirtió en un ronco susurro.

—Puedo enseñártelo.

—No lo dudo —respondió ella, haciendo un esfuerzo por parecer coqueta a pesar de que tenía el corazón acelerado y le temblaban las piernas—. Pero elijo las dos primeras opciones. Será muy sencillo ir de pícnic y visitar a los arrendatarios el mismo día.

—Opciones uno y dos, entonces —dijo él con una ágil reverencia—. Pero no te sorprendas si te asalto con la número seis.

—Charles...

Él la miró fijamente unos segundos:

—Y la siete.

Programaron la salida para el día siguiente. A Ellie no le sorprendieron las prisas de Charles; se había mostrado bastante decidido a hacer lo que fuera para llevársela a la cama. Aunque sí que estaba sorprendida por su poca resistencia al plan de su marido; era consciente de que estaba empezando a ceder.

—He pensado que podríamos ir a caballo —dijo Charles cuando se reunió con ella a mediodía—. Hace un día espléndido y sería una lástima encerrarnos en un carruaje.

—Una idea excelente, milord —respondió Ellie—. O lo sería, si yo supiera montar a caballo.

—¿No sabes montar a caballo?

—Los vicarios no ganan lo suficiente para comprarse caballos —dijo ella con una sonrisa.

—Entonces, tendré que enseñarte.

—Espero que hoy no —se rio ella—. Necesito tiempo para prepararme mentalmente para los dolores y las agujetas que seguro que tendré.

—Mi carruaje todavía no está arreglado desde el percance de nuestra última salida. ¿Te animas a dar un paseo normal y corriente?

—Solo si prometes caminar deprisa —dijo Ellie con una pícara sonrisa—. Nunca me han gustado los paseos lentos.

—¿Por qué no me sorprende?

Ella lo miró a través de las pestañas. Era una expresión de flirteo nueva para ella, aunque parecía del todo natural ante la presencia de su marido.

—¿No te sorprende? —preguntó ella, fingidamente burlona.

—Digamos que me cuesta imaginarte atacando la vida si no es con un completo entusiasmo.

Ellie se rio mientras echaba a correr.

—Entonces, vamos. Todavía tengo que atacar el día.

Charles la siguió, con una mezcla de zancada y paso largo.

—¡Espérame! —gritó al final—. No olvides que llevo el peso de la cesta de la comida.

Ellie se detuvo en seco.

—Sí, claro. Espero que *monsieur* Belmont nos haya preparado algo delicioso.

—Sea lo que sea, huele de maravilla.

—¿Un poco del pavo asado de ayer? —preguntó, esperanzada, mientras intentaba ver qué había dentro de la cesta.

Él la levantó por encima de su cabeza mientras seguía caminando.

—Ahora no puedes irte demasiado lejos, porque yo controlo la comida.

—¿Tienes pensado matarme de hambre hasta que me rinda?

—Si es mi única opción de conseguir lo que quiero... —Se inclinó hacia ella—. No soy un hombre orgulloso. Te ganaré a las buenas o a las malas.

—¿Y matarme de hambre es bueno o malo?

—Creo que depende de cuánto tarde.

Justo a tiempo, el estómago de Ellie rugió.

Con una traviesa sonrisa, Charles dijo:

—Esto va a ser muy, muy fácil.

Ella se burló de él antes de continuar por el camino.

—¡Mira! —exclamó mientras se detenía delante de un enorme roble—. Alguien ha colgado un columpio de este árbol.

—Lo colgó mi padre para mí cuando tenía ocho años —recordó Charles—. Solía columpiarme durante horas.

—¿Todavía aguanta peso?

—Judith viene casi cada día.

Ella le lanzó una mirada sarcástica.

—Yo peso un poco más que Judith.

—No mucho más. Venga, ¿por qué no lo pruebas?

Ellie sonrió como una niña pequeña cuando se sentó en la tabla de madera que el padre de Charles había utilizado como asiento.

—¿Me empujas?

Él se inclinó y le hizo una reverencia.

—Soy su fiel criado, señora. —Le dio un primer empujón y ella empezó a volar.

—¡Me encanta! —exclamó la joven—. Hacía años que no me columpiaba.

—¿Más alto?

—¡Más!

Charles la empujó hasta que le pareció que sus pies tocaban el cielo.

—Creo que ya es lo bastante alto —dijo ella—. Empiezo a tener el estómago revuelto. —Cuando consiguió un balanceo más sosegado, preguntó—: Y hablando de mi pobre y atribulado estómago, ¿de verdad piensas matarme de hambre hasta que me rinda?

Él sonrió.

—Lo tengo todo planeado hasta el último detalle. Un beso por un trozo de pavo asado, dos por un bollo.

—¿Hay bollos? —Ellie pensó que se le iba a hacer la boca agua. Puede que la señora Stubbs no encontrara el punto perfecto de las tostadas, pero hacía los mejores bollos de este lado del muro de Adriano.

—Mmm... Y mermelada de moras. La señora Stubbs dice que se pasó todo el día frente al fuego para que le quedara perfecta.

—Hacer mermelada no es tan difícil —dijo Ellie mientras se encogía de hombros—. Yo he hecho miles de veces. De hecho...

—De hecho, ¿qué?

—¡Es una idea magnífica! —se dijo ella misma.

—No sé por qué, pero estoy temblando —murmuró él—. Bueno, en realidad sí que lo sé. Podría tener algo que ver con el incendio de mi cocina, o con los extraños olores que emanan de mi invernadero, o quizá con el asado...

—Nada de eso fue culpa mía —lo interrumpió ella, golpeando el suelo con los pies y deteniendo el columpio—. Y si lo pensaras más de medio segundo, verías que digo la verdad.

Charles se dijo que había cometido un error táctico al sacar a relucir sus recientes desastres domésticos durante lo que se suponía que tenía que ser una tarde para seducir a su esposa.

—Ellie —dijo en un tono de lo más conciliador.

Ella se bajó del columpio y colocó las manos en las caderas.

—Alguien me está saboteando, y pienso descubrir por qué. Y quién —añadió, como si se le hubiera ocurrido más tarde.

—Puede que tengas razón —murmuró él, aunque no lo decía de corazón. Solo quería tranquilizarla. Sin embargo, en cuanto las palabras salieron de su boca, de repente vio que eran verdad. No tenía sentido que Ellie, que parecía muy capacitada para hacer cualquier cosa, hubiera incendiado una cocina, hubiera matado todas las plantas del invernadero y hubiera confundido la sal con Dios sabe qué otra cosa al preparar el asado. Ni siquiera el zopenco más inútil habría logrado todo eso en solo dos semanas.

Sin embargo, no quería pensar en sabotajes, en planes diabólicos ni en plantas muertas. Hoy no, porque tenía que concentrar todas sus energías en seducir a su mujer.

—¿Podemos hablarlo otro día? —preguntó mientras abría la cesta de la comida—. Prometo que escucharé tus alegaciones, pero hoy es un día demasiado bonito para preocuparnos por esas cosas.

Durante un segundo, Ellie no reaccionó, pero luego asintió.

—No quiero arruinar nuestro magnífico pícnic.

Entonces, ella entrecerró los ojos con picardía y dijo:

—*Monsieur* Belmont no ha metido ahí dentro las sobras del asado de ternera, ¿verdad?

Charles reconoció la oferta de paz que le hacía y la aceptó.

—No, creo que has tirado el último trozo esta mañana.

—¡Ah, sí! —murmuró—. Si no recuerdo mal, los cerdos ni siquiera lo han tocado.

El corazón de Charles se estremeció al mirarla. Muy pocas personas tenían la capacidad de reírse de sus errores. Cada día que pasaba, el afecto que sentía por su mujer era más grande. Había hecho una elección rápida, pero no se había equivocado.

Con un suspiro, pensó que le gustaría desarrollar un afecto todavía más profundo antes de estallar.

—¿Sucede algo? —preguntó ella.

—No, ¿por?

—Has suspirado.

—¿De veras?

—Sí.

Volvió a suspirar.

—¡Has vuelto a hacerlo! —exclamó ella.

—Lo sé. Es que...

Ella parpadeó, con expresión impaciente, y al final intentó sonsacarle más información con un:

—Es que ¿qué?

—Es que va a tener que ser el número seis —gruñó él, mientras dejaba la cesta en el suelo y la abrazaba—. No puedo esperar ni un segundo más.

Antes de que Ellie pudiera recordar en qué consistía la propuesta número seis, los labios de él estaban pegados a los suyos y la estaba besando con una pasión tan salvaje que era increíblemente tierna. La boca de Charles era cada vez más apasionada, y se le calentó la piel. Sin darse cuenta, la llevó hasta un árbol y se sirvió de su corpulencia para pegar su cuerpo al de ella de forma muy íntima.

Notaba cada curva, desde la lujuriosa turgencia de sus pechos hasta la suave anchura de las caderas. La lana del vestido era gruesa, pero no ocultaba la reacción de su cuerpo ante sus caricias. Y nada podría haber ocultado los delicados suspiros que salían de su boca.

Lo deseaba. Quizá no lo entendiera, pero lo deseaba tanto como él a ella.

La dejó en el suelo y estiró la manta de pícnic debajo de ellos. Ya le había quitado el sombrero y ahora le deshizo el moño, dejando que los largos mechones de pelo cayeran entre sus dedos.

—Más suave que la seda —le susurró—. Más dulce que el amanecer.

Ella gimió, un sonido que recordó ligeramente al nombre de Charles. Él sonrió, emocionado por haber despertado su deseo hasta el punto de que ni siquiera podía hablar.

—Te he besado hasta dejarte sin sentido —le murmuró, cambiando la expresión por una sonrisa muy masculina—. Ya te dije que saltaría directamente a la opción número seis.

—¿Y qué hay de la número siete? —consiguió decir ella.

—Ya la hemos alcanzado —dijo con voz ronca. Le tomó la mano y se la pegó al pecho—. Mira.

El corazón le latía acelerado debajo de su delicada palma y lo miró maravillada.

—¿Yo? ¿Lo he hecho yo?

—Tú. Solo tú. —Sus labios encontraron el cuello de Ellie y la distrajo mientras sus hábiles dedos le desabotonaban el vestido. Tenía que verla, tenía que tocarla. Si no, se volvería loco. Estaba convencido. Pensó en cómo se había torturado a sí mismo intentado imaginar lo largo que sería su pelo. Últimamente, se había sometido a una agonía todavía peor: pasarse el día imaginando cómo serían sus pechos. La forma. El tamaño. El color de los pezones. Ese ejercicio mental siempre lo dejaba en un estado muy incómodo, pero no podía evitarlo.

La única solución era desnudarla... del todo, por completo, y dar un descanso a su imaginación mientras el resto de su cuerpo disfrutaba de la realidad.

Por fin sus dedos llegaron a un botón que estaba por debajo de las costillas y, muy despacio, abrió las dos piezas del vestido. No llevaba corsé, solo una delicada camisola de algodón. Era blanca, casi virginal. Lo excitó más que la prenda de lencería francesa más provocativa, y solo porque lo llevaba ella. Nunca en su vida había deseado a nadie como deseaba a su mujer.

Sus grandes manos encontraron los bajos de la camisola y se deslizaron por debajo, acariciando la sedosa calidez de su piel. Ella contrajo los músculos e, instintivamente, el estómago se le encogió. Él se estremeció de necesidad mientras sus manos iban subiendo, adaptándose a sus costillas, y luego siguieron subiendo hasta que encontraron la suave y femenina curva de un pecho.

—¡Oh, Charles! —dijo ella con un suspiro cuando él le cubrió el pecho con la mano y se lo apretó.

—¡Dios mío! —respondió él, que creía que estallaría allí mismo. No lo veía, pero lo notaba. Era del tamaño perfecto para su mano. Cálido, suave y delicado y, ¡maldita sea!, si no lo saboreaba allí mismo iba a perder el control por completo.

Obviamente, había muchas posibilidades de que saborear sus pechos también le hiciera perder el control, pero se olvidó de todo en cuanto apartó la camisola.

Contuvo el aliento cuando por fin la vio.

—¡Dios mío! —exclamó.

Ellie enseguida hizo ademán de cubrirse.

—Lo siento, yo...

—No digas que lo sientes —le ordenó él con brusquedad.

Había sido un estúpido al pensar que verla desnuda finalmente pondría fin a las tribulaciones eróticas de su imaginación. La realidad era mucho más exquisita; dudaba que pudiera volver a realizar sus actividades diarias sin recordarla así en su imaginación. Constantemente. Justo como estaba ahora.

Se inclinó y le dio un dulce beso debajo de un pecho.

—Eres preciosa —susurró.

Ellie, a quien no habían llamado «fea», pero tampoco se había pasado la vida escuchando piropos sobre su belleza, se quedó callada.

Charles la besó debajo del otro pecho.

—Perfecta.

—Sé que no soy...

—No digas nada a menos que vayas a darme la razón —dijo, muy serio.

Ella sonrió. No pudo evitarlo.

Y entonces, justo cuando estaba a punto de decir algo para tomarle el pelo, la boca de Charles localizó su pezón, se cerró sobre él y ella se olvidó de todo. Distintas sensaciones invadieron su cuerpo y, aunque quisiera, no habría podido articular palabra o formular un pensamiento.

Pero no quería. Solo quería arquear la espalda hacia él y apretarse contra su boca.

—Eres mejor de lo que había soñado —murmuró él contra su piel—. Más de lo que había imaginado. —Levantó la cabeza lo justo para obsequiarla con una pícara sonrisa—. Y tengo una gran imaginación.

Una vez más, Ellie no pudo reprimir una tierna sonrisa, porque estaba muy emocionada con los esfuerzos que estaba haciendo Charles para que aquella primera experiencia íntima entre ellos no le resultara abrumadora. Bueno, no era del todo cierto. Estaba intentando abrumarla, esforzándose por ejercer su magia sobre cada terminación nerviosa de su cuerpo, pero también estaba intentando que no perdiera la sonrisa ni un instante.

Era un hombre más bueno de lo que quería que la gente creyera. Ellie sintió algo cálido y dulce en su corazón, y se preguntó si serían los primeros destellos de amor.

Presa de una nueva oleada de sensaciones, levantó las manos, que hasta ahora habían estado en el suelo pegadas a su cuerpo, y entrelazó los dedos en el pelo castaño rojizo de Charles. Era corto y suave y le volvió la cabeza para que el pelo le acariciara la mejilla.

Él la sujetó unos segundos y luego levantó su cuerpo para poder mirarla.

—¡Dios mío, Ellie! —dijo con palabras temblorosas—. ¡Cómo te deseo! Nunca sabrás cuánto...

Los ojos de Ellie se llenaron de lágrimas ante la sincera emoción que percibió en su voz.

—Charles —empezó a decir, pero entonces se estremeció cuando una ráfaga de viento le acarició la piel.

—Tienes frío —dijo él.

—No —mintió ella, que no quería que nada, ni siquiera el tiempo, rompiera ese precioso instante.

—Tienes frío. —Se apartó y empezó a abotonarle el vestido—. Soy un animal —dijo entre dientes—. Seducirte aquí por primera vez al aire libre... Encima de la hierba...

—Un animal precioso —intentó bromear ella.

Él la miró y sus ojos marrones ardieron con una emoción que ella no había visto nunca. Era ardiente, salvaje y maravillosamente posesiva.

—Cuando te haga mi mujer, lo haré bien: en nuestra cama de matrimonio. Y entonces... —se inclinó y le dio un apasionado beso— no pienso dejarte salir en una semana. O dos.

Ellie lo miraba atónita porque todavía no se creía que ella hubiera despertado tal pasión en ese hombre. Había estado con las mujeres más bonitas del mundo y era ella, una sencilla muchacha de pueblo, quien hacía latir su corazón. Entonces, Charles la tiró del brazo y, cuando Ellie se vio arrastrada de vuelta hacia Wycombe Abbey, gritó:

—¡Espera! ¿Adónde vamos?

—A casa. Ahora mismo.

—No podemos.

Él se volvió muy despacio.

—Al diablo con que no podemos.

—Charles, el lenguaje.

Él ignoró la reprimenda.

—Eleanor, cada centímetro de mi cuerpo arde por ti, y no puedes negarme que a ti te pasa lo mismo. ¿Quieres darme un buen motivo por el que no debería arrastrarte hasta Wycombe Abbey ahora mismo y hacerte el amor hasta que los dos caigamos extasiados?

Ella se sonrojó ante un discurso tan sincero.

—Los arrendatarios. Teníamos que ir a visitarlos esta tarde.

—¡Al demonio los arrendatarios! Pueden esperar.

—Pero ya he enviado a alguien a casa de Sally Evans para decirle que iríamos a inspeccionar la limpieza de la chimenea.

Charles no se detuvo y siguió arrastrándola hacia casa.

—No nos echará de menos.

—Sí que lo hará —insistió ella—. Seguro que ha limpiado toda la casa y ha preparado té. Sería el colmo de la mala educación no presentarnos. Y más después del número que montamos en su casa a principios de semana.

Él recordó la escena en la chimenea, aunque eso no sirvió para mejorar su humor. Lo último que necesitaba eran recuerdos de ese día en que se había quedado atrapado con su mujer en un espacio tan estrecho.

—Charles —dijo Ellie por última vez—, tenemos que ir a verla. No tenemos otra opción.

—Pero no me estás rechazando, ¿verdad?

—¡No! —exclamó ella, en voz alta y con sinceridad.

Él blasfemó entre dientes y maldijo en voz baja.

—Está bien —dijo—. Visitamos a Sally Evans y ya está. Quince minutos en su casa y volvemos a Wycombe Abbey.

Ellie asintió.

Charles volvió a maldecir mientras intentaba no pensar demasiado en el hecho de que su cuerpo todavía no había recuperado su estado relajado. Iba a ser una tarde de lo más incómoda.

14

Ellie pensó que Charles se estaba tomando bastante bien ese contratiempo. Estaba de mal humor, sí, pero quedaba claro que estaba intentando tomárselo con filosofía, aunque no siempre lo conseguía.

Demostró su impaciencia de mil maneras. Ellie sabía que nunca olvidaría la cara de Sally Evans cuando vio a Charles beberse el té de golpe, dejar la taza en el plato, decir que era el té más delicioso que había probado en la vida y agarrar a Ellie de la mano y casi lanzarla hacia la puerta.

Y todo en diez segundos.

Ellie quería estar enfadada con él. De verdad que quería, pero no podía porque sabía que ella era la causa de su impaciencia, lo mucho que la deseaba. Y era una sensación demasiado emocionante como para ignorarla.

Sin embargo, era importante para ella causar una buena impresión a la gente, de modo que, cuando Sally les preguntó si querían comprobar los avances en la limpieza de la chimenea, Ellie dijo que lo harían encantados.

—Resulta que ha sido un poco más complicado que una simple limpieza —dijo Sally mientras salían de su casa—. Había algo atascado... No sé muy bien qué era.

—Lo importante es que ya está arreglado —respondió Ellie mientras salía—. Últimamente ha hecho frío, y todavía hará más. —Vio una escalera apoyada contra la pared de la casa—. ¿Por qué no subo y echo un vistazo?

Apenas había alcanzado el segundo escalón cuando notó las manos de Charles en la cintura. Al cabo de un segundo, volvía a estar en el suelo.

—¿Por qué no te quedas aquí abajo? —respondió él.

—Pero quiero ver...

—Si es imperativo que vaya uno de los dos, iré yo —gruñó él.

Alrededor de la casa se había reunido un pequeño grupo de vecinos, todos visiblemente impresionados por la implicación del conde en los asuntos de sus arrendatarios. Ellie se colocó entre ellos mientras Charles subía la escalera y estuvo a punto de estallar de orgullo cuando escuchó comentarios como: «El conde es de los buenos» o «No es demasiado engreído para realizar ningún trabajo».

Charles caminó por encima del tejado y se asomó a la chimenea.

—Todo parece correcto —dijo.

Ellie se preguntó si tenía alguna experiencia previa con chimeneas en la cual basarse, pero entonces se dijo que daba igual. Parecía que sabía de qué hablaba, que era lo único importante para los arrendatarios y, además, el hombre que había realizado la limpieza estaba junto a ella y le había asegurado que la había dejado como nueva.

—Entonces, ¿Sally no tendrá ningún problema para calentar la casa este invierno? —le preguntó ella.

John Bailstock, el mampostero y deshollinador, respondió:

—Ninguno. De hecho, tendrá...

Lo interrumpieron los gritos de:

—¡Dios Santo! ¡El conde!

Ellie levantó horrorizada la mirada y vio a su marido tambaleándose en lo alto de la escalera. Se quedó petrificada unos segundos, con la sensación de que el tiempo pasaba frente a sus ojos mucho más despacio de lo normal. La escalera crujió muy fuerte y, antes de que pudiera reaccionar, Charles estaba volando por los aires y arrastraba la escalera que, prácticamente, se desmoronaba ante sus ojos.

Ellie gritó y echó a correr, pero cuando llegó hasta su marido, él ya había caído al suelo y estaba inmóvil.

—¡Charles! —exclamó, arrodillándose a su lado—. ¿Estás bien? Por favor, dime que estás bien.

Gracias a Dios, el conde abrió los ojos.

—¿Por qué será que siempre acabo herido cuando estás cerca? —dijo, cansado.

—¡No he tenido nada que ver con esto! —respondió ella, horrorizada ante su insinuación—. Sé que crees que estropeé el horno, y arruiné el invernadero, y...

—Lo sé —la interrumpió él. Su voz apenas era audible, pero esbozó una pequeña sonrisa—. Solo bromeaba.

Ellie suspiró aliviada. Si podía bromear quería decir que no estaba tan malherido, ¿no? Se obligó a tranquilizarse y ordenó a su corazón que dejara de latir tan deprisa... No recordaba haber sufrido nunca un miedo tan paralizante. Ahora tenía que ser fuerte; tenía que ser como siempre: eficaz, tranquila y capaz de todo.

De modo que respiró hondo y dijo:

—¿Dónde te duele?

—¿Me creerías si te digo que me duele todo el cuerpo?

Ella se aclaró la garganta.

—En realidad, sí. Ha sido una buena caída.

—Creo que no me he roto nada.

—Da igual; me quedaré más tranquila si lo verifico yo misma. —Empezó a tocarle las costillas y a inspeccionar su cuerpo—. ¿Qué sientes? —le preguntó al apretarle una costilla.

—Duele —respondió él en tono neutro—. Aunque puede ser un dolor residual del accidente que tuvimos con el carruaje antes de casarnos.

—¡Madre mía! Lo había olvidado. Debes de pensar que traigo mala suerte.

Él cerró los ojos, lo que no era el «¡Claro que no!» que ella esperaba. Ellie le agarró el brazo y, antes de decidir si se lo había roto o solo era un esguince, sus dedos localizaron algo cálido y pegajoso.

—¡Dios mío! —gritó, mirando fijamente sus dedos manchados de rojo—. ¿Estás sangrando? ¡Estás sangrando!

—¿Sangrando? —Él se volvió y se miró el brazo—. Estoy sangrando.

—¿Qué ha pasado? —preguntó ella, histérica, mientras le inspeccionaba el brazo con mucho más cuidado que antes. Había oído hablar de heridas en que el hueso roto atravesaba la piel. Que Dios les ayudara si era el caso de Charles; Ellie no tenía ni idea de cómo curar una herida así, aunque estaba segura de que se desmayaría antes de poder intentarlo.

Un hombre dio un paso adelante y dijo:

—Milady, creo que se ha arañado la piel con un pedazo de madera de la escalera al caer.

—Sí, claro. —Ellie miró hacia la escalera, que estaba hecha pedazos en el suelo.

Varios hombres se arremolinaron alrededor de los trozos y uno dijo:

—Hay una mancha de sangre.

Ella sacudió la cabeza y se volvió hacia su marido:

—Estarás lleno de astillas —dijo.

—Perfecto. Y supongo que querrás quitármelas, ¿verdad?

—Son las cosas que hace una esposa —dijo ella con paciencia—. Y, al fin y al cabo, yo soy tu esposa.

—Como había empezado a saborear —dijo él entre dientes—. De acuerdo, adelante.

Cuando Ellie se proponía algo, no había quien la detuviera. Pidió a tres vecinos que la ayudaran a entrar a Charles en casa de Sally Evans y envió a dos más a Wycombe Abbey para que les enviaran un carruaje muy amplio para que los llevara a casa. Pidió a la joven viuda que hiciera pequeños vendajes con una enagua, que prometió reponer cuando aquello hubiera pasado.

—Y hierve un poco de agua —le dijo.

Sally se volvió sobre sí misma, con una jarra de cerámica en las manos.

—¿Hervirla? ¿No prefiere empezar a limpiarle las heridas con esto?

—Yo preferiría agua a temperatura ambiente —dijo Charles—. No me apetece añadir quemaduras a la lista de heridas.

Ellie apoyó las manos en las caderas.

—Hiérvela. O, al menos, caliéntala. Sé que me siento mucho más limpia cuando me lavo con agua caliente. Por lo tanto, es lógico que el agua caliente también limpie mejor la herida. Y sé que no debemos dejarnos ninguna astilla.

—La herviré —dijo Sally—. Menos mal que la chimenea está arreglada.

Ellie volvió a concentrarse en su marido. No tenía ningún hueso roto, pero estaba lleno de magulladuras. Utilizó unas pinzas que pidió prestadas a Sally para arrancar las astillas que tenía clavadas en la parte superior del brazo.

Ella arrancó. Él hizo una mueca de dolor.

Ella volvió a arrancar. Y él hizo otra mueca.

—Si te duele, puedes gritar —le dijo—. No te veré como un ser más débil por ello.

—No necesito... ¡Ay!

—Lo siento —dijo ella con sinceridad—. Estaba distraída.

Él gruñó en voz baja algo que ella no consiguió entender, aunque tenía la sensación de que se suponía que no tenía que hacerlo. Ellie se obligó a no mirarlo a la cara, algo que había descubierto que le gustaba hacer, y a concentrarse en la herida. Al cabo de varios minutos, le había arrancado todas las astillas y estaba muy satisfecha.

—Por favor, dime que has terminado —dijo Charles cuando ella anunció que esa era la última.

—No estoy segura —respondió ella, frunciendo el ceño mientras volvía a examinar la herida—. He arrancado todas las astillas, pero no sé qué hacer con el corte. Puede que necesites puntos.

Charles palideció, y Ellie no sabía si era por la idea de los puntos o por si tendría que dárselos ella.

Apretó los labios mientras pensaba y, al final, dijo:

—Sally, ¿a ti qué te parece? ¿Puntos?

La viuda se acercó con un caldero de agua caliente.

—Sí, sí. Necesita puntos.

—¿No podría tener la opinión de un profesional? —preguntó Charles.

—¿Hay algún doctor cerca? —preguntó Ellie a Sally.

La mujer sacudió la cabeza.

Ellie se volvió hacia Charles.

—No, no puedes. Voy a tener que coserte yo.

Él cerró los ojos.

—¿Lo has hecho antes?

—Claro —mintió ella—. Es como coser una colcha. Sally, ¿tienes hilo?

La joven viuda ya había sacado un carrete de la caja de costura y lo dejó en la mesa, al lado de Charles. Ellie sumergió un pedazo de tela limpia en el agua caliente y le lavó la herida.

—Así estará limpia antes de cerrarla —le explicó.

Cuando terminó, rompió un trozo de hilo y también lo sumergió en el agua.

—Quizá también me serviría con la aguja —se dijo a sí misma, y luego metió la aguja también—. ¡Allá vamos! —dijo con una alegría fingida. La piel de Charles parecía tan rosada, sana y..., bueno, tan viva. Todo lo contrario a los últimos bajos de vestido que había cosido.

—¿Estás segura de que lo has hecho antes?

Ella sonrió algo tensa.

—¿Te mentiría?

—No querrás oír mi respuesta.

—¡Charles!

—Venga, acaba cuanto antes.

Ella respiró hondo y clavó la aguja. El primer punto fue el peor, aunque Ellie descubrió que su pequeña mentira resultó ser verdad: era un poco como coser una colcha. Emprendió la tarea con la misma devoción y concentración que aplicaba a todo en la vida y, al cabo de poco tiempo, Charles tenía una preciosa hilera de puntos en el brazo.

También se había terminado lo que quedaba en la única botella de coñac que había en casa de Sally Evans.

—También te compraremos una —dijo Ellie, con una sonrisa a modo de disculpa.

—Te *comprademos* una casa entera —dijo Charles, arrastrando las palabras.

—¡Oh! No hace falta —dijo Sally enseguida—. Esta está como nueva, con la chimenea arreglada.

—¡Ah, sí! —dijo Charles, que estaba muy parlanchín—. Bonita chimenea. La he visto. ¿Sabías que la he visto?

—Lo sabemos todos —dijo Ellie, en un tono de lo más paciente—. Te hemos visto subido al tejado.

—Claro, es verdad. —Sonrió y luego tuvo hipo.

Ellie se volvió hacia Sally y dijo:

—Suele ponerse un poco tonto cuando está borracho.

—¿Y quién puede culparlo? —respondió Sally—. Si me estuvieran cosiendo a mí, habría necesitado dos botellas de coñac enteras.

—Y yo tres —dijo Ellie mientras acariciaba el brazo de Charles. No quería que se preocupara de que las dos mujeres pensaran que era un débil por beber alcohol para soportar el dolor.

Pero él todavía seguía dándole vueltas al comentario de que estaba borracho.

—¡No estoy borracho! —dijo, indignado—. Un caballero nunca se emborracha.

—¿De verdad? —preguntó Ellie con una paciente sonrisa.

—Un caballero se confunde —dijo, asintiendo decidido—. Estoy confundido.

Ellie vio que Sally se tapaba la boca para esconder una sonrisa.

—No me importaría aceptar otra taza de té mientras esperamos el carruaje —le dijo a su anfitriona.

—No tendrá tiempo —respondió Sally—. Lo acabo de ver girar la curva.

—¡Gracias a Dios! —dijo Ellie—. Tengo que meterlo en la cama enseguida.

—¿Te meterás conmigo? —dijo Charles mientras se levantaba, algo titubeante.

—¡Milord!

—No me importaría retomar las cosas donde las hemos dejado. —Hizo una pausa para tres hipos muy seguidos—. Me imagino que sabes a qué me refiero.

—Milord —dijo Ellie muy seria—, el coñac te ha dejado la lengua muy suelta.

—¿En serio? Me pregunto qué habrá hecho con la tuya. —Se balanceó hacia ella y Ellie se apartó justo antes de que sus labios se tocaran. Por desgracia, esto provocó que perdiera el equilibrio y cayera al suelo.

—¡Por todos los santos! —exclamó Ellie—. Si te has abierto los puntos, juro por Dios que te despellejaré vivo.

Él parpadeó y apoyó las manos en las caderas. Sin embargo, el gesto no le otorgaba demasiada dignidad, porque seguía sentado en el suelo.

—Eso parece bastante contraproducente, ¿no crees?

Ellie soltó un sufrido suspiro.

—Sally, ¿quieres ayudarme a poner al conde de pie?

La joven acudió de inmediato en su ayuda y, en unos segundos, habían levantado a Charles y lo habían sacado afuera. Por suerte, con el carruaje habían venido tres mozos. Ellie dudaba que, entre las dos, hubieran podido meterlo dentro.

El trayecto a casa fue tranquilo, puesto que Charles se quedó dormido. Ellie lo agradeció, porque suponía un descanso bien merecido. Sin embargo, cuando llegaron, tuvo que despertarlo y, cuando los mozos y ella lo subieron a su habitación, estaba convencida de que iba a gritar. Había intentado besarla catorce veces en las escaleras, cosa que no le habría importado demasiado si no hubiera estado borracho, si no hubiera hecho caso omiso de la presencia de los mozos y si no corriera peligro de desangrarse si se caía y se abría los puntos.

Bueno, pensó, seguramente no se desangraría, pero la amenaza resultó efectiva cuando al final perdió los nervios y gritó:

—¡Charles, si no paras ahora mismo, voy a dejarte caer y, por mí, puedes desangrarte hasta morir!

Él parpadeó.

—¿Que pare de qué?

—De intentar besarme —gruñó, avergonzada por tener que decir eso delante de los mozos.

—¿Por qué? —preguntó él mientras se acercaba a ella con los labios preparados.

—Porque estamos en las escaleras.

Él ladeó la cabeza y la miró con una expresión desconcertada.

—Es curioso cómo puedes hablar sin abrir la boca.

Antes de volver a hablar, Ellie intentó separar los dientes, pero no pudo:

—Haz el favor de subir las escaleras y entrar en tu habitación.

—¿Y allí podré besarte?

—¡Sí! ¡De acuerdo!

Él suspiró encantado.

—Perfecto.

Ellie gruñó e intentó ignorar cómo los mozos trataban de ocultar sus sonrisas.

Al cabo de un minuto o dos, casi habían llegado a su habitación, pero Charles se detuvo en seco y dijo:

—¿Sabes cuál es tu problema, Ellie, querida?

Ella siguió empujándolo por el pasillo.

—¿Cuál?

—Eres increíblemente buena en todo.

Ellie se preguntó por qué aquellas palabras no le habían parecido un cumplido.

—Quiero decir… —Agitó el brazo bueno, lo que provocó que se inclinara hacia delante, con lo que Ellie y dos de los mozos tuvieron que sujetarlo para que no se cayera al suelo.

—Charles, no creo que sea el momento —dijo.

—Verás —dijo, ignorándola—, pensaba que quería una esposa a la que poder ignorar.

—Lo sé. —Ellie miró desesperada a los mozos mientras lo metían en la cama—. Creo que ahora ya puedo encargarme sola.

—¿Está segura, milady?

—Sí —dijo entre dientes—. Con un poco de suerte, se desmayará dentro de nada.

Los mozos parecían tener sus reservas, pero se marcharon.

—¡Cerrad la puerta! —gritó Charles.

Ellie se volvió y se cruzó de brazos.

—No eres un borracho nada atractivo, milord.

—¿En serio? Un día me dijiste que te gustaba más borracho.

—He cambiado de opinión.

Él suspiró.

—Mujeres…

—El mundo sería un lugar mucho menos civilizado sin nosotras —dijo ella con la cabeza alta.

—Estoy totalmente de acuerdo. —Eructó—. A ver, ¿por dónde iba? ¡Ah, sí! Quería una esposa para poder ignorarla.

—Lo que eres es un buen ejemplo de la alegría y la caballerosidad inglesa —dijo ella en voz baja.

—¿Qué has dicho? No te he oído. Bueno, da igual. En cualquier caso, lo que quería decir es lo siguiente.

Ellie lo miró con una expresión sarcástica de impaciencia.

—He acabado encontrando una esposa que puede ignorarme. —Se golpeó en el pecho y dijo—: ¡A mí!

Ella parpadeó.

—¿Cómo dices?

—Sabes hacer de todo. Coserme el brazo, amasar una fortuna. Bueno, dejando aparte el incendiarme la cocina...

—¡Basta ya!

—Mmm... Y el desastre del invernadero es memorable, pero he recibido una nota de Barnes donde te describe como la mujer más inteligente que ha conocido. Y los arrendatarios te quieren más de lo que nunca me han querido a mí.

Ella se cruzó de brazos.

—¿Este discurso tiene una conclusión?

—No. —Se encogió de hombros—. Bueno, seguramente sí, pero me está costando un poco alcanzarla.

—No me había dado cuenta.

—Intento decir que no me necesitas para nada.

—Bueno, eso no es del todo cierto...

—¿Ah, no? —De repente, parecía un poco más sobrio que hacía un segundo—. Tienes tu dinero. Tienes tus nuevos amigos. ¿Para qué diablos necesitas un marido? Está claro que puedes ignorarme.

—No sé si diría eso...

—Supongo que podría hacer que me necesitaras.

—¿Por qué ibas a hacerlo? No me quieres.

Él se quedó pensativo un instante y luego dijo:

—No sé. Pero podría.

—¿Quererme? —preguntó ella con incredulidad.

—No, pero quiero que me necesites.

Ellie intentó ignorar la punzada de tristeza que sintió en el corazón cuando él admitió que no la quería.

—¿Por qué? —repitió ella.

Él se encogió de hombros.

—No sé. Pero es lo que quiero. Ahora métete en la cama.

—¡No pienso meterme en tu cama!

—¿Crees que no me acuerdo de lo que estábamos haciendo en el campo?

Ella se sonrojó, pero no estaba segura de si era de vergüenza o de rabia.

Charles se incorporó y le lanzó una mirada lasciva.

—Estoy impaciente por terminar lo que empezamos, esposa mía.

—¡No cuando estás como una cuba! —respondió ella mientras retrocedía para salir de su alcance—. Eres capaz de olvidarte de lo que haces.

Él contuvo la respiración, obvia y gravemente ofendido.

—*Nunda*... Nunca olvidaría lo que estoy haciendo. Soy un amante excelente, milady. Soberbio.

—¿Te lo han dicho tus amantes? —No pudo resistirse.

—Sí. ¡No! —murmuró él—. No es algo que uno suela comentar con su mujer.

—Exacto. Y por eso mismo me voy a marchar.

—¡Ni hablar! —Con una velocidad impropia de alguien que se había bebido una botella de coñac, Charles saltó de la cama, cruzó la habitación y la agarró por la cintura. En cuanto Ellie pudo volver a respirar, estaba tendida en la cama, y su marido estaba tendido encima de ella.

—Hola, mujer —dijo él con aspecto de lobo.

—Un lobo achispado —dijo ella entre dientes, intentando no toser por el olor a alcohol.

Él arqueó una ceja.

—Dijiste que podría besarte.

—¿Cuándo? —preguntó ella a modo de prueba.

—En las escaleras. Insistí, insistí e insistí y, al final, dijiste: «¡Sí! ¡De acuerdo!».

Ellie soltó un irritado suspiro. Eso implicaba que la memoria todavía le funcionaba a la perfección.

Él sonrió triunfante.

—Lo que me encanta de ti, Ellie, es que eres incapaz de romper tu palabra.

No iba a pedirle que la besara, pero tampoco podía negar sus palabras, que, en cierto modo, eran un cumplido, de modo que no dijo nada.

Aunque el plan falló, porque las siguientes palabras de Charles fueron:

—Eres muy amable por no empezar a protestar, querida esposa. Me dificulta encontrarte la boca.

Y entonces la besó y Ellie descubrió que el coñac sabía mucho mejor de lo que olía. Tanto, en realidad, que cuando él se separó para besarle el cuello, ella se sorprendió a sí misma tomándolo por la cabeza y acercándole los labios a los suyos.

Él se rio y volvió a besarla, esta vez con más pasión. Después de lo que pareció una eternidad de tortura sensual, Charles levantó la cabeza un par de centímetros, apoyó la nariz en la suya y pronunció su nombre.

Ellie tardó unos segundos en poder responder:

—Sí.

—No estoy tan confundido como crees.

—¿Ah, no?

Lentamente, él sacudió la cabeza.

—Pero... si andabas tambaleándote. Y con hipo. Y eructando.

Él le sonrió maravillado.

—Pues ya no.

—¡Oh! —Ellie separó los labios mientras intentaba digerir aquella información y decidir qué significaba. Pensaba que significaba que iban a consumar su matrimonio esa noche..., seguramente, esa misma hora. Pero estaba algo aturdida y, para ser sincera, tenía mucho calor, y el cerebro no le iba a la velocidad óptima.

Él la miró unos segundos más y luego volvió a acercarse para besarla. Sus labios la besaron por todas partes menos en la boca; le recorrieron las mejillas, los ojos, las orejas. Tenía los dedos entrelazados en su pelo y se lo estaba esparciendo por encima de la almohada. Y luego le estaban recorriendo todo el cuerpo, acariciándole la curva de las caderas, rozándole las piernas, dejando huellas de fuego por allí por donde pasaban.

Ellie tenía la sensación de que había dos mujeres en su interior. Una quería quedarse allí y dejar que él ejerciera su magia sobre ella, aceptar sus caricias como un extraordinario regalo. Sin embargo, la otra ansiaba ser una participante activa, y se preguntaba qué haría él si lo acariciaba, si levantaba la cabeza y depositaba una lluvia de besos en su cuello.

Al final, no pudo reprimir sus sentimientos. Siempre había sido activa y en su naturaleza no entraba el ser pasiva, ni siquiera cuando la actividad en cuestión era su propia seducción. Lo abrazó y se agarró a él con fuerza, y sus dedos se convirtieron en apasionadas garras y...

—¡Aaaah! —El espeluznante grito de Charles atravesó el aire y apagó de inmediato el ardor de Ellie.

Ella dio un grito de sorpresa y se estremeció debajo de él mientras intentaba volver a dejar las manos a los lados...

—¡Aaaaaaah! —En una escala de gritos, ese debía de ser de los peores.

—¿Qué demonios...? —preguntó ella finalmente, moviéndose hacia un lado mientras él se sentaba en la cama con un rostro deformado por el dolor.

—Vas a matarme —dijo en tono neutro—. Antes de fin de año, estaré muerto.

—¿De qué demonios hablas?

Él se incorporó y se miró el brazo, que estaba sangrando otra vez.

—¿He sido yo?

Él asintió.

—Esto ha sido el segundo grito.

—¿Y el primero?

—¿Un moretón en la espalda?

—No sabía que tuvieras moretones en la espalda.

—Yo tampoco —respondió él en tono seco.

Ellie tuvo ganas de esbozar una sonrisa muy inapropiada, pero se mordió el labio.

—Lo siento mucho.

Él sacudió la cabeza.

—Algún día conseguiré consumar de una vez por todas este matrimonio.

—Siempre puedes intentar ver el lado positivo —sugirió ella.

—¿Hay un lado positivo?

—Eh... Sí. Tiene que haberlo. —Aunque no se le ocurría ninguno.

Él suspiró y le ofreció el brazo.

—¿Me coses?

—¿Vas a querer más coñac?

—Dado que mis intenciones amatorias han quedado arruinadas esta noche, así que sí, gracias. —Lanzó un suspiro—. ¿Sabes una cosa, Ellie? Creo que los hombres se casan por esto.

—¿Cómo dices?

—Me duele todo. Todo. Y está bien tener a alguien a quien poder decírselo.

—¿Antes no lo hacías?

Él sacudió la cabeza.

Ella le acarició la mano.

—Me alegro de que puedas hablar conmigo. —Encontró hilo y coñac y se puso manos a la obra.

15

Como de costumbre, Ellie se levantó temprano y alegre. Sin embargo, lo extraño es que se despertó en la cama de Charles, acurrucada contra él y rodeada por sus brazos.

Después de coserle el brazo por segunda vez, su marido se había quedado dormido enseguida. Había sido un día agotador y doloroso, y la botella de coñac adicional no había ayudado. Ellie quiso dejarlo descansar, pero cada vez que intentaba levantarse e irse a su habitación, él se despertaba. Al final, se había quedado dormida encima de las mantas.

Salió de la habitación sin hacer ruido, porque no quería despertarlo. Estaba profundamente dormido y sospechaba que su cuerpo necesitaba descansar.

Ella, en cambio, era físicamente incapaz de dormir hasta tarde; después de quitarse el vestido arrugado y ponerse uno limpio, bajó a desayunar. También como de costumbre, Helen ya estaba a la mesa hojeando el periódico que llegaba cada día con el correo de Londres.

—Buenos días, Ellie —dijo.

—Buenos días.

Se sentó y, al cabo de un momento, Helen le preguntó:

—¿Qué pasó anoche? Oí que Charles iba bastante intoxicado.

Ellie le explicó los detalles del día anterior mientras untaba uno de los bollos recién hechos de la señora Stubbs con mermelada de naranja.

—Y esto me recuerda... —dijo, cuando le acabó de explicar la segunda experiencia de Charles con los puntos.

—¿Qué te recuerda?

—Estuve pensando en algo especial que pudiera hacer por los arrendatarios para el invierno y las Navidades, y se me ocurrió que podría hacerles mermelada casera.

Helen había alargado el brazo para tomar otro bollo, y se quedó inmóvil a medio camino.

—Espero que no implique que vuelvas a entrar en la cocina.

—Será una sorpresa especial porque seguro que no esperan que una condesa cocine.

—Quizá sea por un motivo. Aunque, en tu caso, creo que la gente ya ha aprendido a esperar cualquier cosa.

Ellie frunció el ceño.

—Te aseguro que he hecho mermelada cientos de veces.

—No, si te creo. Pero creo que nadie más te creerá. Y menos la señora Stubbs, que sigue quejándose cada vez que encuentra hollín en algún rincón de la cocina.

—A la señora Stubbs le gusta quejarse.

—Eso es cierto, pero sigo sin estar convencido...

—Pues yo lo estoy —respondió Ellie con énfasis—, y es lo único que importa.

Cuando terminaron de desayunar, había convencido a Helen para que la ayudara y enviaron a dos doncellas a comprar frutos rojos. Al cabo de una hora, volvieron de la ciudad con un gran surtido de frutos rojos y Ellie se dispuso a trabajar. Como era de esperar, a la señora Stubbs no le hizo ninguna gracia ver a la condesa por la cocina.

—¡No, no, no! —gritó—. ¡Lo del horno ya fue suficiente!

—Señora Stubbs —dijo Ellie con su voz más severa—, ¿necesita que le recuerde que soy la señora de la casa y que, si me apetece, puedo llenar las paredes de crema de limón?

La señora Stubbs palideció y miró aterrada a Helen.

—Exagera —le explicó esta enseguida—, pero quizá sería mejor que hoy trabajara fuera de la cocina.

—Una idea excelente —asintió Ellie, y prácticamente sacó a empujones al ama de llaves de la cocina.

—No sé por qué creo que a Charles no le va a hacer ninguna gracia —dijo Helen.

—Bobadas. Sabe que el incendio no fue culpa mía.

—¿Ah, sí? —preguntó Helen, incrédula.

—Bueno, si no lo sabe, debería. Y ahora, manos a la obra. —Ellie pidió a una de las ayudantes de cocina que le trajera la olla más grande de Wycombe Abbey y metió dentro todos los frutos rojos—. Supongo que podríamos hacer distintas mermeladas, pero creo que una de frutos rojos mezclados estará deliciosa.

—Además —añadió Helen—, podemos hacerla en una única olla.

—Aprendes deprisa. —Ellie sonrió y luego añadió agua y azúcar—. Seguramente, tendremos que hacer otra olla. Dudo que esta nos llegue para todos los arrendatarios.

Helen se inclinó hacia delante y se asomó.

—Puede que no. Pero si realmente es tan fácil, no tenemos de qué preocuparnos. Podemos hacer otra olla mañana.

—No tiene secretos —dijo Ellie—. Ahora solo tenemos que taparlo y dejar que la mezcla se cocine. —Alejó la olla hasta el perímetro de la cocina, lejos del fuego que ardía con fuerza justo debajo del centro de la superficie de cocinar. No quería provocar más accidentes.

—¿Cuánto tardará? —preguntó Helen.

—Casi todo el día. Podría intentar hacerla más deprisa, pero tendría que controlarla más de cerca y removerla con mayor frecuencia. Con tanto azúcar, es posible que se pegara al fondo. Así, solo tendré que decirle a una de las muchachas que lo remueva mientras yo no esté. Vendré cada hora, más o menos, para ver cómo va.

—Entiendo.

—Un día, mi cuñado me dijo que pusiera piedras encima de la tapa. Dijo que así se cocinaría más deprisa.

—Entiendo —dijo Helen de forma automática, aunque luego añadió—: No. En realidad, no lo entiendo.

—Así mantienes el vapor dentro, lo que aumenta la presión. Y eso, a su vez, permite que la mermelada se cocine a mayor temperatura.

—A tu cuñado debe de gustarle la ciencia.

—Sí, bastante. —Ellie tapó la olla y añadió—: Pero da igual. No tengo prisa. Solo tengo que asegurarme de que alguien lo remueva con frecuencia.

—Parece bastante fácil —dijo Helen.

—Lo es. A prueba de patosos. —Ellie colocó la mano una última vez unos centímetros por encima de la cocina para comprobar que la temperatura no era demasiado alta y se marcharon.

Se colgó un reloj de la manga para acordarse de comprobar cómo iba la mermelada cada cierto tiempo. Se cocinaba despacio y, según Ellie, estaba deliciosa. La olla era gruesa y no se calentaba demasiado a fuego lento, de modo que podía agarrar las asas mientras removía, que era una facilidad más.

Como la mermelada no requería su atención exclusiva, decidió dedicar sus energías al apestoso desastre del invernadero. La irritaba muchísimo no haber podido descubrir todavía cómo el saboteador había conseguido matar sus plantas favoritas. Solo había podido deducir que la peste no provenía de las propias plantas.

Estaban muertas; eso era innegable. Sin embargo, la peste procedía de pilas de basura de la cocina colocadas discretamente y que Ellie sospechaba que alguien había interceptado cuando iban camino del comedero de los cerdos. Además, vio que, mezclada con la basura, había una sospechosa sustancia marrón que solo podía conseguirse en el suelo de los establos.

Quienquiera que quisiera causarle problemas debía de estar plenamente dedicado a ello. Ellie no se imaginaba odiar tanto a alguien como para recoger excrementos de caballo y basura de la cocina a diario. Sin embargo, su pequeño invernadero le gustaba lo suficiente como para ponerse un par de guantes y sacar toda aquella porquería afuera. Encontró unos sacos y una pala, decidió no respirar por la nariz en la siguiente hora y empezó a cavar.

Sin embargo, al cabo de cinco minutos quedó claro que la falda le molestaba, de modo que encontró unos trozos de cordel y se sentó en un banco de piedra para atarse los bajos del vestido.

—Una vista preciosa.

Ellie levantó la cabeza y vio a su marido entrar en el invernadero.

—Buenos días, Charles.

—Hace tiempo que deseo que te subas el vestido para mí —dijo con una pícara sonrisa—. ¿Quién es el beneficiario de un gesto tan delicado?

Ellie olvidó sus modales y le sacó la lengua.

—Dirás mejor «qué».

Charles siguió su mirada hasta un apestoso montón de porquería apilado detrás de un naranjo. Se acercó, olió el aire y retrocedió.

—¡Por el amor de Dios, Ellie! —dijo, con una arcada y tosiendo—. ¿Qué les has hecho a las plantas?

—No he sido yo —gruñó ella—. ¿De veras crees que soy tan estúpida como para pensar que una cabeza de oveja podrida ayudaría a crecer al naranjo?

—¿Una qué? —Volvió a acercarse al árbol para echar otro vistazo.

—Ya la he sacado —dijo ella señalando el saco.

—¡Dios, Ellie! No tendrías que estar haciendo esto.

—No —asintió ella—, no debería. Está claro que alguien en Wycombe Abbey no aprecia mi presencia en la casa, pero, si me permites el juego de palabras, llegaré al fondo de esto, aunque me vaya la vida. No toleraré más esta situación.

Charles soltó un sonoro suspiro y observó cómo clavaba la pala en la tierra.

—Toma —le dijo ella—, puedes aguantar el saco abierto. Aunque quizá quieras ponerte unos guantes.

Él parpadeó, incapaz de creer que lo estuviera limpiando ella sola.

—Ellie, puedo pedir a los criados que lo hagan.

—No, no puedes —respondió ella de inmediato y con más emoción de la que él hubiera esperado—. No deberían hacer esto. No voy a pedirles que lo hagan.

—Querida, precisamente para esto tenemos criados. Les pago unos sueldos muy generosos para que Wycombe Abbey esté limpia. Esto solo es... un poco más apestoso de lo habitual.

Ella lo miró con los ojos sospechosamente brillantes.

—Van a pensar que lo he hecho yo. Y no quiero.

Charles se dio cuenta de que estaba en juego el orgullo de Ellie. Y como él también sabía un par de cosas sobre el orgullo, no insistió más. Solo dijo:

—De acuerdo. Pero debo insistir en que me des la pala. ¿Qué clase de marido sería si me quedara aquí sentado mirando cómo haces todo el trabajo.

—Ni hablar. Llevas puntos en un brazo.

—No es tan grave.

Ella se rio.

—Quizá olvidas que fui yo quien te cosió anoche. Sé muy bien lo grave que es.

—Eleanor, dame la pala.

—Nunca.

Él se cruzó de brazos y la miró fijamente. ¡Dios santo! Era muy tozuda.

—Ellie, la pala, por favor.

—No.

Él se encogió de brazos.

—Está bien. Tú ganas. No cavaré.

—Sabía que acabarías cediendo... ¡Eh!

—El brazo —dijo Charles mientras la pegaba a su cuerpo— funciona bastante bien, en realidad.

Cuando Ellie dobló el cuello para mirarlo, la pala cayó al suelo.

—¿Charles? —preguntó ella, dubitativa.

Él esbozó una sonrisa pícara.

—He pensado que podría besarte.

—¿Aquí? —preguntó ella con voz ronca.

—Mmm...

—¡Pero si apesta!

—Si tú lo ignoras, yo también.

—Pero ¿por qué?

—¿Besarte?

Ella asintió.

—Porque he pensado que quizá así conseguía que dejaras de hablar de esa estúpida pala. —Antes de que ella pudiera decir nada más, Charles inclinó la cabeza y le dio un beso en los labios. Ella no se relajó de inmediato; él tampoco esperaba que lo hiciera. Pero era tan divertido sujetar a esa mujer decidida e inquieta entre los brazos… Era como una leona pequeña, salvaje y protectora, y Charles descubría que quería que todas esas emociones fueran dirigidas a él. Su insistencia en que descansara mientras ella hacía el trabajo duro no lo hacía sentirse menos hombre. Solo lo hacía sentirse querido.

¿Querido? ¿Era eso lo que quería? Siempre había pensado que quería un matrimonio como el de sus padres. Él llevaría su vida, su mujer llevaría la suya y ambos estarían satisfechos con eso. Excepto que se sentía atraído por su mujer como nunca había imaginado, como nunca había ni siquiera soñado. Y no estaba satisfecho. La deseaba, la deseaba con todas sus fuerzas, y ella siempre estaba justo fuera de su alcance.

Charles levantó la cabeza un centímetro y la miró. Ellie tenía la mirada perdida, los labios suaves y separados y él no sabía por qué nunca se había dado cuenta, pero debía de ser la mujer más bonita del mundo entero, y estaba justo allí, en sus brazos y… tenía que volver a besarla. Ahora. Su boca la devoró con una nueva y sorprendente urgencia, y bebió su esencia. Sabía a frutos rojos calientes, dulces, ácidos, a pura Ellie. Sus manos arremangaron la tela de la falda hasta que pudo introducirlas debajo y acariciar la firme piel de su muslo.

Ella contuvo el aliento y se agarró a sus hombros, cosa que solo consiguió aumentar su excitación, y deslizó la mano hacia arriba hasta que encontró dónde terminaba la media. Con un dedo, le acarició la piel desnuda, y disfrutó de cómo se estremecía ella por sus caricias.

—¡Oh, Charles! —gimió ella, y aquello bastó para acabar de encenderlo. Solo con oír el sonido de su nombre en su boca.

—Ellie —dijo, con una voz tan ronca que casi ni él mismo reconoció—, tenemos que ir arriba. Ahora.

Ella no reaccionó durante unos segundos, solo se quedó pegada a él, pero luego parpadeó y dijo:

—No puedo.

—No digas eso —dijo él arrastrándola hacia la puerta—. Di cualquier cosa menos eso.

—No, tengo que remover la mermelada.

Aquello hizo que él se detuviera en seco.

—¿De qué demonios hablas?

—Tengo que... —Hizo una pausa y se humedeció los labios—. No me mires así.

—¿Cómo? —dijo él, que iba recuperando lentamente el sentido del humor.

Ella puso los brazos en jarra y lo miró fijamente.

—Como si quisieras comerme.

—Es lo que quiero.

—¡Charles!

Él se encogió de hombros.

—Mi madre me enseñó a no mentir.

Ella lo miró como si estuviera a punto de perder la paciencia.

—Tengo que irme.

—Perfecto. Te acompañaré arriba.

—Tengo que ir a la cocina —dijo ella, decidida.

Él suspiró.

—La cocina, no.

Ella apretó los labios y esbozó una línea recta antes de gruñir:

—Estoy haciendo mermelada como regalo de Navidad para los arrendatarios. Te lo dije ayer.

—De acuerdo. A la cocina. Y luego a la habitación.

—Pero yo... —Ellie dejó las palabras en el aire cuando se dio cuenta de que no quería discutir más con él. Quería que la acariciara, quería escuchar sus dulces palabras de seducción. Quería sentirse la mujer más deseada del mundo, que era exactamente como se sentía cada vez que él la miraba con esos ojos ardientes y lascivos.

Una vez decidida, esbozó una tímida sonrisa y dijo:

—Está bien.

Estaba claro que Charles no esperaba aquella respuesta, porque dijo:

—¿Sí?

Ella asintió, pero sin mirarlo a los ojos.

—¡Genial! —Parecía un niño emocionado, cosa que extrañó un poco a Ellie, puesto que estaba a punto de dejarse seducir por él.

—Pero primero tengo que ir a la cocina —le recordó.

—La cocina. Es verdad. La cocina. —Él la miró de reojo mientras la llevaba por el pasillo—. Esto le resta un poco de espontaneidad, ¿no crees?

—Charles —dijo ella en tono de advertencia.

—Muy bien. —Cambió de dirección y empezó a arrastrarla hacia la cocina, incluso más deprisa que cuando la llevaba a la habitación.

—¿Intentando compensar de antemano el tiempo perdido? —se burló ella.

Doblaron una esquina, la pegó a la pared y le dio un breve pero posesivo beso.

—Tienes tres minutos en la cocina —dijo—. Tres. Ni uno más.

Ellie se rio y asintió, dispuesta a dejar que tuviera esa actitud dictatorial porque la excitaba. La soltó y bajaron las escaleras, aunque ella casi tenía que correr para mantener su ritmo.

La cocina empezaba a bullir de actividad mientras *monsieur* Belmont y su equipo comenzaban a preparar las comidas del día. La señora Stubbs estaba en un rincón intentando ignorar al francés mientras este supervisaba a las tres doncellas que estaban limpiando los cacharros del desayuno.

—La mermelada está allí encima del fuego —dijo Ellie a Charles mientras señalaba la olla grande—. Frutos rojos. Helen y yo la hemos preparado juntas y...

—Tres minutos, Eleanor.

—Sí. Solo tengo que removerla y luego...

—Pues remuévela —dijo él.

Ella avanzó hacia el fuego y luego dijo:

—¡Oh! Antes tengo que lavarme las manos. Llevaba guantes, pero hacía mucha peste.

Charles suspiró con impaciencia. Si no le hubiera dado tantas vueltas, ya lo habría hecho todo.

—Lávate las manos, remuévelo y acaba ya. Mira, encima de la mesa hay un cubo de agua.

Ella sonrió, metió las manos en el agua y soltó un grito.

—¿Y ahora qué?

—Está congelada. *Monsieur* Belmont debe de haber mandado traer hielo. Quizá tendremos un postre de fruta helada esta noche.

—Ellie, la mermelada...

Alargó las manos hacia la olla, frunciendo el ceño cuando vio que las doncellas se alejaban. Estaba claro que todavía no confiaban en ella.

—Solo voy a dejarla en esta mesa, para que se enfríe y...

Charles nunca sabría con seguridad qué pasó a continuación. Estaba mirando cómo *monsieur* Belmont cortaba una berenjena con manos expertas cuando oyó que Ellie soltaba un grito de dolor. Cuando la miró, vio que la enorme olla estaba cayendo al suelo. Mientras observaba la escena horrorizado e impotente, la olla cayó al suelo y la tapa salió volando. La mermelada violeta salpicó por todas partes: la cocina, el suelo y a Ellie.

Ella gritó como un animal herido y cayó al suelo, llorando de agonía. A Charles se le detuvo el corazón y corrió a su lado, resbalando con el líquido caliente y pegajoso.

—¡Quítamela! —gritó ella—. ¡Quítamela!

Charles la miró y vio que la mermelada hirviente estaba pegada a su piel. ¡Por Dios! Mientras él miraba, la piel de Ellie se quemaba. Parecía que solo le había salpicado las manos y las muñecas. Sin pensárselo dos veces, Charles agarró el cubo de agua fría que ella había utilizado dentro y le metió las manos dentro.

Ella lo golpeó con el cuerpo e intentó sacar las manos.

—¡No! —gritó—. Está demasiado fría.

—Cariño, ya lo sé —dijo él, con delicadeza, rezando para que ella no percibiera el pequeño temblor en su voz—. Yo también tengo las manos en el agua.

—Duele. Duele mucho.

Charles tragó saliva y miró alrededor de la cocina. Seguro que había alguien que sabía qué hacer, cómo aliviarle el dolor. Oírla llorar y notar las sacudidas de su cuerpo le rompía el corazón.

—Shhh... Ellie —dijo con su voz más dulce—. Mira, la mermelada se está despegando, ¿lo ves?

Ella bajó la mirada hacia el cubo y Charles deseó no haber dicho nada, porque tenía las manos llenas de manchas rojas en carne viva.

—¡Traedme más hielo! —gritó a nadie en particular—. El agua se está calentando.

La señora Stubbs dio un paso adelante a pesar de que tres doncellas ya corrían hacia la heladera.

—Señor, no sé si ha hecho lo correcto.

—La mermelada todavía estaba hirviendo. Tenía que enfriarla.

—Pero está temblando.

Charles se volvió hacia Ellie.

—¿Todavía duele tanto?

Ella sacudió la cabeza.

—Casi no siento nada.

Charles se mordió el labio inferior. No sabía cómo curar una quemadura.

—Está bien. Quizá deberíamos vendarlas.

Permitió que Ellie sacara las manos del agua, pero, a los diez segundos, ya volvía a llorar de dolor. Charles le metió las manos en el agua otra vez justo cuando las doncellas venían con el hielo.

—Parece que el agua fría le alivia el dolor —le dijo a la señora Stubbs.

—Pero no puede quedarse así siempre.

—Lo sé. Un minuto más. Quiero estar seguro.

—¿Quiere que prepare una pomada especial para las quemaduras?

Charles asintió y volvió a concentrarse en Ellie. La abrazó con fuerza y pegó los labios a su oreja mientras susurraba:

—Quédate aquí, cariño. Deja que te alivie el dolor.

Ella asintió.

—Respira hondo —le dijo. Cuando ella lo hizo, Charles miró a la señora Stubbs y dijo—: Que alguien limpie todo esto. No quiero verlo. Que lo tiren.

—¡No! —gritó Ellie—. ¡Mi mermelada no!

—Cielo, solo es mermelada.

Ella se volvió hacia él con los ojos más despiertos desde que se había quemado.

—Me he pasado todo el día haciéndola.

Charles suspiró para sí mismo, aliviado. Si Ellie podía concentrarse en la mermelada, quizá podía conseguir que dejara de pensar en el dolor.

—¿Qué está pasando? —dijo alguien con una horrible voz aguda.

Charles levantó la cabeza. Era su tía Cordelia. Perfecto, esto era lo último que necesitaban.

—Que alguien la saque de aquí —dijo entre dientes.

—¿Se ha quemado? ¿Se ha quemado alguien? Llevo años advirtiéndoos a todos del peligro del fuego.

—¿Quiere alguien sacarla de la cocina? —dijo Charles más alto.

—El fuego nos consumirá a todos. —Cordelia empezó a agitar los brazos en el aire—. ¡A todos!

—¡Ahora! —gritó Charles, y esta vez aparecieron dos mozos para llevarse a su tía—. ¡Dios santo! —murmuró—. Esta mujer está completamente trastornada.

—Es inofensiva —dijo Ellie, temblorosa—. Tú mismo me lo dijiste.

—Tú no digas nada y conserva todas tus energías —le respondió, con la voz impregnada de miedo.

La señora Stubbs se les acercó con un pequeño cuenco en las manos.

—Aquí está la pomada, señor. Tenemos que untarle las heridas y luego vendarle las manos.

Charles miró con recelo la pegajosa mezcla.

—¿Qué es?

—Un huevo batido y dos cucharadas de aceite dulce, señor.

—¿Y está segura de que funcionará?

—Es lo que siempre usaba mi madre, señor.

—Está bien. —Charles se sentó mientras observaba cómo la señora Stubbs aplicaba la pomada en la maltrecha piel de Ellie y luego le vendaba las manos con un fino lino. La joven condesa tenía el cuello y los hombros tensos, y Charles sabía que estaba intentando no llorar del dolor.

¡Dios! Verla así le rompía el corazón.

Oyeron un pequeño alboroto en la puerta y él se volvió y vio a Judith, seguida de cerca por Claire y Helen.

—Hemos oído ruidos —dijo Helen, casi sin aliento después de haber cruzado la casa corriendo—. La tía Cordelia estaba gritando.

—La tía Cordelia siempre grita —dijo Judith. Entonces vio a Ellie y añadió—: ¿Qué ha pasado?

—Se ha quemado las manos —respondió Charles.

—¿Cómo? —preguntó Claire con la voz extrañamente áspera.

—La mermelada —respondió él—. Estaba... —Se volvió hacia Ellie con la esperanza de que se olvidara un poco del dolor si la incluía en la conversación—. ¿Cómo diablos ha sucedido?

—La olla —jadeó ella—. He sido una estúpida. Debería haberme dado cuenta de que no estaba donde la había dejado.

Helen avanzó, se arrodilló y colocó un reconfortante brazo en los hombros de Ellie.

—¿Qué quieres decir?

La condesa se volvió hacia su nueva prima.

—Cuando dejamos la mermelada en el fuego..., queríamos que se hiciera a fuego lento, ¿recuerdas?

Helen asintió.

—Alguien debió de acercarla al fuego. Y no me di cuenta. —Se interrumpió y contuvo un grito de dolor cuando la señora Stubbs apretó las vendas de una mano y empezó a untarle la otra.

—¿Y luego qué pasó? —preguntó Helen.

—Las asas estaban calientes. No me lo esperaba y solté la olla. Cuando cayó al suelo... —Cerró los ojos con fuerza, intentando no recordar el terrible momento en que el líquido violeta lo salpicó todo, y también sus manos, y la horrible sensación de quemarse.

—Ya basta —ordenó Charles, percibiendo su angustia—. Helen, llévate a Claire y a Judith de la cocina. No hay ninguna necesidad de que vean todo esto. Y haz que lleven una botella de láudano a la habitación de Ellie.

Helen asintió, tomó a sus hijas de la mano y se marchó.

—No quiero láudano —protestó Ellie.

—No tienes otra opción. Me niego a quedarme quieto y no hacer nada para calmarte el dolor.

—Pero no quiero dormir. No quiero... —Tragó saliva y lo miró, sintiéndose más vulnerable que en toda su vida—. No quiero estar sola —susurró al final.

Charles se inclinó y le dio un delicado beso en la sien.

—No te preocupes —murmuró—. No me moveré de tu lado. Te lo prometo.

Y cuando por fin le administraron el láudano y la metieron en la cama, él se sentó en una silla junto a ella. Observó su cara mientras se dormía y luego se quedó sentado en silencio hasta que el sueño también se apoderó de él.

16

Varias horas después, cuando Charles se despertó, Ellie todavía dormía, gracias a Dios. Sin embargo, la dosis de láudano que le había dado no duraría mucho más, así que preparó otra para cuando se despertara. No sabía cuánto tiempo le seguirían doliendo las quemaduras, pero no iba a permitir que sufriera innecesariamente ni un segundo más. No podría soportar volver a oírla intentando contener las lágrimas de dolor.

Simplemente, le partía el corazón.

Se tapó la boca para silenciar un bostezo mientras sus ojos se iban acostumbrando a la escasa luz de la habitación. Odiaba las últimas semanas de otoño, cuando los días se acortaban y el sol se ponía más temprano. Estaba impaciente por que llegara la calidez del verano, o incluso la brisa fresca de la primavera, y se preguntó qué aspecto tendría Ellie en verano, con el sol en el cielo hasta que caía la noche. ¿La luz iluminaría de forma distinta su pelo? ¿Parecería más rojizo? ¿O quizá más rubio? ¿O estaría igual, aunque más cálido?

Con esa idea en la cabeza, se acercó y le apartó un mechón de pelo de la frente, con cuidado de no rozar por accidente las manos vendadas. Estaba a punto de repetirlo cuando alguien llamó con suavidad a la puerta. Charles se levantó y cruzó la habitación, haciendo una mueca ante el ruido de las botas cuando salió de la alfombra y pisó el suelo de madera. Se volvió hacia Ellie y suspiró aliviado cuando vio que seguía durmiendo plácidamente.

Abrió la puerta y vio a Claire, que estaba en el pasillo mordiéndose el labio y retorciéndose las manos. Tenía los ojos tan rojos e hinchados que hasta Charles se dio cuenta, incluso bajo la escasa luz de las velas que iluminaban el pasillo, que no tenía ventanas.

—Charles —dijo la muchacha, hablando demasiado alto—. Tengo que...

Él se acercó un dedo a los labios, salió al pasillo y cerró la puerta tras él. Y entonces, para mayor aturdimiento de Claire, se sentó.

—¿Qué haces?

—Me quito las botas. No tengo paciencia para localizar a mi asistente para que me ayude.

—¡Oh! —Ella lo miró, desconcertada sobre cómo proceder. Puede que Charles fuera su primo, pero también era conde, y nadie solía mirar a un conde desde arriba.

—¿Querías hablar conmigo? —le preguntó él mientras agarraba el talón de la bota izquierda.

—Eh... Sí. Bueno, en realidad quiero hablar con Ellie. —Claire tragó saliva de forma convulsiva. Ese gesto parecía agitar todo su cuerpo—. ¿Está despierta?

—No, gracias a Dios, y pienso administrarle otra dosis de láudano en cuanto se despierte.

—Claro. Debe de dolerle mucho.

—Sí. Le han salido ampollas en la piel y, seguramente, le quedarán cicatrices para siempre.

Claire se estremeció.

—Yo también me quemé una vez. Con una vela, y me dolió mucho. Ellie ni siquiera ha gritado. Debe de ser muy fuerte.

Charles hizo una pausa en su esfuerzo por quitarse la bota derecha.

—Sí —dijo con delicadeza—, lo es. Más de lo que jamás hubiera imaginado.

La muchacha se quedó callada un buen rato y al final dijo:

—¿Podré hablar con ella cuando se despierte? Sé que quieres darle más láudano, pero tardará unos minutos en hacer efecto y...

—Claire —la interrumpió Charles—, ¿no puedes esperar hasta mañana?

Ella volvió a tragar saliva.

—No. De verdad que no.

Él la miró fijamente y no apartó la mirada ni siquiera cuando se puso de pie.

—¿Hay algo que quieras decirme? —le preguntó en voz baja.

Ella sacudió la cabeza.

—Ellie. Tengo que hablar con Ellie.

—De acuerdo. Veré si está en condiciones de recibir visitas. Pero, si no es así, tendrás que esperar hasta mañana. Y no se hable más.

Claire parpadeó y asintió mientras Charles agarraba el pomo de la puerta y lo giraba.

Ellie abrió los ojos y volvió a cerrarlos con la esperanza de que eso detuviera la sensación de mareo que se había apoderado de ella en cuanto los había abierto. Aunque no sirvió de nada, así que abrió los ojos y buscó a su marido.

—¿Charles?

Nada.

Ellie sintió una desconocida punzada de decepción. Le había dicho que no se separaría de su lado. Era lo único que la había mantenido tranquila mientras se dormía. Pero entonces oyó el crujido de la puerta, levantó la cabeza y lo vio silueteado en la penumbra.

—Charles. —Ella pretendía que fuera un susurro, pero sus palabras fueron un sonido ronco.

Él corrió a su lado.

—Estás despierta.

Ella asintió.

—Tengo sed.

—Claro. —Charles se volvió y, por encima del hombro, dijo—: Claire, pide una taza de té.

Ellie estiró el cuello todo lo que pudo para mirar detrás de Charles. No se había fijado que Claire también estaba en la habitación. Era una sorpresa, puesto que la muchacha no había mostrado hasta ahora ningún interés en su bienestar.

Cuando volvió a mirar a Charles, vio que le había acercado una taza de porcelana a los labios.

—Mientras tanto —le dijo—, si quieres mojarte la garganta, queda un poco de té tibio. He bebido de esta taza, pero es mejor que nada.

Ellie asintió y bebió un sorbo mientras se preguntaba por qué, después de tantos besos, beber de su taza parecía algo tan íntimo.

—¿Qué tal las manos? —le preguntó.

—Me siguen doliendo mucho —respondió ella con sinceridad—, aunque no tanto como antes.

—Es por el láudano. Puede tener unos efectos muy fuertes.

—Nunca antes lo había tomado.

Él se inclinó y le dio un beso con delicadeza.

—Y rezo para que no vuelvas a tener que tomarlo.

Ellie siguió bebiendo sorbos de té mientras intentaba, aunque sin éxito, no revivir mentalmente el incidente de la mermelada. Seguía viendo cómo la olla caía al suelo y recordando el terrible instante en que supo con certeza que iba a quemarse y que no podía hacer nada por evitarlo. Y luego, cuando tenía las manos en el cubo de agua helada y sentía que todos la miraban... ¡Oh! Fue horrible, horrible. Odiaba hacer el ridículo, quedar mal. Poco importaba que el accidente hubiera sido solo eso, un accidente, y que no fuera culpa suya. No soportaba reconocer la lástima en los ojos de los demás. Incluso Judith había...

—¡Dios mío! —dijo casi ahogándose con el té—. Judith. ¿Está bien?

Charles la miró algo confuso.

—No estaba en la cocina cuando se te ha caído la olla, Ellie.

—Ya lo sé. Pero me vio cuando lloraba y gimoteaba y estaba debilitada por el dolor, y seguro que se ha quedado muy confundida. No quiero imaginarme cómo debe de sentirse.

Charles le acarició el labio con el dedo índice.

—Shhh... Si hablas tan deprisa acabarás agotada.

—Pero Judith...

Esta vez, él le apretó los labios con los dedos y se los mantuvo cerrados.

—Está bien. Helen ya le ha explicado qué ha pasado. Estaba muy disgustada, pero se lo está tomando con su habitual humor de niña de seis años.

—Me gustaría hablar con ella.

—Mañana. Creo que ahora está cenando con la niñera y quiere pintar acuarelas hasta la hora de acostarse. Ha dicho que quería hacerte un dibujo muy especial para inspirarte durante tu recuperación.

Por un segundo, Ellie se puso tan contenta que ni siquiera sintió el dolor de las manos.

—Es muy dulce —murmuró.

—Mientras tanto —continuó Charles—, Claire me ha dicho que quiere hablar contigo. Y le he dicho que podrá hacerlo solo si te sientes en condiciones.

—Claro —murmuró Ellie. Era muy extraño que Claire, que nunca se había molestado en ocultar su desprecio por ella, quisiera hacerle compañía mientras se recuperaba. Pero Ellie todavía albergaba esperanzas de poder mantener una relación más amable y familiar, así que ladeó un poco la cabeza, estableció contacto visual con la muchacha y dijo:

—Buenas noches, Claire.

La muchacha realizó una reverencia y dijo:

—Espero que te encuentres mejor.

—Un poco —respondió Ellie—, aunque supongo que las quemaduras tardarán un tiempo en curarse del todo. Pero me encanta tener compañía. Así no pienso en mis manos todo el tiempo.

No estaba segura, pero le pareció que Claire palideció cuando mencionó sus manos. Se produjo un largo y extraño silencio y, al final, la muchacha tragó saliva de forma sonora, se volvió hacia Charles y dijo:

—¿Puedo hablar con Ellie a solas?

—No creo que...

—Por favor.

A Ellie la sorprendió la nota de desesperación que reconoció en la voz de Claire, así que se volvió hacia su marido y dijo:

—Tranquilo. No estoy dormida.

—Pero había pensado darte más láudano.

—Puede esperar cinco minutos.

—No permitiré que sufras más de lo necesario y...

—Estaré bien, Charles. Además, me gustarían unos instantes más de lucidez. Podrías esperar el té en las escaleras.

—Está bien. —Salió de la habitación, aunque no parecía demasiado contento.

Ellie se volvió hacia Claire con una sonrisa cansada.

—Puede llegar a ser muy tozudo, ¿no te parece?

—Sí. —La muchacha se mordió el labio inferior y apartó la mirada—. Y me temo que yo también.

Ellie la miró fijamente. Estaba nerviosa y triste. Quería calmarla, pero no estaba segura de si sus tentativas de acercamiento serían bienvenidas. Al fin y al cabo, Claire había dejado clara su oposición a lo largo de las últimas semanas. Al final, alargó la mano hasta el lado de la cama que estaba vacío y dijo:

—¿Quieres sentarte a mi lado? Me encantaría tener compañía.

Claire dudó, pero luego avanzó unos pasos y se sentó. No dijo nada durante un minuto; se quedó allí jugueteando con el extremo de las mantas. Ellie rompió el silencio:

—¿Claire?

La muchacha volvió a la realidad, la miró y dijo:

—No me he portado demasiado bien contigo desde que llegaste.

Ellie no sabía cómo responder, así que se quedó callada.

Claire se aclaró la garganta, como si estuviera reuniendo valor para continuar. Cuando por fin empezó a hablar, lo hizo muy despacio:

—El incendio de la cocina fue culpa mía —dijo—. Yo moví la rejilla. No pretendía provocar un incendio; solo quería quemar las tostadas para que no parecieras tan lista. Y también estropeé tu asado, y he estado intoxicando el invernadero y... y... —Se quedó sin voz y apartó la mirada.

—¿Y qué, Claire? —insistió Ellie, que sabía qué iba a decirle, aunque necesitaba oírlo de sus labios. Es más, creía que la muchacha necesitaba confesarlo en voz alta.

—He acercado la olla de mermelada al fuego —susurró—. Jamás pensé que alguien pudiera resultar herido. Créeme, por favor. Solo quería quemar la mermelada. Nada más. Solo la mermelada.

Ellie tragó saliva, algo incómoda. Claire parecía tan miserable, tan infeliz y tan arrepentida que quería consolarla a pesar de que era la causante de tanto dolor. Tosió y dijo:

—Tengo un poco de sed. ¿Podrías...?

No tuvo que terminar la frase, porque Claire ya tenía la taza en la mano y se la estaba acercando a los labios. Ellie bebió un sorbo, y luego otro. El láudano le había dejado la garganta muy seca. Al final, miró a Claire y, simplemente, preguntó:

—¿Por qué?

—No puedo decírtelo. Solo te pido que aceptes mis disculpas. —A Claire le temblaban los labios y los ojos se le estaban llenando de lágrimas a una velocidad alarmante—. Sé que me he portado muy mal y nunca más volveré a hacer nada parecido. Lo prometo.

—Claire —dijo Ellie, en tono amable pero firme—, estaré encantada de aceptar tus disculpas, porque sé que son sinceras, pero no puedes pretender que lo haga sin darme una explicación.

La muchacha cerró los ojos.

—No quería que cayeras bien a la gente. No quería que te gustara la casa. Quería que te fueras.

—Pero ¿por qué?

—No puedo decírtelo —dijo entre sollozos—. De verdad que no.

—Claire, tienes que decírmelo.

—No puedo. Me da mucha vergüenza.

—Nada es tan horrible como pensamos —dijo Ellie con cariño.

La muchacha se cubrió la cara con las manos y farfulló:

—¿Prometes no decírselo a Charles?

—Claire, es mi marido. Juramos...

—¡Tienes que prometérmelo!

Estaba al borde de la histeria. Ellie dudaba que el secreto que guardaba fuera tan terrible como creía, pero entonces recordó cómo era tener catorce años y dijo:

—De acuerdo. Tienes mi palabra.

Claire apartó la mirada antes de decir:

—Quería que me esperara.

Ellie cerró los ojos. Nunca había imaginado que Claire pudiera estar enamorada de Charles.

—Siempre he querido casarme con él —susurró la joven—. Es mi héroe. Hace seis años nos salvó, ¿lo sabías? La pobre mamá estaba embarazada de Judith y los acreedores se lo habían llevado todo. Charles apenas nos conocía, pero pagó las deudas de mi padre y nos acogió en su casa. Y nunca nos hizo sentir como los familiares pobres.

—¡Oh, Claire!

—No habría tenido que esperar mucho más.

—Pero ¿qué sentido tenía intentar echarme? Ya estábamos casados.

—Os oí discutir. Sé que no habéis... —Se sonrojó—. No puedo decirlo, pero sé que el matrimonio podía anularse.

—¡Oh, Claire! —suspiró Ellie, demasiado preocupada por la situación como para avergonzarse de que la muchacha supiera que todavía no habían consumado el matrimonio—. No podría haberte esperado. Seguro que sabes de la existencia del testamento de su padre.

—Sí, pero podría haber anulado el matrimonio y...

—No —la interrumpió Ellie—, no puede. No podemos. Si lo hace, perderá el dinero para siempre. Charles tenía que casarse antes de su trigésimo cumpleaños y no podía disolverlo después.

—No lo sabía —dijo Claire muy despacio.

Ellie suspiró. Menudo lío. Y justo entonces se dio cuenta de lo que acababa de decir y abrió los ojos.

—¡Madre mía! —dijo—. El cumpleaños de Charles. ¿Se me ha pasado? —¿Cuántos días había dicho que faltaban para su cumpleaños cuando se conocieron? ¿Quince? ¿Diecisiete? Ellie señaló mentalmente el día que le propuso matrimonio y empezó a contar.

—Es dentro de dos días —dijo Claire.

Como si las hubiera oído, alguien llamó a la puerta.

—Es Charles —dijeron las dos al unísono.

Y Claire añadió:

—Nadie llama tan fuerte.

—¡Adelante! —dijo Ellie. Y se volvió hacia Claire y, con urgencia, le susurró—: Vas a tener que decírselo. No tienes que explicarle por qué, pero tienes que decirle que has sido tú.

La muchacha parecía apesadumbrada, pero resignada.

—Lo sé.

Charles entró en la habitación con una bandeja de plata donde había un servicio de té y galletas. Hizo apartar a Claire de la cama y dejó la bandeja encima del colchón.

—¿Te importaría servir, prima? —dijo—. Ya debería estar bien infusionado. He esperado unos minutos en las escaleras para daros más tiempo.

—Muy amable —respondió Ellie—. Teníamos muchas cosas de que hablar.

—¿De veras? —murmuró Charles—. ¿Y os gustaría compartirlo conmigo?

Ellie lanzó una mirada cómplice a Claire, pero la muchacha respondió con una expresión de pánico, así que le dijo:

—No pasará nada.

Claire se limitó a ofrecerle la taza y el platillo a Charles y dijo:

—Para Ellie.

Él lo aceptó y se sentó junto a su mujer.

—Toma —dijo mientras se lo acercaba a los labios—. Con cuidado. Está caliente.

Ella bebió un sorbo y suspiró de felicidad.

—El cielo. El cielo es una taza de té caliente.

Charles sonrió y la besó en la cabeza.

—Bueno —dijo mientras miraba a Claire—, ¿de qué tenías que hablar con Ellie?

La muchacha le ofreció otra taza y otro platillo antes de decir:

—Tenía que disculparme.

Él aceptó el té y lo dejó en la mesita.

—¿Por qué? —preguntó muy despacio mientras ofrecía otro sorbo de té a Ellie.

Parecía que Claire fuera a salir corriendo en cualquier momento.

—Díselo —la animó la condesa.

—Ha sido culpa mía que Ellie se quemara —admitió, al final, con una voz apenas audible—. Acerqué la mermelada al fuego para que se quemara, pero no se me ocurrió que las asas de la olla se calentarían tanto.

Ellie contuvo la respiración cuando observó que la expresión de Charles se convirtió en una máscara implacable. Sabía que se enfadaría, pensaba que quizá gritaría y se enfurecería, pero ese silencio ponía los pelos de punta.

—¿Charles? —dijo Claire con voz ahogada—. Di algo, por favor.

Él dejó la taza de Ellie en el platillo con los movimientos lentos y rígidos de quien está a punto de perder el control.

—Estoy intentando encontrar una buena razón para no hacerte las maletas y enviarte ahora mismo a un asilo de pobres. De hecho —el volumen de su voz iba en aumento—, ¡estoy intentando encontrar una buena razón para no matarte!

—¡Charles! —exclamó Ellie.

Sin embargo, él se había levantado y se dirigía hacia Claire.

—¿En qué demonios estabas pensando? —preguntó—. ¿En qué demonios estabas pensando, maldita sea?

—Charles —repitió Ellie.

—No te metas —le espetó él.

—Ni hablar.

Él la ignoró mientras señalaba a Claire con un dedo.

—Imagino que también eres la responsable del incendio de la cocina.

Ella asintió arrepentida, con lágrimas resbalándole por las mejillas.

—Y lo del asado —dijo—. También fui yo. Y el invernadero.

—¿Por qué, Claire? ¿Por qué?

La joven se agarró la cintura mientras sollozaba.

—No puedo decírtelo.

Charles la agarró por el hombro y la volvió hacia él.

—Vas a darme una explicación, y vas a hacerlo ahora mismo.

—¡No puedo!

—¿Entiendes lo que has hecho? —Charles la sacudió con violencia y la volvió hacia la cama de Ellie—. ¡Mírala! ¡Mírale las manos! Lo has hecho tú.

Claire estaba llorando con tanta desesperación que Ellie estaba segura de que, si su marido no la estuviera sujetando por los hombros, caería al suelo.

—¡Charles, basta! —gritó Ellie, que no podía soportarlo más—. ¿No ves que está arrepentida?

—Y debería estarlo —espetó él.

—¡Charles, ya basta! Me ha dicho que lo siente y acepto sus disculpas.

—Pues yo no.

Si Ellie no llevara las manos vendadas y no le dolieran tanto, le habría pegado.

—Pero no eres tú quien tiene que aceptarlas —dijo ella con frialdad.

—¿No quieres una explicación?

—Claire ya me la ha dado.

Charles se quedó tan sorprendido que soltó a su prima.

—Y le he dado mi palabra de que no te lo diría.

—¿Por qué?

—Porque esto es entre Claire y yo.

—Ellie... —Su voz encerraba una nota de advertencia.

—No pienso romper una promesa —dijo ella con firmeza—. Y me parece que valoras la honestidad lo suficiente como para no pedirme que lo haga.

Charles lanzó un suspiro irritado y se echó el pelo hacia atrás. Ellie lo había arrinconado.

—Pero tiene que recibir un castigo —dijo al final—. Insisto.

Ellie asintió.

—Por supuesto. Claire se ha portado muy mal y deberá afrontar las consecuencias. Pero el castigo lo decidiré yo, no tú.

Él puso los ojos en blanco. Ellie era tan buena que seguramente mandaría a la muchacha a su habitación y ya está.

Sin embargo, su mujer lo sorprendió cuando se volvió hacia la muchacha, que estaba sentada en el suelo, donde Charles la había soltado.

—Claire —dijo—, ¿cuál crees que debería ser tu castigo?

La muchacha también se sorprendió y no dijo nada, y se quedó en el suelo abriendo y cerrando la boca como un pez.

—¿Claire? —repitió Ellie con ternura.

—Podría limpiar el invernadero.

—Una idea excelente —dijo Ellie—. Yo he empezado a hacerlo esta mañana con Charles, pero no hemos avanzado demasiado. Tendrás que replantar muchas cosas. Muchas plantas se han muerto en estos quince días.

Claire asintió.

—También podría limpiar la mermelada de la cocina.

—Eso ya está hecho —dijo Charles en tono severo.

A Claire se le volvieron a llenar de lágrimas los ojos y se volvió hacia Ellie en busca de apoyo moral.

—Lo que me gustaría por encima de todas las cosas —dijo Ellie con ternura— es que informaras a todos los miembros de la casa de que los percances de la última semana no han sido culpa mía. He estado intentando encontrar mi sitio en Wycombe Abbey y que me hicieras quedar como una estúpida y una inepta no ha ayudado demasiado.

Claire cerró los ojos y asintió.

—No será fácil —admitió Ellie—, pero venir aquí y disculparte tampoco lo ha sido. Eres una muchacha fuerte, Claire. Más fuerte de lo que crees.

Por primera vez aquella noche, la joven sonrió y Ellie supo que todo iba a salir bien.

Charles se aclaró la garganta y dijo:

—Claire, creo que mi mujer ya ha tenido suficientes emociones por hoy.

Ellie sacudió la cabeza y dobló un dedo hacia Claire.

—Ven aquí un momento —dijo. Cuando la muchacha se colocó junto a la cama, le susurró al oído—: ¿Y sabes otra cosa?

La muchacha sacudió la cabeza.

—Creo que algún día te alegrarás de que Charles no pudiera esperarte.

Claire se volvió hacia ella con un interrogante en la mirada.

—El amor te encontrará cuando menos te lo esperes —dijo Ellie con ternura. Y añadió—: Y cuando seas lo bastante mayor.

Claire se rio, cosa que provocó que Charles gruñera:

—¿Qué demonios cuchicheáis?

—Nada —respondió Ellie—. Y ahora deja que tu prima se vaya. Tiene mucho trabajo.

Charles se apartó para dejar salir a Claire y, cuando la puerta se cerró, se volvió hacia Ellie y dijo:

—Has sido demasiado benévola con ella.

—Ha sido mi decisión, no la tuya —respondió ella, con voz cansada. Enfrentarse a un marido gritando y a una prima sollozando le había robado las pocas energías que le quedaban.

Charles entrecerró los ojos.

—¿Te duele?

Ella asintió.

—¿Podrías darme esa segunda dosis de láudano?

Él se colocó a su lado, le acercó el vaso a los labios y le acarició la cabeza mientras ella se lo bebía todo. Ellie bostezó, se acomodó en las almohadas y colocó las manos vendadas encima de las mantas.

—Sé que crees que no he sido lo bastante severa con Claire —dijo—, pero creo que ha aprendido la lección.

—Tendré que creerte, puesto que te niegas a decirme qué alegó en su defensa.

—No intentó defenderse. Sabe que lo que ha hecho está mal.

Charles estiró las piernas encima del colchón y se reclinó en el cabezal de la cama.

—Eres una mujer increíble, Eleanor Wycombe.

Ella le respondió con un bostezo.

—No me importa oírlo, la verdad.

—La mayoría de hombres no habrían sido tan comprensivos.

—No te engañes. Si es necesario, puedo llegar a ser muy vengativa.

—¿Ah, sí? —preguntó él, divertido.

Ellie volvió a bostezar y se recostó en él.

—¿Te quedarás aquí esta noche? Al menos hasta que me duerma.

Él asintió y le dio un beso en la sien.

—Mejor. La cama está más cálida contigo aquí.

Charles sopló la vela y se tendió encima de las mantas. Luego, cuando estuvo seguro de que ella dormía, se colocó la mano encima del corazón y susurró:

—Aquí también está más cálido.

17

Ellie se pasó la mañana siguiente recuperándose en la cama. Charles apenas se movió de su lado y, cuando lo hacía, enseguida lo sustituía un miembro de la familia Pallister, generalmente Helen o Judith, puesto que Claire estaba ocupada limpiando el invernadero.

Sin embargo, por la tarde ya empezaba a estar un poco harta de Charles y de su omnipresente botella de láudano.

—Te agradezco mucho que te preocupes por mis quemaduras —dijo Ellie, intentando apaciguarlo—, pero te prometo que el dolor no es tan fuerte como ayer y, además, parece que no pueda mantener una conversación sin dormirme.

—A nadie le importa —le aseguró él.

—A mí sí.

—Ya te he reducido la dosis a la mitad.

—Y me sigue dejando medio dormida. Puedo soportar un poco de dolor, Charles. No soy ningún alfeñique.

—Ellie, no tienes que ser una mártir.

—No quiero ser una mártir. Solo quiero ser yo misma.

Él la miró con recelo, pero dejó la botella en la mesita.

—Si te duelen...

—Lo sé, lo sé. Me... —Ellie soltó un suspiro de alivio cuando alguien llamó a la puerta, poniendo fin a la conversación. Charles todavía parecía que podía cambiar de opinión y obligarla a tomarse el láudano a la menor provocación—. ¡Adelante! —exclamó.

Judith asomó por la puerta, con el pelo oscuro recogido, de modo que no le tapaba la cara.

—Buenos días, Ellie —dijo.

—Buenos días, Judith. Me alegro de verte.

La niña asintió con un gesto propio de la realeza y se subió a la cama.

—¿Yo no merezco ningún saludo? —preguntó el conde.

—¡Sí, claro! —respondió Judith—. Buenos días, Charles, pero vas a tener que marcharte.

Ellie contuvo una carcajada.

—¿Y por qué? —preguntó él.

—Tengo asuntos muy importantes que hablar con Ellie. Asuntos privados.

—¿De veras?

Judith arqueó las cejas con altanería, una expresión que, de alguna forma, encajaba perfectamente con su cara de seis años.

—Sí. Aunque supongo que puedes quedarte mientras le doy su regalo.

—¡Qué generosa! —dijo él.

—¡Un regalo! ¡Qué amable! —exclamó Ellie al mismo tiempo.

—Te he hecho un dibujo. —La niña le ofreció una acuarela.

—Es muy bonito, Judith —dijo Ellie mientras observaba los trazos azules, verdes y rojos—. Es precioso. Es... Es...

—Es la pradera —dijo Judith.

Ellie suspiró aliviada por no tener que adivinarlo.

—¿Ves? —continuó la pequeña—. Esto es la hierba. Y esto, el cielo. Y estas son las manzanas del árbol.

—¿Dónde está el tronco del árbol? —preguntó Charles.

Judith lo miró con mala cara.

—Me he quedado sin marrón.

—¿Quieres que pida un poco más?

—Es lo que más me gustaría del mundo.

Charles sonrió.

—Ojalá todas las mujeres fueran tan fáciles de complacer.

—No somos tan poco razonables. —Ellie se sintió obligada a defender a su género.

Judith puso los brazos en jarra, irritada por no entender de qué hablaban los mayores.

—Ahora tienes que irte, Charles. Como he dicho, tengo que hablar con Ellie. Es muy importante.

—¿Ah, sí? —preguntó él—. ¿Demasiado importante para mí? ¿El conde? ¿El que se supone que está al frente de este montón de piedras?

—La palabra clave es «supone» —dijo Ellie con una sonrisa—. Me temo que quien realmente dirige la casa es Judith.

—Estás en lo cierto. Sin duda —respondió él con sarcasmo.

—Necesitaremos, al menos, media hora, creo —dijo Judith—. O quizá más. En cualquier caso, llama antes de volver a entrar. No quisiera que nos interrumpieras.

Charles se levantó y se dirigió hacia la puerta.

—Veo que me echan sin miramientos.

—¡Media hora! —gritó Judith mientras él se retiraba.

Él volvió a asomarse.

—Tesoro, eres una tirana.

—Charles —dijo Ellie simulando una gran irritación—, Judith ha solicitado una audiencia privada.

—Brujita precoz —dijo él entre dientes.

—Lo he oído —dijo Judith con una sonrisa—, y solo significa que me quieres.

—A esta no hay quien la engañe —dijo Ellie mientras alargaba la mano para acariciarle la cabeza, pero luego recordó que no podía.

—¡Cuidado con las manos! —le ordenó Charles.

—Márchate ya —le respondió Ellie, que no pudo esconder la sonrisa que le provocó la agradable sensación de mandarlo.

Oyeron cómo se alejaba por el pasillo. Judith no dejó de reírse con la mano delante de la boca.

—De acuerdo —dijo Ellie—, ¿de qué quieres hablar conmigo?

—De la celebración del cumpleaños de Charles. Claire nos ha dicho que querías organizarle una fiesta.

—Sí, claro. Me alegro que te hayas acordado. Me temo que no podré hacer demasiado, pero se me da bastante bien dar órdenes.

Judith se rio.

—No, yo estaré al mando.

—¿Puedo ser tu ayudante, entonces?

—Claro.

—Muy bien. Tenemos un trato —dijo Ellie—. Y, como no puedo darte la mano, tendremos que cerrarlo con un beso.

—¡Hecho! —Judith se acercó a ella a cuatro patas y le plantó un sonoro beso en la mejilla.

—Perfecto. Ahora te lo doy yo y ya podemos empezar a hacer planes.

Judith esperó mientras Ellie le daba un beso en la cabeza y dijo:

—Creo que deberíamos pedirle a *monsieur* Belmont que haga un pastel muy grande. ¡Enorme! Con cobertura de mantequilla.

—¿Enorme o solo gigantesco? —preguntó Ellie con una sonrisa.

—¡Enorme! —gritó Judith, agitando los brazos en el aire para demostrárselo—. Y podemos...

—¡Ay! —Ellie gritó de dolor cuando una de las manos de la pequeña le tocó la suya.

Judith saltó de la cama de inmediato.

—Lo siento. Lo siento mucho. Ha sido un accidente. Lo juro.

—Lo sé —dijo Ellie con los dientes apretados por el dolor—. No hay ningún problema, tesoro. Toma la botella de la mesa y sírveme un poco en el vaso.

—¿Cuánto? ¿Así? —Señaló con el dedo la mitad del vaso, que correspondía a media dosis.

—No, la mitad de eso —respondió Ellie. Un cuarto de dosis parecía la cantidad perfecta: suficiente para calmar el dolor, pero esperaba que no lo suficiente para dejarla dormida y desorientada—. Pero no se lo digas a Charles.

—¿Por qué no?

—Porque no —y luego dijo entre dientes—: Odio cuando tiene razón.

—¿Cómo dices?

Ellie se bebió el líquido y dijo:

—Nada. Tenemos que hacer muchos planes, ¿no?

Se pasaron el siguiente cuarto de hora discutiendo seriamente sobre la cobertura del pastel, argumentando las ventajas del chocolate frente a la vainilla.

Más tarde, Charles apareció por la puerta que conectaba sus habitaciones con una hoja de papel.

—¿Cómo te encuentras? —le preguntó.

—Mucho mejor, gracias. Aunque me cuesta un poco pasar las páginas del libro.

Él arqueó la comisura de los labios.

—¿Qué estás intentando leer?

—«Intentando» es la palabra clave —dijo ella con sarcasmo.

Charles se acercó a su lado y pasó una página mientras se fijaba en el título del libro.

—¿Y qué hace esta tarde nuestra encantadora señorita Dashwood? —le preguntó.

Ella lo miró confundida hasta que descubrió que había visto que estaba leyendo *Sentido y sensibilidad.*

—Muy bien —respondió—. Creo que el señor Ferrars se le declarará en cualquier momento.

—¡Qué emocionante! —respondió él, y ella no pudo sino admirarlo por mantener la misma expresión seria.

—Toma, deja el libro —le dijo—. Ya he tenido suficiente lectura por esta tarde.

—¿Quizá necesitas otro cuarto de dosis de láudano?

—¿Cómo lo has sabido?

Él arqueó una ceja.

—Lo sé todo, querida.

—Imagino que lo que sabes es cómo sobornar a Judith.

—Sí, de hecho es un conocimiento muy útil.

Ella puso los ojos en blanco.

—Un cuarto de dosis me vendría bien, gracias.

Él vertió el líquido y se lo dio, masajeándose el brazo mientras lo hacía.

—Es verdad —dijo Ellie—. Me había olvidado por completo de tu brazo. ¿Cómo lo tienes?

—Ni la mitad de mal que tus manos. No tienes de qué preocuparte.

—Pero no voy a poder quitarte los puntos.

—Estoy seguro de que alguien podrá hacerlo. Helen, seguramente. Se pasa el día cosiendo y bordando.

—Imagino que sí. Espero que no te estés haciendo el valiente y no quieras decirme lo mucho que te duele. Si descubro que has...

—¡Por el amor de Dios, Ellie! Te has quemado las manos. Deja de preocuparte por mí.

—Es mucho más fácil preocuparme por ti que quedarme aquí pensando en mis manos.

Él esbozó una comprensiva sonrisa.

—Te cuesta estar sin hacer nada, ¿verdad?

—Mucho.

—De acuerdo. ¿Por qué no mantenemos una de esas conversaciones que tienen los maridos y sus esposas?

—¿Cómo dices?

—Tú me dices algo como: «Querido, querido marido...».

—¡Oh, por favor!

Él la ignoró.

—«Mi querido marido, ¿cómo te ha ido el día?».

Ellie soltó un largo suspiro.

—¡Ah, de acuerdo! Supongo que puedo jugar a eso.

—Muy amable de tu parte —dijo él, asintiendo.

Ella le atravesó con la mirada y le preguntó:

—¿Cómo has ocupado hoy tu día, querido marido? Te he oído moverte en la habitación de al lado.

—Iba de un lado para otro.

—¿De un lado para otro? Parece algo serio.

Él sonrió despacio.

—He estado haciendo una nueva lista.

—¿Una lista nueva? Me muero de curiosidad. ¿Cómo se titula?

—«Siete formas de entretener a Eleanor».

—¿Solo siete? No sabía que era tan fácil de entretener.

—Te aseguro que le he estado dando muchas vueltas.

—Lo sé. Y las marcas de pisadas que has dejado en la alfombra de tu habitación dan fe de ello.

—No te burles de mi pobre y vieja alfombra. Ir de un lado para otro es el menor de mis males. Si nuestro matrimonio va a ser como estos quince días, tendré el pelo completamente blanco cuando cumpla los treinta.

Ellie sabía que aquella fecha tan señalada era al día siguiente, pero no quería revelar la fiesta sorpresa que había organizado con las Pallister, así que fingió ignorancia y dijo:

—Estoy segura de que nuestras vidas serán mucho más tranquilas ahora que he hecho las paces con Claire.

—Eso espero —dijo él en un tono propio de un niño pequeño contrariado—. Pero, bueno, ¿quieres oír la lista? Llevo toda la tarde con ella.

—Por supuesto. ¿La leo yo o tú en voz alta?

—¡Oh! Creo que será mejor que la lea yo en voz alta. —Se inclinó hacia delante y arqueó una ceja, formando una expresión pícara—. Así me aseguro de que cada palabra recibe el énfasis que merece.

Ellie no pudo contener la risa.

—Está bien. Empieza.

Él se aclaró la garganta.

—«Número uno: Leerle para que no tenga que pasar las páginas».

—¡Déjame ver eso! Te lo estás inventando. Es imposible que supieras que estaba leyendo. Y menos que adivinaras los problemas que estaba teniendo con las páginas.

—Solo edito un poco la información —respondió él con altivez—. Puedo hacerlo.

—Sí, seguro, y más teniendo en cuenta que impones las reglas cuando te apetece.

—Es uno de los pocos beneficios de ser conde —admitió—. Pero, si quieres saberlo, el punto número uno era leerte. Solo lo he adaptado para incluir el asunto de pasar las páginas. ¿Puedo continuar? —Cuando ella asintió, añadió—: «Número dos: Masajearle los pies».

—¿Los pies?

—Mmm... Sí. ¿Nunca te han dado un masaje en los pies? —Aunque luego pensó dónde se había criado ella y dónde había recibido él los masajes, y por parte de quién, y decidió que la respuesta debía ser negativa—. Te aseguro que son una maravilla. ¿Quieres una descripción? ¿O prefieres una demostración?

Ella se aclaró la garganta varias veces.

—¿Cuál es el siguiente punto de la lista?

—Cobarde —la acusó él con una sonrisa. Alargó la mano y, por encima de la colcha, le resiguió la forma de la pierna hasta que llegó al pie—. «Número tres: Traer a Judith al menos dos veces al día para hablar».

—Esa me parece una sugerencia mucho más inocente que la anterior.

—Sé que disfrutas estando con ella.

—Cada vez estoy más intrigada por la variedad de la lista.

Él se encogió de hombros.

—No la he hecho siguiendo ningún orden en particular. He ido escribiendo cosas a medida que se me iban ocurriendo. Bueno, excepto la última, claro. Es lo que se me ocurrió primero, pero no quería asustarte.

—Casi me da miedo preguntar en qué consiste el punto número siete.

—Haces bien —sonrió—. Es mi favorito.

Ella se sonrojó.

Charles se aclaró la garganta e intentó no reírse ante la inocente agonía de Ellie.

—¿Puedo seguir con el siguiente punto?

—Por favor.

—«Número cuatro: Mantenerla informada de los progresos de Claire en el invernadero».

—¿Se supone que eso es un entretenimiento?

—Quizá no, pero he pensado que te gustaría saberlo.

—¿Cómo lo lleva?

—Muy bien, en realidad. Se ha mostrado muy diligente. Sin embargo, el invernadero está helado. Ha abierto todas las puertas para que se airee.

Espero que el olor haya desaparecido para cuando puedas volver a tu afición por la jardinería.

Ellie sonrió.

—¿Qué más?

Él bajó la cabeza.

—A ver... ¡Ah, sí! «Número cinco: Traer a la modista con telas y diseños». —La miró—. No puedo creer que todavía no lo hayamos hecho. No estás en condiciones para una prueba, pero, al menos, podemos elegir varios estilos y colores. Empiezo a estar cansado de verte siempre de marrón.

—Hace dos años, a modo de diezmo, a mi padre le dieron varios rollos de tela marrón. Desde entonces, no he tenido un vestido de otro color.

—Me parece un asunto de la máxima gravedad.

—¿Tan experto en moda eres?

—Más que el buen reverendo, tu padre. Eso seguro.

—En ese punto, milord, estamos de acuerdo.

Él se acercó hasta que sus narices se rozaron.

—¿De verdad soy tu lord, Eleanor?

Ella esbozó una sonrisa sarcástica.

—El protocolo parece indicar que así es como debo llamarte.

Él suspiró y se agarró el pecho en una fingida desesperación.

—Si bailas con la agilidad que hablas, predigo que serás la sensación de la ciudad.

—Si no me compro uno o dos vestidos nuevos, no. No sería adecuado ir a todos los actos sociales vestida de marrón.

—¡Ah! El siempre sutil recordatorio para que no cambie de tema. —Sujetó el papel con las dos manos, tensó las muñecas para estirarlo y leyó—: «Número seis: Comentar con ella los términos de su nueva cuenta bancaria».

A Ellie se le iluminó la cara.

—¿Te interesa?

—Por supuesto.

—Ya, pero comparado con tus finanzas, mis trescientas libras son una suma ridícula. Seguro que no es importante para ti.

Charles ladeó la cabeza y la miró como si hubiera algo muy obvio que ella no entendiera.

—Pero para ti lo es.

Justo en ese instante, Ellie decidió que lo quería. Aunque estaba claro que uno no decidía esas cosas. Aquel descubrimiento fue sorprendente y, en algún lugar de su aturdida mente, se dijo que aquel sentimiento había ido creciendo desde el día que le había propuesto matrimonio. Había algo muy especial en él.

La forma en que se reía de él mismo.

En cómo hacía que ella se riera de ella misma.

En cómo se aseguraba de darle un beso de buenas noches a Judith cada día.

Pero, sobre todo, en cómo respetaba el talento y anticipaba sus necesidades, y en cómo sus ojos se habían llenado de tristeza cuando se había quemado, como si sintiera cada una de las pequeñas ampollas en su piel.

Era un hombre mucho mejor de lo que ella creía cuando dijo «Sí, quiero».

Él le dio unos golpecitos en el hombro.

—¿Ellie? ¿Ellie?

—¿Qué? ¡Oh, lo siento! —Se sonrojó, a pesar de que era consciente de que Charles no podía leerle los pensamientos—. Tenía la cabeza en otro sitio.

—Cariño, como mínimo estabas en la luna.

Ella tragó saliva e intentó buscar una excusa razonable.

—Estaba pensando en mi estrategia de inversión. ¿Qué te parece el café?

—Que me gusta con leche.

—Como inversión —prácticamente espetó ella.

—¡Dios mío! De repente estamos muy irritables.

Ella pensó que, si él se acabara de dar cuenta de que se había metido en un camino de sentido único donde sabía que le romperían el corazón, también estaría irritable. Estaba enamorada de un hombre que no veía nada malo en la infidelidad. Le había dejado muy claras sus opiniones sobre el matrimonio.

Ellie sabía que, por ahora, le sería fiel. Estaba demasiado intrigado por ella y la novedad de su matrimonio para recurrir a otras mujeres, pero, al final, acabaría aburrido y, entonces, ella se quedaría en casa sola y con el corazón roto.

¡Maldito hombre! Si tenía que tener un defecto fatal, ¿por qué no podía morderse las uñas, o jugar, o ser bajo, gordo y feo? ¿Por qué tenía que ser perfecto en todos los sentidos menos en la apabullante falta de respeto hacia la santidad del matrimonio?

Ellie estaba a punto de llorar.

Y lo peor era que sabía que nunca podría pagarle con la misma moneda. No podría serle infiel, aunque quisiera. Quizá era debido a su estricta educación por parte de un hombre de Dios, pero era imposible que ella rompiera un voto tan solemne como el del matrimonio. No era su naturaleza.

—Te has puesto triste de repente —dijo Charles acariciándole la cara—. ¡Dios mío! Estás llorando. Ellie, ¿qué te pasa? ¿Son las manos?

Ella asintió. Parecía lo más fácil teniendo en cuenta las circunstancias.

—Voy a darte más láudano. Y no admitiré quejas de que acabas de tomarte un poco. Otro cuarto de dosis no te dejará inconsciente.

Ella se bebió el líquido mientras pensaba que no le importaría quedarse inconsciente allí mismo.

—Gracias —le dijo, cuando él le secó los labios. La estaba mirando tan preocupado, y eso le rompía el corazón y...

Y entonces se acordó. Decían que los donjuanes eran los mejores maridos, ¿no? ¿Por qué demonios no podía reformarlo? Nunca antes se había amilanado ante un reto. Con una repentina inspiración, y quizá un poco mareada después de haber duplicado la dosis de láudano, se volvió hacia él y dijo:

—¿Y cuándo sabré en qué consiste el misterioso punto número siete de la lista?

Él la miró con preocupación.

—No estoy seguro de que estés en condiciones.

—Bobadas. —Ella sacudió la cabeza y le ofreció una alegre sonrisa—. Estoy en condiciones para cualquier cosa.

Ahora la miraba extrañado. Parpadeó varias veces, agarró la botella de láudano y la miró con curiosidad.

—Creía que esto te adormecía.

—No sé si quiero dormir —respondió ella—, pero me siento mucho mejor.

Charles la miró, miró la botella y la olió con cuidado.

—Quizá debería probarlo.

—Yo podría probarte a ti. —Y se rio.

—Ahora sé que has tomado demasiado láudano.

—Quiero oír el punto número siete.

Charles se cruzó de brazos y la observó bostezar. Empezaba a preocuparlo. Parecía que estaba bien, luego de repente se le habían llenado los ojos de lágrimas y ahora..., bueno, si no la conociera, creería que estaba intentando seducirlo.

Cosa que iba muy bien con lo que había escrito al final de la lista, aunque de repente se mostraba reticente a revelar sus intenciones amorosas mientras ella estuviera en ese estado.

—El número siete, por favor —insistió ella.

—Quizá mañana.

Ella hizo un mohín.

—Has dicho que querías entretenerme. Y te aseguro que no me entretendré mientras no sepa el último punto de la lista.

Charles jamás se lo hubiera creído, pero era incapaz de leer esas palabras en voz alta. No cuando ella se estaba comportando de una forma tan extraña. Simplemente, no podía aprovecharse de ella en esas condiciones.

—Toma —dijo, horrorizado por la vergüenza que reconoció en su voz y algo enfadado con ella por hacerlo sentir como un... un... ¡Santo Dios! ¿Qué le estaba pasando? Estaba domesticado. Frunció el ceño—. Puedes leerlo tú misma.

Le colocó la hoja frente a ella y la miró mientras sus ojos leían las palabras.

—¡Madre...! —gritó—. ¿Es posible?

—Te aseguro que sí.

—¿Incluso en mi estado? —Levantó las manos—. ¡Oh! Supongo que por eso mencionas concretamente...

Charles se sintió algo engreído cuando ella se sonrojó.

—¿No puedes decirlo en voz alta, querida?

—No sabía que se podían hacer esas cosas con la boca —farfulló.

Charles esbozó una lenta sonrisa cuando el donjuán que llevaba dentro despertó. Le gustaba. Era más él mismo.

—En realidad, hay mucho más...

—Puedes explicármelo después —se apresuró a decir ella.

Él entrecerró los ojos.

—O quizá te lo demuestre.

Si no la conociera, habría jurado que la había visto tensar los hombros cuando dijo o más bien susurró:

—De acuerdo.

O quizá fue más un grito que un susurro. En cualquier caso, estaba aterrada.

Y entonces bostezó, y Charles se dio cuenta de que poco importaba si estaba aterrada o no. La dosis adicional de láudano empezaba a hacer efecto y Ellie estaba a punto de...

Roncar.

Él suspiró y se apartó mientras se preguntaba cuánto tiempo pasaría antes de que pudiera hacer el amor con su mujer. Y luego se preguntó si viviría hasta entonces.

La garganta de Ellie emitió un sonido curioso, un sonido con el que ningún ser humano podría dormir.

Y entonces fue cuando descubrió que tenía mayores preocupaciones y empezó a pensar si roncaría cada noche.

18

Al día siguiente, Ellie se despertó sintiéndose mucho más fresca. Era increíble lo que un poco de valor y determinación podían hacer por el estado de ánimo. El amor romántico era algo muy extraño. Ella nunca lo había sentido y, aunque le revolvía un poco el estómago, quería agarrarse a él con las dos manos y no soltarlo nunca.

O, mejor, quería agarrarse a Charles y no soltarlo nunca, aunque con los vendajes le costaría un poco. Suponía que eso sería el deseo, algo tan desconocido para ella como el amor.

No estaba completamente segura de poder convencerlo y que adoptara su visión del amor, el matrimonio y la fidelidad, pero sabía que, si no lo intentaba, se lo reprocharía toda la vida. Si no lo conseguía, se quedaría hundida, pero al menos no tendría que llamarse «cobarde».

Y, por tanto, esperó emocionada en el comedor informal con Helen y Judith mientras Claire iba a buscar a Charles. La muchacha había ido a su despacho con la excusa de que la acompañara al invernadero a revisar su trabajo. El pequeño comedor estaba de camino al invernadero, así que Ellie, Judith y Helen estaban preparadas para saltar y gritar: «¡Sorpresa!».

—El pastel es precioso —dijo Helen, contemplando la pálida cobertura. Se acercó un poco más—. Excepto, quizá, por esta marca que es exactamente del ancho del dedo de una niña de seis años.

Judith, con el pretexto de que había visto un bicho, se metió debajo de la mesa.

Ellie sonrió con indulgencia.

—Un pastel no sería un pastel sin estas marcas. Al menos, no sería un pastel familiar. Y son los mejores.

Helen bajó la mirada para asegurarse de que Judith estaba ocupada en otra cosa que no fuera escuchar su conversación y dijo:

—Para ser sincera, hasta yo misma estoy tentada.

—Pues adelante. No se lo diré a nadie. Yo también lo haría, pero... —Levantó las manos vendadas.

El rostro de Helen enseguida reflejó preocupación.

—¿Seguro que estás bien para la fiesta? Las manos...

—Ya no me duelen tanto, lo juro.

—Charles dijo que todavía necesitas láudano para el dolor.

—Muy poco. Un cuarto de dosis. Y espero que mañana ya no tenga que tomar nada. Las quemaduras se están curando y casi no quedan ampollas.

—¡Qué bien! Me alegro, yo... —Helen tragó saliva, cerró los ojos un momento y se llevó a Ellie al otro lado del comedor para que Judith no la oyera—. No puedo agradecerte lo suficiente la comprensión que has demostrado con Claire. Yo...

Ellie levantó una mano.

—No ha sido nada, Helen. No tienes que decir nada más.

—Pero debo hacerlo. La mayor parte de mujeres nos habrían echado a las tres a patadas.

—Helen, esta es tu casa.

—No —respondió la mujer muy despacio—. Wycombe Abbey es tu casa. Nosotras solo somos invitadas.

—Esta es tu casa —dijo Ellie en tono firme, aunque con una sonrisa—. Y si vuelvo a oírte decir lo contrario, te estrangularé.

Parecía que Helen iba a decir otra cosa, pero cerró la boca. Sin embargo, al cabo de unos segundos, dijo:

—Claire no me ha dicho por qué hizo todas esas cosas, aunque tengo una ligera idea.

—Imagino que sí —dijo Ellie.

—Gracias por no dejarla en ridículo delante de Charles.

—No necesitaba que le rompieran el corazón dos veces.

Judith, que salió de debajo de la mesa, salvó a su madre de seguir disculpándose.

—¡He aplastado al bicho! —anunció—. Era enorme. Y muy valiente.

—No había ningún bicho, tesoro, y lo sabes —dijo Ellie.

—¿Sabías que a los bichos les gusta la cobertura de los pasteles?

—Y, por lo que sé, a las niñas pequeñas también.

Judith apretó los labios, disgustada por la dirección que había tomado la conversación.

—Creo que ya los oigo —susurró Helen—. Callaos.

Las tres se colocaron junto a la puerta, observando y escuchando. A los pocos segundos, oyeron la voz de Claire.

—Ya verás lo mucho que he avanzado en el invernadero —dijo.

—Sí —respondió Charles, que cada vez estaba más cerca—, pero ¿no habría sido más rápido ir por el ala este?

—Estaban encerando el suelo —respondió la joven enseguida—. Seguro que estaría resbaladizo.

—Muchacha lista —susurró Ellie a Helen.

—Podemos acortar por el comedor informal —continuó Claire—. Es casi tan rápido y...

Empezó a abrir la puerta.

—¡¡¡Sorpresa!!! —gritaron las cuatro residentes de Wycombe Abbey.

Y Charles se quedó sorprendido, aunque solo un segundo. Luego se enfadó cuando se volvió hacia Ellie y le preguntó:

—¿Qué demonios haces aquí?

—¡Vaya! Feliz cumpleaños —respondió ella, mordaz.

—Tus manos...

—... parece que no me impiden caminar —sonrió con sarcasmo—. Increíble, ¿verdad?

—Pero...

Helen, en un gesto impaciente poco propio de ella, dio un golpecito a Charles en la cabeza y dijo:

—Primo, cállate y disfruta de la fiesta.

Charles miró al grupo de mujeres que lo observaban con rostros expectantes y se dio cuenta de que había sido muy grosero.

—Muchas gracias a todas —dijo—. Es un honor que os hayáis tomado tantas molestias para mi cumpleaños.

—No podíamos dejarlo pasar sin tener, al menos, un pastel —dijo Ellie—. Judith y yo escogimos la cobertura. De mantequilla.

—¿De veras? —dijo, asintiendo—. Muy listas.

—¡Te he hecho un dibujo! —exclamó Judith—. Con las acuarelas.

—¿En serio, tesoro? —Se arrodilló a su lado—. Es precioso. Pero si parece… parece… —Miró a Helen, Claire y Ellie para que lo ayudaran, pero ellas se encogieron de hombros.

—¡Los establos! —exclamó Judith muy emocionada.

—¡Exacto!

—Me he pasado una hora entera mirándolos mientras pintaba.

—¿Una hora entera? ¡Qué aplicada! Tendré que buscarle una posición de honor en mi despacho.

—Tienes que enmarcarlo —le ordenó ella—. Con un marco de oro.

Ellie contuvo una carcajada y susurró a Helen:

—Predigo un gran futuro para esta niña. Quizá reina del universo.

Helen suspiró.

—Lo cierto es que mi hija no sufre de la incapacidad de saber qué quiere.

—Pero eso es bueno —dijo Ellie—. Es bueno saber lo que uno quiere. Yo misma lo he descubierto hace poco.

Charles cortó el pastel, bajo la dirección de Judith, claro, que tenía convicciones muy firmes sobre cómo tenía que hacerlo, y luego empezó a abrir sus regalos.

Estaba la acuarela de Judith, una almohada bordada de Claire y un pequeño reloj de Helen.

—Para tu escritorio —le dijo—. Me he fijado que por la noche, es difícil ver la hora en el reloj de pie.

Ellie dio un pequeño codazo a su marido para obtener su atención.

—Yo todavía no tengo tu regalo —le dijo despacio—, pero lo tengo todo planeado.

—¿De verdad?

—Te lo daré dentro de una semana.

—¿Tengo que esperar una semana?

—Necesitaré poder utilizar las manos —dijo con una mirada seductora.

La sonrisa de Charles se volvió salvaje.

—Estoy impaciente.

Fiel a su palabra, Charles trajo a la modista a Wycombe Abbey para mirar telas y diseños. Ellie tendría que hacerse el vestuario en Londres, pero Smithson de Canterbury era una buena modista y la señora Smithson podría hacerle unos cuantos vestidos para que los llevara hasta que pudiera viajar a la ciudad.

Ellie estaba emocionada por conocer a la modista; siempre había tenido que coserse sus propios vestidos y una consulta privada era todo un lujo.

Bueno, no tan privada.

—Charles —dijo Ellie por quinta vez—, soy muy capaz de elegir mis vestidos.

—Claro, querida, pero nunca has estado en Londres y... —Vio los diseños que la señora Smithson tenía en la mano—. Ese no. Es demasiado escotado.

—Pero estos vestidos no son para Londres. Son para el campo. Y he estado en el campo. —Y, en tono sarcástico, añadió—: De hecho, ahora estoy en el campo.

Si Charles la oyó, no lo demostró.

—Verde —dijo, hablando aparentemente con la señora Smithson—. Está preciosa de verde.

A Ellie le hubiera gustado sentirse halagada por el comentario, pero tenía asuntos más urgentes que solucionar.

—Charles —dijo—, me encantaría estar un momento a solas con la señora Smithson.

Él se quedó atónito.

—¿Para qué?

—¿No te gustaría no saber cómo serán todos mis vestidos? —Sonrió con ternura—. ¿No te gustaría que te sorprendiera?

Él se encogió de hombros.

—No lo había pensado.

—Pues piénsalo —dijo ella, tajante—. A ser posible en tu despacho.

—Quieres que me vaya, ¿verdad?

Parecía dolido y Ellie se arrepintió enseguida de haberle hablado así.

—Es que elegir vestidos es un entretenimiento femenino.

—¿Ah, sí? Pues yo tenía muchas ganas de hacerlo. Nunca había elegido un vestido para ninguna mujer.

—¿Ni siquiera para tus...? —Ellie se mordió el labio. Había estado a punto de decir «amantes», pero no había querido pronunciar esa palabra. Esos días estaba muy positiva, y ni siquiera quería recordarle que había confraternizado con los bajos fondos—. Charles —continuó en un tono más dulce—, quisiera escoger algo que te sorprenda.

Él refunfuñó, pero salió de la habitación.

—El conde es un marido muy implicado, ¿verdad? —dijo la señora Smithson cuando se cerró la puerta.

Ellie se sonrojó y murmuró algo sin sentido. Entonces se dio cuenta de que tenía que darse prisa si quería encargar algo mientras Charles no estuviera. Conociéndolo, cambiaría de opinión y entraría corriendo en cualquier momento.

—Señora Smithson —dijo—, los vestidos no corren prisa, pero lo que necesito es...

La modista sonrió cómplice.

—¿Un ajuar?

—Sí, unas piezas de lencería.

—Eso se puede arreglar sin ninguna prueba.

Ellie suspiró aliviada.

—¿Y el estilo?

—Cualquiera. Eh... Cualquiera que a usted le parezca adecuado para una joven pareja de recién casados. —Intentó no enfatizar demasiado las dos últimas palabras, pero quería dejar claro que no quería escoger un camisón dependiendo de lo cálido que pudiera ser.

Y, entonces, la señora Smithson asintió de aquel modo tan secreto suyo y Ellie supo que le enviaría algo especial. Quizá incluso algo un poco atrevido. Seguro que era algo que Ellie nunca habría elegido para ella misma.

Aunque, teniendo en cuenta su inexperiencia en el arte de la seducción, se dijo que así era mejor.

Una semana después, las manos de Ellie estaban curadas. La piel todavía estaba tierna, pero ya no le dolían con cada movimiento. Había llegado el momento de dar a Charles su regalo de cumpleaños.

Estaba aterrada.

También estaba emocionada, aunque, al ser totalmente inocente, el terror podía más.

Ellie había decidido que su regalo para el trigésimo cumpleaños de Charles sería ella. Quería que su matrimonio fuera una unión real, de mente, alma y, tragó saliva al pensarlo, cuerpo.

La señora Smithson estuvo a la altura de sus promesas. Ellie no se creía que la del espejo fuera ella. La modista había elegido una prenda de seda de un verde muy pálido. El escote era recatado, pero el resto era más atrevido de lo que Ellie podría haber soñado. Consistía en dos paneles de seda cosidos únicamente en los hombros. Había dos cintas en la cintura, pero no ocultaban el perfil de las piernas ni las curvas de las caderas.

Se sentía prácticamente desnuda y, encantada, se puso la bata a juego. Se estremeció; en parte por el aire frío de la noche y, en parte, porque oía a Charles trajinando en su habitación. Normalmente, entraba para darle las buenas noches, pero Ellie se dijo que podía morirse de los nervios si tenía que sentarse y esperarlo. Nunca había sido demasiado paciente.

Respiró hondo, levantó la mano y llamó a la puerta que conectaba las dos habitaciones.

Charles se quedó inmóvil en el movimiento de quitarse la corbata. Ellie nunca llamaba a la puerta. Siempre iba él y, además, ¿ya tenía las manos lo bastante curadas para golpear la madera? No le parecía que tuviera los nudillos quemados, pero aun así...

Se acabó de quitar la corbata, la tiró encima de una butaca y cruzó la habitación hasta la puerta. No quería que Ellie tuviera que girar el pomo, así que, en lugar de decir «¡Adelante!», la abrió él mismo.

Y casi se desmayó.

—¿Ellie? —dijo con la voz ahogada.

Ella sonrió.

—¿Qué llevas?

—Es... eh... parte de mi ajuar.

—No tienes ajuar.

—Pensé que estaría bien tener uno.

Charles estudió las ramificaciones de esa frase y notó cómo se le encendía la piel.

—¿Puedo pasar?

—Sí, sí. Claro. —Se apartó y la dejó pasar, boquiabierto cuando Ellie pasó por delante de él. Esa cosa que llevaba estaba atada a la cintura y la seda se pegaba a todas sus curvas.

Ella se volvió.

—Supongo que te estás preguntando qué hago aquí.

Charles se recordó que tenía que cerrar la boca.

—Yo también me lo pregunto —dijo ella con una risa nerviosa.

—Ellie, yo...

Ella se quitó la bata.

—¡Dios mío! —dijo él con voz ronca mientras alzaba la mirada al cielo—. Me estás poniendo a prueba, ¿verdad? Me estás poniendo a prueba.

—¿Charles?

—Vuelve a ponerte esto —dijo, nervioso, mientras recogía la bata del suelo. Todavía conservaba la calidez de su piel. La dejó y agarró una manta de lana—. No, mejor ponte esto.

—¡Charles, basta! —Levantó los brazos para apartar la manta y él vio que tenía los ojos llenos de lágrimas.

—No llores —dijo—. ¿Por qué lloras?

—¿No me...? ¿No me...?

—¿No te qué?

—¿No me deseas? —susurró—. ¿Ni siquiera un poco? La semana pasada me deseabas, pero no iba vestida así y...

—¿Estás loca? —replicó él—. Te deseo tanto que es más que probable que caiga muerto aquí mismo. Así que tápate porque, si no, vas a matarme.

Ellie colocó los brazos en jarra, algo irritada por la dirección de la conversación.

—¡Cuidado con las manos! —exclamó él.

—Mis manos están bien —espetó ella.

—¿Sí?

—Siempre que no me acerque a un rosal sin guantes.

—¿Seguro?

Ella asintió.

Por una décima de segundo, Charles no se movió. Pero luego se abalanzó sobre ella con tanta fuerza que la dejó sin respiración. Un momento estaba de pie y, al siguiente, estaba en la cama, con él encima de ella.

Sin embargo, lo más sorprendente es que la estaba besando. Besándola de verdad, con la fuerza y la pasión con que no la había besado desde el accidente. Sí, había escrito cosas muy descaradas en la lista, pero la había tratado como a una flor delicada. Y ahora la estaba besando con todo su cuerpo: con las manos, que ya habían descubierto la abertura lateral del camisón y estaban agarradas a la cálida curva de su cadera; con las caderas, que se pegaban a ella de forma íntima; y con el corazón, que latía a un ritmo desbocado contra su pecho.

—No pares —gimió Ellie—. No pares nunca.

—No podría, aunque quisiera —respondió él, acariciándole la oreja con delicadeza con la boca—. Y no quiero parar.

—Perfecto. —Echó la cabeza hacia atrás y él descendió de la oreja a la garganta.

—Este camisón... —gruñó Charles, que parecía incapaz de formular frases enteras—. No lo pierdas nunca.

Ella sonrió.

—¿Te gusta?

Él respondió desatándole los lazos de los lados.

—Debería ser ilegal.

—Puedo hacerme uno en cada color —bromeó ella.

Él le acarició el vientre y sus largos dedos rozaron la parte inferior de los pechos.

—Hazlo. Envíame la factura. No, mejor, los pagaré por adelantado.

—Este lo he pagado yo —dijo ella con ternura.

Charles se quedó inmóvil y levantó la cabeza, porque percibió algo distinto en su voz.

—¿Por qué? Sabes que puedes utilizar mi dinero para lo que quieras.

—Lo sé. Pero este es mi regalo de cumpleaños.

—¿El camisón?

Ella sonrió y le acarició la mejilla. Los hombres podían llegar a ser tan obtusos...

—El camisón... Yo... —Le tomó la mano y se la acercó al corazón—. Esto... Quiero que nuestro matrimonio sea real.

Él no dijo nada, solo le tomó la cara entre las manos y la miró con devoción unos segundos. Y luego, con una lentitud agonizante, bajó la cabeza para darle el beso más tierno que ella hubiera podido soñar.

—¡Ah, Ellie! —Suspiró contra su boca—. Me haces tan feliz...

No fue una declaración de amor, pero consiguió estremecerle el corazón.

—Yo también soy feliz —susurró ella.

—Mmm... —Se deslizó por el cuello, acariciándoselo con la cara. Las manos se metieron por debajo de la seda y dejaron un rastro de fuego en su ya cálida piel. Ellie notó sus manos en las caderas, en el estómago, en los pechos... Parecían estar en todas partes, y ella quería más.

Intentó torpemente desabotonarle la camisa, porque deseaba sentir el calor de su piel. Pero temblaba de deseo y las manos todavía no habían recuperado la movilidad habitual.

—Shhh… Ya lo hago yo —susurró él, que se incorporó para quitarse la camisa. Se la desabotonó despacio y Ellie no sabía si quería que fuera todavía más despacio, para prolongar aquel seductor baile, o que se la arrancara de golpe y volviera a su lado.

Al final, Charles se la quitó y volvió a colocarse encima de ella, apoyado en los brazos estirados.

—Tócame —le ordenó, aunque luego lo suavizó con un apasionado—: Por favor.

Ella alargó la mano dubitativa. Nunca había tocado el pecho de un hombre, ni siquiera había visto ninguno. Se quedó algo sorprendida por el pelo marrón rojizo que tenía en el pecho. Era suave y esponjoso, aunque no ocultaba el ardor de su piel ni la tensión de sus músculos ante sus caricias.

Ellie se lanzó un poco más, emocionada y envalentonada por cómo Charles contenía el aliento cuando lo tocaba. Ni siquiera tenía que acariciarle la piel para que se estremeciera de deseo. De repente, se sintió la mujer más hermosa del mundo. Al menos, a los ojos de Charles, y al menos por ese instante, que era lo importante.

Notó sus manos en su cuerpo, cómo la levantaba y le quitaba la prenda de seda por la cabeza y la dejaba en el suelo. Ellie ya no se sentía desnuda; estaba desnuda. Y, sin saber cómo, le pareció lo más natural del mundo.

Él se levantó y se quitó los pantalones. Esta vez se desvistió deprisa, casi en exceso. Ellie abrió los ojos cuando vio el miembro excitado. Charles percibió su preocupación, tragó saliva y dijo:

—¿Estás asustada?

Ella sacudió la cabeza.

—Bueno, quizá un poco. Pero sé que harás que sea maravilloso.

—¡Dios, Ellie! —gruñó él mientras volvía a la cama—. Lo intentaré. Te prometo que lo intentaré. Aunque nunca he estado con ninguna virgen.

Eso la hizo reír.

—Y yo no he hecho esto nunca, así que estamos empatados.

Él le acarició la mejilla.

—Eres muy valiente.

—Valiente no; es que confío en ti.

—Sí, pero reírte cuando estoy a punto de...

—Por eso me río. Estoy tan feliz que solo puedo pensar en reír.

Charles volvió a besarla apasionadamente. Y mientras la distraía con besos, deslizó la mano por la suave piel del estómago hasta la mata de rizos que escondían su sexo. Ella se tensó por un momento, aunque enseguida se relajó con sus caricias. Al principio, él no hizo ademán de profundizar la caricia; se limitó a hacerle cosquillas mientras le besaba todos los rincones de la cara.

—¿Te gusta? —le susurró.

Ella asintió.

Deslizó la otra mano hasta el pecho y lo apretó hasta que el excitado pezón se le clavó en la mano.

—¿Te gusta esto? —volvió a susurrarle con voz ronca.

Y ella asintió, esta vez con los ojos cerrados.

—¿Quieres que vuelva a hacerlo?

Y, mientras asentía por tercera vez, Charles deslizó un dedo entre los pliegues de su sexo y empezó a moverlo.

Ella gritó, pero enseguida se olvidó de respirar. Y, al final, cuando recordó dónde estaban los pulmones, emitió un sonoro «¡Oh!» que provocó que Charles se riera y empujara todavía más con el dedo y alcanzara los rincones más íntimos de su cuerpo.

—¡Dios mío, Ellie! —gruñó—. Me deseas.

Ella se agarró desesperada a sus hombros.

—¿Te acabas de dar cuenta?

Esta vez, la risa salió del fondo de su garganta. Los dedos continuaron su sensual tortura, moviéndose y acariciándola, y entonces encontró el punto de carne más sensible y Ellie estuvo a punto de saltar de la cama.

—No te resistas —dijo él, colocando su miembro excitado en su estómago—. Lo mejor está por llegar.

—¿Seguro?

Él asintió.

—Prometido.

Ellie volvió a relajar las piernas y Charles aprovechó para separárselas y colocarse entre sus muslos. Movió la mano, y entonces su miembro la acarició, presionando ligeramente contra la entrada de su sexo.

—Eso es —le susurró—. Ábrete para mí. Relájate. —Empujó un poco y se detuvo—. ¿Qué tal? —le preguntó con la voz ahogada. Ellie sabía que estaba ejerciendo un control extraordinario sobre sí mismo para no tomarla del todo en ese mismo momento.

—Es muy extraño —admitió ella—, pero me gusta. Es… ¡Oh! —gritó cuando Charles avanzó un poco más—. Has hecho trampa.

—De eso se trata, querida.

—Charles, yo…

Él se puso serio.

—Puede que esto te duela un poco.

—No me dolerá —le aseguró ella—. Contigo no.

—Ellie… ¡Dios! No puedo esperar más. —La penetró completamente—. Eres tan… No puedo… ¡Oh, Ellie, Ellie…!

El cuerpo de Charles empezó a moverse con un ritmo primitivo y cada embestida iba acompañada de un sonido que estaba entre un gruñido y un suspiro. Era tan perfecta, tan activa… Nunca hasta ahora había sentido un deseo con esa urgencia tan absoluta. Quería adorarla y devorarla al mismo tiempo. Quería besarla, quererla, envolverla. Lo quería todo de ella, y quería entregarle hasta el último suspiro de su ser.

En algún lugar de su mente, se dio cuenta de que aquello era amor, aquella escurridiza emoción que había conseguido esquivar durante tantos años. Sin embargo, las ideas y los pensamientos se vieron sobrepasados por la potente necesidad de su cuerpo, y perdió toda capacidad de pensamiento.

Oyó que los gemidos de Ellie eran cada vez más agudos, y supo que ella sentía la misma desesperación y necesidad.

—Adelante, Ellie —dijo—. Hazlo.

Y entonces ella se estremeció debajo de su cuerpo, y sus músculos se tensaron y lo envolvieron como un guante de terciopelo, y Charles gritó cuando dio la última embestida y se derramó dentro de ella.

Se estremeció varias veces a consecuencia del orgasmo, y luego se dejó caer encima de ella y, aunque se dio cuenta de que posiblemente pesaba demasiado, no podía moverse. Al final, cuando le pareció que volvía a controlar algo su cuerpo, empezó a separarse de ella.

—No —dijo ella—. Me gusta sentirte.

—Te aplastaré.

—No. Quiero...

Él rodó sobre la cama hasta colocarse de lado y la llevó con él.

—¿Ves? ¿No estamos mejor así?

Ella asintió y cerró los ojos; parecía cansada, aunque satisfecha.

Charles jugó con su pelo mientras se preguntaba cómo había sucedido aquello, cómo se había enamorado de su mujer...; una mujer que había elegido de forma impulsiva y desesperada.

—¿Sabías que sueño con tu pelo? —le preguntó.

Ella abrió los ojos con una complacida sorpresa.

—¿De verdad?

—Mmm... Sí. Solía pensar que era del mismo color que el sol del atardecer, pero ahora me doy cuenta de que estaba equivocado. —Tomó un mechón y se lo acercó a los labios—. Es más brillante. Más brillante que el sol. Igual que tú.

La abrazó y así se quedaron dormidos.

19

La siguiente semana fue pura dicha. Ellie y Charles se pasaron más tiempo en la cama que fuera, y cuando bajaban al primer piso, parecía que la vida conspiraba para enviarles solo cosas buenas. Ella tuvo la primera prueba de vestidos, Claire terminó de limpiar el invernadero y le dijo que le gustaría mucho ayudarla con la replantación, y Judith pintó cuatro acuarelas más, una de las cuales realmente parecía un caballo.

Más tarde Ellie descubrió que se suponía que era un árbol, pero por lo visto no había herido los sentimientos de la niña.

De hecho, lo único que habría puesto la guinda de la perfección a su vida hubiera sido que Charles se postrara a sus pies, le besara todos y cada uno de los dedos y le declarara su amor eterno. Sin embargo, Ellie intentaba no pensar demasiado en el hecho de que él todavía no le había dicho que la quería.

Y, para ser justos, ella tampoco había reunido el valor suficiente para decírselo a él.

Aunque era optimista. Sabía que a Charles le gustaba su compañía y nadie podía dudar de que eran muy compatibles en la cama. Solo tenía que ganarse su corazón, y no dejaba de repetirse que jamás había fracasado en nada que realmente se hubiera propuesto conseguir.

Y realmente quería conseguir esto. Incluso había empezado a redactar sus propias listas, aunque la más activa era: «Cómo conseguir que Charles se dé cuenta de que me quiere».

Cuando no estaba pensando en que su marido todavía no le había dicho que la quería o estaba haciendo algo para conseguir que la quisiera, dedicaba el tiempo a revisar las páginas financieras del periódico. Por primera vez en su vida, tenía el control sobre sus ahorros y no quería meter la pata.

Por lo visto, Charles se pasaba el día buscando formas de llevarse a Ellie a la cama. Ella presentaba la resistencia justa, y solo lo hacía porque él seguía escribiendo listas para coaccionarla, aunque siempre eran tremendamente divertidas.

Una noche, mientras ella estaba en el despacho repasando sus inversiones, Charles le presentó la que más adelante ella declararía que había sido su favorita:

CINCO FORMAS DE QUE ELLIE PUEDA IR DEL DESPACHO A LA HABITACIÓN

1. Caminar deprisa.
2. Caminar muy deprisa.
3. Correr.
4. Sonreír con ternura y pedir a Charles que la lleve.
5. A la pata coja.

Ellie arqueó las cejas cuando leyó el último punto.

Charles se encogió de hombros.

—Se me acabaron las ideas.

—Te das cuenta de que ahora tendré que subir a la pata coja, ¿verdad?

—Me encantaría llevarte en brazos.

—No, no. Has arrojado el guante. No tengo otra opción. Debo subir a la pata coja o perderé mi honor para siempre.

—Mmm… Sí —dijo él frotándose la barbilla pensativo—. Te entiendo.

—Aunque si ves que pierdo el equilibrio, tómate la libertad de ayudarme a apoyar los pies.

—Mejor dicho, el pie.

Ellie intentó asentir con elegancia, pero la pícara sonrisa que esbozó arruinó el efecto. Se levantó, fue a la pata coja hasta la puerta, se volvió hacia su marido y preguntó:

—¿Está permitido cambiar de pierna?

Él sacudió la cabeza.

—No sería una pata coja decente.

—Por supuesto —murmuró ella—. Mmm... Puede que necesite apoyarme en ti de vez en cuando.

Él cruzó la habitación y le abrió la puerta.

—Será un placer ayudarte en lo que sea.

—Puede que necesite apoyarme mucho en ti de vez en cuando.

La expresión de Charles estaba a medio camino entre una sonrisa y una mirada lasciva.

—Será un placer todavía mayor.

Ellie avanzó por el pasillo, cambió de pie cuando creía que Charles no la miraba y perdió el equilibrio cuando pasó de la alfombra al suelo desnudo. Agitó los brazos en el aire y gritó riéndose mientras intentaba mantenerse de pie. Charles fue a su lado y colocó su brazo encima de los hombros.

—¿Así mejor? —le preguntó muy serio.

—Mucho mejor. —Ella siguió avanzando.

—Es tu castigo por cambiar de pie.

—Nunca haría algo así —mintió ella.

—¡Ja! —dijo con una expresión de «No puedes engañarme»—. Ten cuidado al doblar la esquina.

—Nunca se me ocurriría... ¡Oh! —gritó cuando se golpeó contra la pared.

—¡Vaya, vaya! Eso tiene un precio.

—¿De veras? —preguntó muy interesada—. ¿Cuál?

—Un beso. Quizá dos.

—Solo acepto si son tres.

Él suspiró.

—Sabes cómo conseguir lo que quieres, milady.

Ella se levantó sobre la punta del pie y le dio un beso en la nariz.

—Uno.

—Me parece que ese solo cuenta como medio.

Le dio un beso en los labios, asomando la lengua para juguetear con la comisura de sus labios.

—Dos.

—¿Y el tercero?

—No habría tercero si no supiera cómo conseguir lo que quiero —señaló ella.

—Ya, pero ahora lo espero, así que será mejor que sea bueno.

Ellie esbozó una lenta sonrisa ante aquel desafío.

—Es una suerte —murmuró— que haya aprendido tanto sobre besos en esta semana.

—Una suerte para mí —respondió él sonriendo mientras ella le atraía la cabeza hacia abajo. El beso fue cálido y apasionado, y él lo sintió en cada nervio del cuerpo. Principalmente lo sintió en la entrepierna, que empezó a endurecerse de tal forma que tuvo que separarse de ella y decir—: Será mejor que subas deprisa.

Ellie se rio y avanzaron a la pata coja, saltaron, tropezaron y corrieron por el pasillo. Cuando llegaron a la escalera, reían con tantas ganas que ella tropezó y se cayó de espaldas sobre el último escalón.

—¡Ay! —exclamó.

—¿Estás bien?

Ambos se volvieron avergonzados hacia Helen, que estaba en el salón con Cordelia, mirándolos con intriga.

—Ellie, parecía que ibas coja —dijo—. Y luego parecía que..., bueno, sinceramente, no sé qué parecía.

Ellie se sonrojó.

—Él... Eh... Yo... Eh...

Charles ni se molestó en intentar explicarlo.

Helen sonrió.

—Te entiendo perfectamente. Vamos, Cordelia. Creo que nuestros recién casados quieren intimidad.

—Recién casados... ¡Uf! —espetó la mujer—. Si quieres saber mi opinión, creo que se comportan como una pareja de pájaros desquiciados.

Ellie observó cómo la señora mayor salía del salón, seguida de Helen.

—Bueno, al menos no está gritando «¡Fuego!» cada cinco minutos.

Charles parpadeó.

—Tienes razón. Creo que los incidentes de la cocina le han sacado el fuego de la cabeza.

—¡Gracias a Dios!

—Por desgracia, o quizá por suerte, dependiendo de cómo lo mires, a mí no me ha pasado lo mismo.

—No te entiendo.

—Quiero decir —dijo él, arrastrando las palabras— que estoy ardiendo.

Los ojos y la boca de Ellie dibujaron tres «o» perfectas.

—Así que será mejor que subas tu cuerpo hasta la habitación antes de que te viole aquí mismo.

Ella sonrió con picardía.

—¿Serías capaz?

Él se inclinó hacia delante y, de repente, parecía el donjuán que decían que era.

—Yo no propondría ningún reto, milady, a menos que estés dispuesta a hacer frente a las consecuencias.

Ellie se levantó y echó a correr. Charles la siguió, agradecido de que su mujer hubiera decidido desplazarse con los dos pies.

Varias horas después, Ellie y Charles estaban en la cama, apoyados en varios cojines mientras saboreaban una deliciosa cena que habían mandado subir a la habitación. Ninguno de los dos estaba en condiciones de personarse en la cocina.

—¿Codorniz? —preguntó Charles, sujetando una pieza.

Ellie se lo comió directamente de sus dedos.

—Mmm... Deliciosa.

—¿Espárragos?

—Me voy a poner muy gorda.

—Seguirás siendo preciosa —le colocó la punta del espárrago entre los labios.

Ellie masticó y suspiró satisfecha.

—*Monsieur* Belmont es un genio.

—Por eso lo contraté. Toma, prueba un poco de pato asado. Te prometo que te encantará.

—No, no, basta. No puedo comer nada más.

—¡Ah! Eres una debilucha —se burló Charles, con el plato y la cuchara en la mano—. No puedes detenerte ahora. Intento convertirte en una persona licenciosa. Además, a *monsieur* Belmont le dará un berrinche si no te comes las natillas. Son su obra maestra.

—No sabía que los cocineros tuvieran obra maestra.

Él esbozó una seductora sonrisa.

—Confía en mí.

—De acuerdo, tú ganas. Probaré un poco. —Abrió la boca y dejó que Charles le diera una cucharada de natillas—. ¡Madre de Dios! —exclamó—. Están divinas.

—Imagino que querrás un poco más.

—Si no me das otra cucharada, te mataré.

—Y lo has dicho con cara seria —dijo con admiración.

Ella le lanzó una mirada de reojo.

—No bromeo.

—Toma, el plato entero. Odio interponerme entre una mujer y su comida.

Ellie hizo una pausa en su proceso de devorar hasta la última gota de natillas para decir:

—Normalmente, me ofendería por ese comentario, pero estoy en un estado demasiado sublime para hacerlo ahora mismo.

—No quiero especular sobre si ese estado sublime se debe a mi destreza y resistencia masculinas o a una sencilla bandeja de natillas.

—No pienso responderte. No quisiera herir tus sentimientos.

Él puso los ojos en blanco.

—Eres muy amable.

—Por favor, dile a *monsieur* Belmont que haga natillas más a menudo.

—Cada semana. Es mi postre favorito.

Ellie hizo una pausa, con la cuchara en la boca.

—¡Oh! —dijo con una expresión de culpabilidad—. Supongo que debería compartirlas contigo.

—No te preocupes. Me comeré esta tarta de fresas. —Se comió un trozo—. Diría que *monsieur* Belmont quiere un aumento.

—¿Por qué lo dices?

—¿La tarta de fresas no es tu favorita? Es muy amable de su parte haber preparado nuestros dos postres favoritos.

Ellie adoptó una expresión seria.

—¿Por qué estás tan seria, de repente? —preguntó Charles mientras se relamía un poco de fresas de los labios.

—Estoy frente a un dilema moral muy grave.

Él miró a su alrededor.

—Yo no veo ninguno.

—Será mejor que te comas el resto de las natillas —dijo Ellie mientras le ofrecía la bandeja, donde quedaba un tercio—. Me sentiré culpable durante semanas si no las comparto.

Él sonrió.

—Ya sabía que casarme con la hija del vicario tendría sus beneficios.

—Lo sé —suspiró ella—. Nunca he sido capaz de ignorar a alguien necesitado.

Charles se metió una cucharada de natillas en la boca con gran entusiasmo.

—No sé si esto sería estar necesitado, pero pretendo pensar que lo hago por tu bien.

—Los sacrificios que uno tiene que hacer por su mujer... —dijo ella entre dientes.

—Toma, acábate la tarta de fresas.

—No podría —respondió ella con una mano levantada—. Parece un sacrilegio después de las natillas.

Él se encogió de hombros.

—Como quieras.

—Además, me siento un poco rara.

Charles dejó las natillas y la miró. Parpadeaba muy deprisa y tenía la piel de un extraño tono apagado.

—No tienes buen aspecto.

—¡Oh, Dios mío! —se quejó, sujetándose al estómago mientras adoptaba una postura fetal.

Él retiró los platos de la cama.

—¿Ellie? ¿Cariño?

Ella no respondió; solo gimoteó mientras intentaba formar una bola con el cuerpo. Tenía las cejas empapadas en sudor y respiraba de forma entrecortada.

A Charles le entró el pánico. Ellie, que hacía unos segundos estaba riendo y bromeando, parecía como si se estuviera..., como si... ¡Dios Santo! Parecía que se estaba muriendo.

Se le hizo un nudo en la garganta, cruzó la habitación y tiró de la campana. Después corrió hasta la puerta, la abrió y gritó:

—¡Cordelia!

Su tía estaba un poco chiflada, pero sabía un par de cosas sobre enfermedades y cómo curarlas, y a Charles no se le ocurría otra cosa que hacer.

—Ellie —dijo, con urgencia, mientras corría a su lado—, ¿qué te pasa? Por favor, dime algo.

—Son como espadas ardiendo —dijo ella con los ojos cerrados por el dolor—. Espadas ardiendo en la tripa. ¡Dios mío, Dios mío, hazlas desaparecer!

Charles tragó saliva, asustado, y se acercó una mano al estómago, que también estaba revuelto. Lo atribuyó al terror; estaba claro que no estaba pasando por la misma agonía que su mujer.

—¡Oooh! —gritó Ellie, que empezó a tener convulsiones.

Charles se levantó y corrió hacia la puerta.

—¡Que venga alguien ahora mismo! —gritó, justo cuando Cordelia y Helen aparecieron corriendo por la esquina.

—¿Qué ha pasado? —preguntó Helen sin aliento.

—Es Ellie. Está enferma. No sé qué le ha pasado. Estaba bien y de repente...

Se acercaron a la cama. Cordelia echó un vistazo a la patética postura de Ellie y dijo:

—La han envenenado.

—¿Qué? —preguntó Helen horrorizada.

—Eso es absurdo —dijo Charles al mismo tiempo.

—Ya lo he visto antes —dijo Cordelia—. La han envenenado. Estoy segura.

—¿Qué podemos hacer? —preguntó Helen.

—Tendremos que purgarla. Charles, llévala al lavamanos.

Él miró a su tía con recelo. ¿Hacía bien confiando la salud de su mujer a una anciana que estaba algo senil? Pero no sabía qué otra cosa hacer y, aunque Ellie no estuviera envenenada, la sugerencia de Cordelia tenía sentido. Estaba claro que tenía que sacarle lo que tenía en el estómago.

Sujetó a Ellie intentando que los gritos de agonía no le afectaran. Ella se revolvió con violencia en sus brazos y sus espasmos hacían estremecer a Charles.

Miró a Cordelia.

—Creo que está empeorando.

—¡Date prisa!

Corrió hasta el lavamanos y le apartó a Ellie el pelo de la cara.

—Shhh... Cariño, todo irá bien —le susurró.

Cordelia sujetó una pluma.

—Ábrele la boca.

—¿Qué demonios vas a hacer con eso?

—Haz lo que te digo.

Charles abrió la boca de Ellie y observó horrorizado cómo Cordelia metía la pluma por la garganta de su mujer. Ellie tuvo varias arcadas antes de vomitar.

Por un momento, él apartó la mirada. No pudo evitarlo.

—¿Ya está?

Cordelia lo ignoró.

—Una vez más, Eleanor —dijo—. Eres una muchacha muy fuerte. Puedes hacerlo. Helen, trae algo para que se lave la boca cuando haya terminado.

Volvió a meterle la pluma en la garganta y Ellie expulsó los últimos contenidos de su estómago.

—Eso es —dijo Cordelia. Tomó el vaso de agua que Helen tenía en la mano y lo acercó a la boca de Ellie—. Enjuágate y escúpelo.

La joven casi no podía escupir y dejó que la gravedad le vaciara el agua de la boca.

—No me obligues a volver a hacerlo —suplicó.

—Al menos hablas —dijo Cordelia—. Es una buena señal.

Charles esperaba que tuviera razón, porque nunca había visto a nadie tan pálido como Ellie estaba en esos momentos. Dejó que Helen le limpiara la boca con un trapo húmedo y luego la devolvió a la cama.

Su prima agarró el lavamanos con manos temblorosas y dijo:

—Haré que alguien se encargue de esto. —Y salió corriendo de la habitación.

Charles tomó la mano de Ellie, se volvió hacia Cordelia y preguntó:

—No crees que la hayan envenenado, ¿verdad?

Su tía asintió con fuerza.

—¿Qué ha comido? ¿Algo que tú no hayas probado?

—No, excepto por las...

—¿Las qué?

—Las natillas, pero yo también las he probado.

—Ya. ¿Y cómo te encuentras?

Charles se la quedó mirando unos segundos mientras se acercaba la mano al estómago.

—No demasiado bien, la verdad.

—¿Ves?

—Pero lo mío no se parece a los dolores de Ellie. Es un dolor soportable, como si hubiera comido algo en malas condiciones. Nada más.

—¿Y solo las probaste?

Charles asintió, y luego palideció.

—Ellie se comió casi toda la bandeja —susurró—. Como mínimo, dos tercios.

—Si se lo hubiera comido todo, seguramente estaría muerta —dijo Cordelia—. Menos mal que decidió compartirlo.

Él casi no podía creerse la ausencia de emoción en su voz cuando dijo:

—Debe de ser envenenamiento por la comida. Es la única explicación.

Cordelia se encogió de hombros.

—Apostaría todo mi dinero.

Él la miró con incredulidad.

—Pero es imposible. ¿Quién iba a querer hacerle algo así?

—Si quieres saber mi opinión, diría que ha sido Claire —respondió Cordelia—. Todos saben lo que le hizo a la condesa en las manos.

—Pero aquello fue un accidente —dijo Charles, que se negaba a creer a su tía. Claire podía ser traviesa, pero nunca haría algo así—. Además, Claire y Ellie han hecho las paces.

Cordelia se encogió de hombros otra vez.

—¿Sí?

Justo entonces, apareció Helen, arrastrando a Claire, que estaba llorando.

Charles se volvió hacia su prima, intentando mantener su mirada libre de cualquier tipo de acusación.

—No he sido yo —gimoteó Claire—. Nunca lo haría. Y lo sabes. Ahora quiero a Ellie. Nunca le haría daño.

Charles quería creerla. De corazón, pero la muchacha ya había provocado muchos accidentes.

—Quizá es algo que pusiste en marcha la semana pasada, antes de que Ellie y tú arreglarais vuestras diferencias —dijo él despacio—. Quizá olvidaste...

—¡No! —gritó Claire—. No he sido yo. Lo juro.

Helen rodeó los hombros de su hija con un brazo.

—Yo la creo, Charles.

Él miró los ojos rojos de su prima y se dio cuenta de que Helen tenía razón. La muchacha decía la verdad y él se sentía un canalla por haber dudado de ella, aunque solo fuera un segundo. Puede que Claire no fuera perfecta, pero nunca envenenaría a nadie. Suspiró.

—Seguramente, ha sido solo un accidente. Quizá *monsieur* Belmont ha utilizado leche agriada para las natillas.

—¿Agriada? —repitió Cordelia—. Para hacerle tanto daño, tendría que estar casi podrida.

Charles sabía que tenía razón. Ellie se había puesto muy enferma de repente. ¿Era posible que aquellas convulsiones fueran consecuencia de algo tan benigno como la leche agriada? Pero ¿qué otra cosa podía ser? ¿Quién iba a querer envenenar a su mujer?

Helen dio un paso adelante y acarició el brazo de Charles con la mano.

—¿Quieres que me quede con ella?

Él no respondió enseguida, porque todavía seguía perdido en sus pensamientos.

—Perdona, ¿qué? No. No, me quedaré yo.

Helen inclinó la cabeza.

—De acuerdo. Pero, si necesitas ayuda...

Charles al final centró la mirada en su prima y le dedicó toda su atención.

—Te lo agradezco, Helen. Puede que te tome la palabra.

—No dudes en despertarme —dijo. Y luego tomó a su hija por la mano y se dirigió hacia la puerta—. Vamos, Claire. Ellie no podrá descansar con tanta gente alrededor.

Cordelia también se dirigió hacia la puerta.

—Volveré en una hora para ver cómo está —dijo—. Pero parece que ha superado lo peor.

Charles miró a su mujer, que se había dormido. Tenía mejor aspecto que hacía diez minutos, pero eso no era mucho; solo habría podido estar peor si hubiera empezado a escupir sangre. Todavía tenía la piel traslúcida y pálida, pero respiraba a un ritmo normal y, por lo visto, no tenía más dolores.

Le tomó la mano y se la acercó a la boca mientras susurraba una oración. Iba a ser una noche muy larga.

20

Al mediodía del día siguiente, Ellie ya casi había recuperado el color normal y Charles tuvo claro que su percance con la comida envenenada no le dejaría secuelas. Cordelia estaba de acuerdo, pero le había ordenado que le diera pedazos de pan para absorber cualquier resto de veneno que pudiera quedarle en el estómago.

Charles siguió el consejo a rajatabla y, a la hora de la cena, Ellie estaba tan harta que le suplicaba que no la obligara a comer más pan.

—Otro trozo no —gimoteó—. Me revuelve el estómago.

—Todo te revolverá el estómago —respondió él con un tono de voz propio de una madre. Hacía días que había aprendido que Ellie respondía mejor a un discurso directo.

Ella gimió.

—Entonces, no me hagas comer.

—Debo hacerlo. Te ayudará a absorber el veneno.

—Pero si solo ha sido leche en mal estado... Seguro que ya no me queda ni una gota en el estómago.

—Leche en mal estado, huevos pasados... No hay forma de saber qué provocó el ataque. —Le dirigió una mirada extraña—. Solo sé que anoche parecía que ibas a morirte.

Ellie no dijo nada. Anoche sintió que iba a morir.

—Está bien —dijo despacio—. Dame otro trozo de pan.

Charles le dio una rebanada.

—Creo que Cordelia tenía razón. Pareces más activa desde que has empezado a comer pan.

—Y Cordelia parece mucho más lúcida desde mi desgraciado envenenamiento.

Él la miró pensativo.

—Creo que Cordelia solo necesitaba a alguien que la escuchara de vez en cuando.

—Y hablando de gente que quiere que la escuchen de vez en cuando... —dijo Ellie mientras hacía un movimiento con la cabeza hacia la puerta.

—¡Buenas noches, Ellie! —exclamó Judith, muy contenta—. Has dormido todo el día.

—Lo sé. Soy muy perezosa, ¿no crees?

La niña se encogió de hombros.

—Te he hecho un dibujo.

—¡Es precioso! —exclamó Ellie—. Es un delicado... delicado... —miró a Charles, que no le sirvió de gran ayuda— ¿conejo?

—Exacto.

Ellie suspiró aliviada.

—He visto uno en el jardín. He pensado que te gustarían las orejas.

—Me encantan. Me encantan las orejas de los conejos. Son muy puntiagudas.

Judith se puso seria.

—Mamá me ha dicho que bebiste leche en mal estado.

—Sí, y me temo que me ha sentado muy mal.

—Debes oler siempre la leche antes de bebértela —le dijo la niña—. Siempre.

—A partir de ahora lo haré. —Ellie acarició la mano de la pequeña—. Te agradezco el consejo.

Judith asintió.

—Yo siempre doy buenos consejos.

Ellie se rio.

—Ven aquí, tesoro, y dame un abrazo. Será la mejor medicina del día.

Judith subió a la cama y abrazó a Ellie.

—¿Quieres que te dé un beso?

—Claro.

—Te pondrás mejor —dijo la niña mientras le daba un sonoro beso en la mejilla—. Quizá no enseguida, pero ya verás.

Ellie le acarició el pelo.

—Seguro que sí, tesoro. Es más, ya me siento mejor.

Mientras Charles estaba en la esquina, observando en silencio a su mujer y a su prima, se le desbordó el corazón. Ellie todavía se estaba recuperando del peor ataque de comida envenenada que él había visto en su vida y allí estaba, abrazando a su prima pequeña.

Era increíble. No había otra forma de describirla y, si eso no bastara, estaba claro que iba a ser la mejor madre que Inglaterra había visto. ¡Qué diablos! Si ya era la mejor esposa que jamás hubiera podido imaginar.

Notó que los ojos se le humedecían sospechosamente y, de repente, descubrió que tenía que decirle que la quería. Y tenía que hacerlo ahora, en ese preciso instante. Si no, estaba seguro de que le estallaría el corazón. O le herviría la sangre. O quizá se le caería el pelo. Solo sabía que las palabras «Te quiero» le subían por la garganta y tenía que decirlas en voz alta. Era algo que no podía seguir manteniendo dentro de los límites del corazón.

No estaba seguro de si el sentimiento sería correspondido, aunque sospechaba que, si no lo quería, sentía algo muy próximo al amor por él, y eso bastaría por ahora. Tenía tiempo de sobra para hacer que lo quisiera. Tenía toda una vida.

Estaba empezando a agradecer la eternidad del lazo del matrimonio.

—Judith —dijo de repente—, tengo que hablar con Ellie ahora mismo.

La niña volvió la cabeza sin renunciar a su rincón entre los brazos de Ellie.

—Pues habla.

—Tengo que hablar con ella en privado.

Judith se rio de forma algo ofendida. Bajó de la cama, miró a Charles con altanería y se volvió hacia Ellie:

—Si me necesitas, estaré en la sala de juegos.

—Lo recordaré —respondió Ellie muy seria.

Judith se dirigió hacia la puerta, luego se volvió, corrió hacia Charles y le dio un beso en el reverso de la mano.

—Porque eres un amargado —dijo—, y deberías ser más dulce.

Él le acarició el pelo.

—Gracias, tesoro. Intentaré hacerlo.

Judith sonrió y salió corriendo de la habitación, cuya puerta cerró de un portazo.

Ellie miró a Charles.

—Pareces muy serio.

—Lo estoy —espetó con una voz que, a sus propios oídos, sonó curiosa. ¡Maldición! Parecía un joven inexperto. No sabía por qué estaba tan nervioso. Estaba claro que ella sentía algún tipo de afecto hacia él, pero nunca había dicho «Te quiero».

Es más, nunca habría imaginado que, de entre toda la gente, se iba a enamorar de su mujer. Respiró hondo.

—Ellie... —empezó a decir.

—¿Alguien más ha enfermado? —preguntó ella con preocupación—. Las natillas...

—¡No! No es eso. Es que tengo que decirte algo y... —adoptó una expresión muy vergonzosa— y no sé muy bien cómo hacerlo.

Ellie se mordió el labio inferior, con el corazón encogido de repente. Creía que su matrimonio avanzaba bastante bien, y ahora parecía que Charles iba a pedirle el divorcio. Aunque era absurdo, porque un hombre en la posición de Charles nunca pediría el divorcio, pero Ellie estaba igual de preocupada.

—Cuando nos casamos —empezó—, tenía ciertas nociones sobre lo que quería del matrimonio.

—Lo sé —lo interrumpió Ellie, cada vez más asustada. Se las había dejado muy claras y, por un momento, su corazón dejó de latir—. Pero, si lo piensas, verás que...

Charles alzó una mano.

—Por favor, déjame terminar. Esto es muy difícil para mí.

Para ella también, pensó con tristeza, y más cuando él no la dejaba expresarse.

—Lo que intento decir es... ¡Maldición! —Se pasó la mano por el pelo—. Esto es más difícil de lo que pensaba.

«Me alegro», pensó ella. Si iba a romperle el corazón, prefería que no le resultara fácil.

—Lo que intento decir es que estaba equivocado. No quiero una esposa que...

—¿No quieres una esposa? —interrumpió ella.

—¡No! —gritó él. Y luego continuó en un tono más normal—. No quiero una esposa que aparte la mirada si la engaño.

—¿Quieres que lo vea?

—No, quiero que te enfurezcas.

A estas alturas, Ellie ya estaba al borde de las lágrimas.

—¿Quieres, deliberadamente, que me enfade? ¿Herirme?

—No. ¡Dios mío! Lo has entendido todo mal. No quiero serte infiel. No voy a serte infiel. Solo quiero que me quieras tanto que, si lo hiciera, y repito que no voy a hacerlo, quisieras colgarme de la pared y descuartizarme.

Ellie lo miró mientras digería sus palabras.

—Entiendo.

—¿Lo entiendes? ¿De verdad? Porque lo que estoy diciendo es que te quiero y, aunque espero que sientas lo mismo, es normal si todavía no lo haces. Pero necesito que me digas que puedo tener esperanzas, que empiezas a sentir cariño por mí, que...

Ellie emitió una especie de sonido ahogado y se tapó la cara con las manos. Se sacudía con tanta fuerza que Charles no sabía qué pensar.

—¿Ellie? —le preguntó con urgencia—. Ellie, amor mío, dime algo. Háblame, por favor.

—¡Oh, Charles! —consiguió decir por fin ella—. Eres idiota.

Él retrocedió, con el corazón y el alma doloridos como jamás hubiera creído posible.

—Claro que te quiero. Solo me falta llevarlo escrito en la frente.

Él se quedó boquiabierto.

—¿Me quieres?

—Sí. —A él le costó entenderla, porque respondió entre risas y lágrimas.

—Ya me lo imaginaba —dijo él, adoptando su expresión de donjuán favorita—. En realidad, nunca he tenido problemas con las mujeres y...

—¡Cállate! —dijo ella, y le lanzó la almohada—. No estropees este momento perfecto fingiendo que lo habías planeado todo.

—¿Cómo? —Arqueó una ceja—. ¿Y qué debería hacer? He sido un donjuán toda la vida. Ahora que me he reformado no sé muy bien qué hacer.

—Lo que deberías hacer —dijo Ellie con una amplia sonrisa— es venir aquí y darme un abrazo. El más grande que hayas dado en tu vida.

Él se acercó a la cama y se sentó a su lado.

—Y luego —añadió ella con la sonrisa ahora dibujada en la cara, los ojos e incluso en el pelo y los dedos de los pies—, deberías darme un beso.

Él se inclinó hacia delante y le dio un dulce beso en los labios.

—¿Así?

Ella sacudió la cabeza.

—Ha sido demasiado insulso, y te has olvidado de abrazarme primero.

Él la tomó entre los brazos y la sentó sobre su regazo.

—Si pudiera, te tendría así siempre —le susurró.

—Más cerca.

Él se rio.

—Tu estómago... No quiero...

—Mi estómago está recuperado. —Lanzó un suspiro—. Será el poder del amor.

—¿De verdad lo crees? —le preguntó él riendo.

Ella hizo una mueca.

—Es lo más sensiblero que he dicho nunca, ¿verdad?

—No hace tanto que te conozco para poder afirmarlo, pero me atrevería a decir que sí.

—Bueno, no me importa. Es lo que siento. —Lo abrazó y lo apretó con fuerza—. No sé cómo ha pasado, porque nunca pensé que me enamoraría de ti, pero lo he hecho, y tengo el estómago mejor, así que bienvenido sea el amor.

En sus brazos, Charles se desternillaba de risa.

—¿Se supone que el amor debe ser tan divertido? —preguntó Ellie.

—Lo dudo, pero no pienso quejarme.

—Pensaba que tendría que sentirme torturada, y agonizar y todo eso.

Él le tomó la cara entre las manos y la miró muy serio:

—Desde que te convertiste en mi esposa, te has quemado las manos, te han envenenado y no pienso empezar con la lista de los ataques de Claire contra ti. Creo que ya has saldado tus deudas con el reino de la tortura y la agonía.

—En realidad, agonicé y me sentí torturada en algún momento —admitió.

—¿De verdad? ¿Cuándo?

—Cuando me di cuenta de que te quería.

—¿Tan insoportable era la idea? —se burló él.

Ella se miró las manos.

—Recuerdo esa horrible lista que escribiste antes de que nos casáramos, donde decías que querías una esposa que mirara a otro lado cuando la engañaras.

Él gruñó.

—Estaba loco. No, no estaba loco. Era un estúpido. Y no te conocía.

—Solo podía pensar que nunca podría ser la esposa pasiva y transigente que querías, y lo mucho que me dolería si me fueras infiel —sacudió la cabeza—. Juraría que oí cómo se me partía el corazón.

—Eso nunca sucederá —le aseguró. Y luego adoptó una expresión sospechosa—. Espera un segundo. ¿Por qué solo agonizaste un momento? Creo que la idea de que te pudiera ser infiel merecería, al menos, un día entero de tristeza.

Ellie se rio.

—Solo agonicé hasta que recordé quién era. Verás, siempre he sido capaz de conseguir lo que he perseguido con esfuerzo. Así que decidí esforzarme por ti.

Aquellas palabras no eran poesía, pero el corazón de Charles se elevó igualmente.

—¡Ah! —exclamó ella de repente—. Incluso hice una lista.

—Intentando vencerme en mi propio juego, ¿eh?

—Intentando ganarme tu corazón en tu propio juego. Está en el primer cajón de mi mesa. Ve a buscarla para que te la lea.

Charles saltó de la cama, extrañamente emocionado de que ella hubiera hecho suya la costumbre de escribir listas.

—¿La leo para mí o quieres leerla en voz alta? —le preguntó él.

—No, ya puedo… —De repente, se quedó inmóvil y se sonrojó—. De hecho, puedes leerla tú solo. En silencio.

Charles encontró la lista y volvió a su lado. Si había escrito algo tan atrevido que le daba vergüenza leerlo en voz alta, la cosa prometía. Miró su delicada letra y las frases numeradas y decidió torturarla. Le dio la lista y le dijo:

—Creo que deberías leerla tú. Al fin y al cabo, es tu primera lista.

Ella se sonrojó todavía más, algo que Charles creía impensable, aunque le resultó entretenido.

—Pero no te rías de mí.

—No hago promesas que no puedo cumplir.

—Desconsiderado.

Charles se reclinó en las almohadas, dobló los brazos y apoyó la cabeza en las manos.

—Empieza.

Ellie se aclaró la garganta.

—La lista se titula: «Cómo conseguir que Charles se dé cuenta de que me quiere».

—Aunque parezca sorprendente, el muy imbécil se ha dado cuenta él solito.

—Sí —dijo Ellie—, el imbécil lo ha hecho.

Charles contuvo una carcajada.

—No volveré a interrumpirte.

—Creía que habías dicho que no hacías promesas que no podías cumplir.

—Intentaré no volver a interrumpirte —corrigió.

Ella lo miró con incredulidad y leyó:

—«Número uno: Impresionarlo con mi visión para los negocios».

—Me impresionaste desde el principio.

—«Número dos: Demostrarle lo bien que puedo llevar la casa».

Él se rascó la cabeza.

—Aunque aprecio mucho los aspectos más prácticos de tu personalidad, estas sugerencias no son demasiado románticas.

—Todavía estaba calentando —le explicó ella—. Tardé un poco en descubrir el verdadero espíritu de la lista. Sigamos. «Número tres: Que la señora Smithson me envíe más lencería».

—Esa sugerencia la apruebo sin reservas.

Ella lo miró de reojo, sin apenas mover la cabeza de la dirección de la lista que tenía en las manos.

—Creía que no ibas a interrumpirme.

—He dicho que lo intentaría, y eso no puede considerarse una interrupción. Ya habías terminado la frase.

—Tu habilidad verbal me maravilla.

—Estoy encantado de oírlo.

—«Número cuatro: Asegurarme de que se da cuenta de lo buena que soy con Judith para que piense que seré una buena madre». —Se volvió hacia él con cara de preocupación—. No quiero que pienses que es la única razón por la que paso tiempo con Judith. La quiero mucho.

Él colocó la mano encima de la suya.

—Lo sé. Y sé que serás una madre soberbia. Solo de pensarlo se me derrite el corazón.

Ella sonrió, sintiendo una ridícula satisfacción ante tal halago.

—Tú también serás un padre excelente. Estoy convencida.

—Debo confesar que nunca había pensado más allá del sencillo hecho de que necesitaría un heredero, pero ahora... —Se le nubló ligeramente la vista—. Ahora sé que hay algo más. Algo increíble y precioso.

Ella se pegó a él.

—¡Oh, Charles! Estoy tan contenta de que te cayeras de aquel árbol...

Él sonrió.

—Y yo estoy feliz de que pasaras por debajo. Está claro que tengo buena puntería.

—Y mucha modestia.

—Léeme el último punto de la lista, por favor.

Las mejillas de Ellie se sonrosaron.

—¡Ah! No es nada. Además da igual, puesto que ya no necesito que te des cuenta de que me quieres. Como has dicho, lo has descubierto tú solito.

—Léelo, mujer, o te ataré a la cama.

Ella se quedó boquiabierta y emitió un extraño sonido ahogado.

—No me mires así. No te ataría demasiado fuerte.

—¡Charles!

Él puso los ojos en blanco.

—Imagino que no sabes de estas cosas.

—No, no es eso. Yo... Eh... Quizá deberías leerlo tú. —Le lanzó el papel.

Él bajó la mirada y leyó:

—«Número cinco: Atarlo a la...». —Se echó a reír de forma escandalosa antes de llegar siquiera a la «c» de «cama».

—¡No es lo que piensas!

—Cariño, si sabes lo que pienso, es que no eres tan inocente como imaginaba.

—Bueno, desde luego no es a lo que te referías cuando has dicho... ¡Te he dicho que pares de reírte!

Puede que le hubiera respondido, pero era complicado adivinarlo entre tantas carcajadas.

—Solo quería decir —refunfuñó ella— que pareces bastante enamorado de mí cuando estamos... ya sabes... y pensaba que si podía mantenerte aquí...

Charles le ofreció sus muñecas.

—Soy tuyo para que me ates, milady.

—¡Hablaba metafóricamente!

—Lo sé —dijo él con un suspiro—. Una lástima.

Ella intentó no reírse.

—Debería prohibir estas conversaciones...

—Pero si lo digo con cariño... —dijo él con una sonrisa de donjuán.

—¿Charles?

—Dime.

—El estómago...

Él se puso serio de golpe.

—¿Qué?

—Creo que ya está bien.

Él habló muy despacio.

—¿Y con eso quieres decir...?

Ella sonrió despacio y seductora.

—Exactamente lo que piensas. Y esta vez, sí que sé lo que estás pensando. Soy mucho menos inocente que hace una semana.

Él se inclinó y la besó con pasión.

—¡Gracias a Dios!

Ellie lo abrazó, encantada de sentir el calor de su cuerpo.

—Anoche te eché de menos —dijo entre dientes.

—Anoche ni siquiera estabas consciente —respondió él mientras se separaba de ella—. Y vas a tener que añorarme un poco más.

—¿Qué?

Él se alejó y se quedó de pie junto a la cama.

—¿De verdad crees que soy tan animal como para aprovecharme de ti en estas condiciones?

—En realidad, había pensado que podría aprovecharme yo de ti —dijo ella muy despacio.

—Tenías miedo de que fallara como marido porque no podría controlar mis instintos más básicos —explicó él—. Si esto no supone una excelente demostración de control, no sé qué tengo que hacer.

—Pero no tienes que controlarlos conmigo.

—Da igual. Tendrás que esperar unos días.

—Eres un insensible.

—Solo estás frustrada, Ellie. Lo superarás.

Ella se cruzó de brazos y lo miró.

—Dile a Judith que vuelva. Creo que prefería su compañía.

Él se rio.

—Te quiero.

—Yo también. Y ahora vete, antes de que te lance algo.

21

El temporal voto de abstinencia de Charles solo fue eso, temporal, y pronto Ellie y él volvieron a sus hábitos de recién casados.

Sin embargo, también tenían sus tareas independientes y un día, mientras ella miraba las páginas económicas del periódico, Charles decidió ir a dar una vuelta a caballo por el perímetro de la propiedad. Hacía un tiempo extraordinariamente cálido y quiso aprovechar la luz del sol antes de que empezara a hacer demasiado frío para los largos paseos. Le hubiera gustado llevarse a Ellie, pero no sabía montar y se negaba en rotundo a empezar las clases hasta la primavera, cuando haría más calor y el suelo no estaría tan duro.

—Seguro que me caeré varias veces —le explicó—, así que prefiero hacerlo con el suelo verde y blando.

Mientras montaba, Charles recordó la conversación, se rio y salió al trote. Su mujer era muy práctica. Era una de las cosas que más le gustaban de ella.

Por lo visto, esos días su mente estaba siempre ocupada con Ellie. Empezaba a darle vergüenza la frecuencia con que la gente tenía que chasquear los dedos frente a su cara porque tenía la mirada perdida. No podía evitarlo. Si empezaba a pensar en ella, se le dibujaba una estúpida sonrisa en la cara y suspiraba como un idiota.

Se preguntó si la dicha del amor verdadero desaparecía algún día. Esperaba que no.

Cuando llegó al final del camino, había recordado tres comentarios graciosos que Ellie había hecho la noche anterior, la había recordado cuando le había dado un abrazo a Judith y había fantaseado con lo que iba a hacerle esa noche en la cama.

Aquella última forma de soñar despierto le hacía arder la sangre y le dejó los reflejos algo dormidos, y por eso probablemente no notó enseguida que su caballo estaba nervioso.

—Tranquilo, Whistle. Tranquilo, muchacho —dijo mientras tensaba las riendas. Sin embargo, el animal no le hizo caso y resopló de miedo y dolor—. ¿Qué te pasa? —Se inclinó para acariciarle el cuello. No funcionó y, al cabo de poco tiempo, Charles estaba luchando por mantenerse sentado—. ¡Whistler! ¡Whistler! Tranquilo, muchacho.

Nada. Charles tenía las riendas en la mano y, al cabo de un segundo, estaba volando por los aires sin apenas tiempo para decir «¡Maldición!» antes de caer, con un golpe seco, sobre el tobillo derecho, el mismo que se había lesionado el día que había conocido a Ellie.

Y luego repitió «¡Maldición!» varias veces más. El improperio no le ayudó a calmar el dolor que le subía por la pierna, ni a apaciguar su enfado, pero lo siguió gritando de todas formas.

Whistler relinchó por última vez y salió al galope hacia Wycombe Abbey, dejando a Charles atrás, con un tobillo que sospechaba que no podría soportar ningún peso.

Murmurando una sorprendente variedad de improperios, se puso a cuatro patas y gateó hasta la base de un árbol cercano, donde se sentó apoyado en el tronco y siguió maldiciendo. Se tocó el tobillo a través de la bota y no le sorprendió descubrir que se le estaba hinchando a toda velocidad. Intentó quitarse la bota, pero le dolía demasiado. Tendrían que cortársela. Otro par de botas buenas a la basura.

Gruñó, agarró un palo que podría servirle de bastón y empezó a cojear hacia casa. El tobillo le dolía horrores, pero no sabía qué otra cosa hacer. Le había dicho a Ellie que estaría fuera varias horas, de modo que nadie notaría su ausencia durante un tiempo.

Avanzaba muy despacio y a un ritmo no demasiado estable, pero consiguió llegar al final del camino y vio Wycombe Abbey.

Y, por suerte, también a Ellie, que corría hacia él a toda velocidad mientras gritaba su nombre.

—¡Charles! —exclamó—. ¡Gracias a Dios! ¿Qué ha pasado? Whistler ha vuelto, está sangrando y... —En cuanto lo alcanzó, se interrumpió para poder tomar aire.

—¿Whistler está sangrando? —preguntó él.

—Sí. El mozo no está seguro de por qué, y yo no sabía qué te había pasado y... ¿Qué te ha pasado?

—Whistler me tiró al suelo. Me he torcido el tobillo.

—¿Otra vez?

Él bajó la mirada, enfadado, hacia su pie derecho.

—El mismo. Imagino que todavía estaba débil por la lesión anterior.

—¿Te duele?

La miró como si fuera tonta.

—Muchísimo.

—¡Ah, sí! Supongo que sí. Toma, apóyate en mí y volveremos a casa juntos.

Charles le rodeó los hombros con el brazo y se sirvió de su peso para apoyarse y caminar hasta su casa.

—¿Por qué tengo la sensación de estar reviviendo una pesadilla? —se preguntó en voz alta.

Ellie se rio.

—Sí, ya lo hemos hecho antes, ¿verdad? Pero no sé si recuerdas que si no te hubieras torcido el tobillo la primera vez no nos habríamos conocido. Al menos, no me habrías pedido que me casara contigo si no te lo hubiera curado con tanto amor y ternura.

—¿Amor y ternura? —se rio él con sarcasmo—. Si prácticamente sacabas fuego por las orejas...

—Sí, bueno, no podíamos permitir que el paciente sintiera lástima por sí mismo, ¿verdad?

Cuando se acercaron a la casa, Charles dijo:

—Quiero ir a los establos para ver por qué sangra Whistler.

—Podrás ir cuando te haya curado.

—Cúrame en los establos. Estoy seguro de que alguien tendrá un cuchillo para cortar la bota.

Ellie gruñó y se detuvo en seco.

—Insisto en que vayas a casa, donde puedo atenderte en condiciones y ver si te has roto algún hueso.

—No me he roto nada.

—¿Cómo lo sabes?

—Ya me he roto huesos antes. Sé qué se siente. —Tiró de ella para intentar dirigirse hacia los establos, pero no consiguió moverla—. Ellie, vamos —gruñó.

—Descubrirás que soy más tozuda de lo que crees.

—Si es verdad, voy a tener problemas —dijo él entre dientes.

—¿Y eso qué significa?

—Significa que te diría que eres más tozuda que una mula, pero estaría insultando a la mula.

Ellie se echó hacia atrás y lo dejó caer al suelo.

—¿Cómo te atreves?

—¡Oh, por el amor de Dios! —refunfuñó él mientras se frotaba el codo sobre el que había aterrizado—. ¿Vas a ayudarme a llegar a los establos o tendré que arrastrarme?

La respuesta de Ellie fue dar media vuelta y dirigirse hacia Wycombe Abbey.

—¡Maldita mujer! Tozuda como una mula —dijo entre dientes. Por suerte, todavía tenía el bastón y, al cabo de unos minutos, se dejó caer en un banco de los establos—. ¡Que alguien me traiga un cuchillo! —gritó. Si no se quitaba la bota, el pie le iba a estallar.

Un mozo llamado James acudió a su lado y le dio un cuchillo.

—Whistler está sangrando, milord —dijo.

—Ya lo sé. —Charles hizo una mueca de dolor mientras empezaba a cortar la piel de su segundo mejor par de botas. Las mejores ya las había destrozado Ellie—. ¿Qué le ha pasado?

Thomas Leavey, que era el encargado de los establos y, según Charles, uno de los mayores entendidos en caballos del país, dio un paso adelante y dijo:

—Encontramos esto bajo su silla.

El conde contuvo la respiración. En la mano, Leavey tenía un clavo doblado y oxidado. No era demasiado largo, pero el peso de Charles en la silla había bastado para clavarlo en la espalda del animal, provocándole una horrible agonía.

—¿Quién lo ha ensillado? —preguntó.

—Yo —respondió Leavey.

Charles lo miró unos segundos. Sabía que Leavey sería incapaz de hacerle daño a un animal, y mucho menos a una persona.

—¿Tienes alguna idea de cómo ha podido suceder?

—Dejé a Whistler solo en su compartimento uno o dos minutos antes de que usted viniera. Solo se me ocurre que alguien entrara y colocara el clavo debajo de la silla.

—¿Quién diablos haría algo así? —preguntó Charles.

Nadie le ofreció una respuesta.

—No ha sido un accidente —dijo Leavey al final—. Eso seguro. Algo así no sucede por accidente.

Charles sabía que decía la verdad. Alguien había intentado herirlo de forma deliberada. Se le heló la sangre. Posiblemente, alguien lo había querido ver muerto.

Mientras digería aquella terrible información, Ellie entró en estampida en los establos.

—Soy demasiado buena persona —anunció a todos en general.

Los mozos la miraron sin saber cómo responder.

Se acercó a Charles.

—Dame el cuchillo —dijo—. Ya me encargo yo de la bota.

Él se lo dio sin decir nada, porque todavía estaba consternado por el reciente intento de asesinato.

Ella se sentó sin demasiado decoro a sus pies y empezó a cortarle la bota.

—La próxima vez que me compares con una mula —susurró—, será mejor que definas con qué mula.

Él ni siquiera se rio.

—¿Por qué estaba sangrando Whistler? —preguntó.

Charles miró a Leavey y a James. No quería que Ellie supiera que habían intentado matarlo. Tendría que hablar con los dos muchachos en cuanto ella se fuera porque, si se lo decían a alguien, su mujer se enteraría antes de acabar el día. En el campo, las habladurías volaban.

—Solo era un rasguño —le dijo—. Debió de engancharse con alguna rama de camino a casa.

—No sé demasiado de caballos —dijo ella sin levantar la cabeza de la bota—, pero me parece extraño. Whistler ha tenido que golpearse muy fuerte para hacerse sangre.

—Eh... Sí, supongo que sí.

Ellie le quitó la bota.

—No entiendo cómo ha podido engancharse con una rama corriendo por el camino principal o la entrada de la casa. Ambos caminos están muy limpios.

Ahí lo pilló. Charles miró a Leavey para que lo ayudara, pero el responsable de los establos se encogió de hombros.

Ellie le tocó el tobillo con delicadeza, comprobando la hinchazón.

—Además —dijo—, tiene más sentido que se hiciera la herida antes de tirarte al suelo. Al fin y al cabo, su angustia debe de tener alguna explicación. Nunca te había tirado, ¿no?

—No —respondió Charles.

Le giró el tobillo hacia un lado.

—¿Te duele?

—No.

—¿Y esto? —se lo giró hacia el otro lado.

—No.

—Perfecto —dejó el pie en el suelo y lo miró—. Creo que me estás mintiendo.

Charles se dio cuenta de que, por suerte, Leavey y James se habían marchado.

—¿Qué le ha pasado a Whistler realmente, Charles? —Como él no respondía, lo miró fijamente y añadió—: Y recuerda que soy tozuda como una mula, así que no creas que vas a ir a ningún sitio hasta que no me digas la verdad.

Charles soltó un largo suspiro. Tener una mujer tan inteligente tenía sus desventajas. Ellie acabaría descubriendo la historia ella sola. Así que era mejor que la escuchara de sus propios labios. Le dijo la verdad y terminó enseñándole el clavo que Leavey había dejado a su lado en el banco.

Ellie retorció los guantes en las manos. Se los había quitado antes de empezar a cortarle la bota, y ahora estaban totalmente arrugados. Después de una larga pausa, dijo:

—¿Y qué esperabas ganar ocultándomelo?

—Solo quería protegerte.

—¿De la verdad? —preguntó con voz aguda.

—No quería preocuparte.

—No querías preocuparme. —Esta vez lo dijo con un tono neutro poco natural—. ¿No querías preocuparme? —Ahora le pareció que el tono era un poco más estridente—. ¡¿No querías preocuparme?! —Ahora Charles estaba seguro de que la mitad del personal de Wycombe Abbey podía oír sus gritos.

—Ellie, amor mío...

—No intentes escabullirte llamándome «amor mío» —dijo ella, furiosa—. ¿Cómo te sentirías si yo te mintiera acerca de algo tan importante? Dime, ¿cómo te sentirías?

Charles abrió la boca, pero, antes de que pudiera decir algo, ella gritó:

—¡Yo te lo diré! Estarías tan enfadado que querrías estrangularme.

Charles se dijo que, seguramente, tenía razón, pero no veía qué sentido tenía admitirlo en ese momento.

Ella respiró hondo y se presionó las sienes con las yemas de los dedos.

—Tranquila, Ellie, tranquila —se dijo a sí misma—. Cálmate. Matarlo ahora sería contraproducente. —Levantó la mirada—. Voy a controlarme porque se trata de una situación muy grave, pero no creas que no estoy furiosa contigo.

—Tranquila, lo sé.

—No te hagas el gracioso —le espetó—. Alguien ha intentado matarte, y si no averiguas quién es y por qué lo ha hecho, puedes acabar muerto.

—Lo sé —respondió él con ternura—, y por eso voy a contratar protección adicional para Helen, para las niñas y para ti.

—¡Nosotras no necesitamos protección! Quien está en peligro eres tú.

—Yo también tomaré precauciones adicionales —le aseguró.

—¡Dios mío! Esto es horrible. ¿Por qué iba alguien a querer matarte?

—No lo sé, Ellie.

Volvió a frotarse las sienes.

—Me duele la cabeza.

Él la tomó de la mano.

—¿Por qué no volvemos a casa?

—Ahora no. Estoy pensando —dijo apartándole la mano.

Charles desistió en su intento por seguir los vaivenes del proceso mental de su mujer.

Ella volvió la cabeza y lo miró.

—Apuesto a que querían que te envenenaras tú.

—¿Cómo dices?

—Las natillas. No fue por la leche en mal estado. *Monsieur* Belmont lleva días hecho una furia por el mero hecho de que nos atreviéramos a mencionar esa posibilidad. Alguien envenenó las natillas, porque quería matarte a ti, no a mí. Todos saben que es tu postre favorito. Tú mismo me lo dijiste.

Charles la miró, pasmado.

—Tienes razón.

—Sí, y no me sorprendería que el accidente que tuvimos con el carruaje antes de casarnos también fuera un... ¿Charles? ¿Charles? —Ellie tragó saliva—. Estás pálido.

Él sintió que lo invadía una rabia como jamás había sentido en su vida. El hecho de que alguien hubiera intentado matarlo ya era muy grave, pero que Ellie se hubiera visto implicada en la línea de fuego le hacía sentir ganas de despellejar a alguien.

La miró como si quisiera grabarse sus rasgos en la mente.

—No dejaré que te pase nada —prometió.

—¿Quieres olvidarte de mí por un momento? Es a ti a quien intentan matar.

Desbordado por la emoción, se levantó y la atrajo hacia él, olvidándose por completo del tobillo herido.

—Ellie, yo... ¡Aaah!

—¿Charles?

—¡Maldito tobillo! —murmuró entre dientes—. Ni siquiera puedo besarte en condiciones. Es... No te rías.

Ella sacudió la cabeza.

—No me digas que no me ría. Alguien intenta matarte. Debo aprovechar las ocasiones que tenga para reírme.

—Supongo que si lo planteas así...

Ella le ofreció la mano.

—Volvamos a casa. Necesitarás algo frío para que te baje la hinchazón del tobillo.

—¿Cómo demonios se supone que debo encontrar al asesino cuando ni siquiera puedo caminar?

Ellie se puso de puntillas y le dio un beso en la mejilla. Sabía lo horrible que era sentirse inútil, pero solo podía tranquilizarlo.

—No puedes —le dijo, simplemente—. Tendrás que esperar unos días. Mientras tanto, nos concentraremos en mantener a todo el mundo a salvo.

—No voy a quedarme mirando mientras...

—No te quedarás mirando —le aseguró ella—. Tenemos que reforzar nuestra protección. Cuando tengamos listas las defensas, el tobillo estará casi curado. Y entonces podrás... —no pudo evitar estremecerse— buscar a tu enemigo. Aunque ojalá pudieras esperar a que viniera a por ti.

—¿Cómo dices?

Le dio varios codazos hasta que Charles empezó a caminar hacia la casa.

—No tenemos ni la menor idea de quién es. Lo mejor es quedarte en Wycombe Abbey, donde estarás a salvo, hasta que haga acto de presencia.

—Tú estabas en Wycombe Abbey cuando te envenenaron —le recordó él.

—Lo sé. Tendremos que reforzar la seguridad. Pero la casa es mucho más segura que cualquier otro lugar.

Charles sabía que tenía razón, pero le daba rabia tener que quedarse sentado sin hacer nada. Y, con el tobillo tan hinchado, solo podría sentarse y no hacer nada. Refunfuñó algo que se suponía que tenía que transmitir su asentimiento y siguió cojeando hasta la casa.

—¿Por qué no vamos por la entrada lateral? —sugirió Ellie—. Veamos si la señora Stubbs puede darnos un buen pedazo de carne.

—No tengo hambre —gruñó él.

—Para el tobillo.

Él no dijo nada. Odiaba sentirse un estúpido.

A mediodía del día siguiente, Charles se sintió con un poco más de control sobre la situación. Puede que todavía no estuviera bien para perseguir a su enemigo, pero al menos había podido llevar a cabo una labor detectivesca.

Un interrogatorio al personal de cocina había revelado que la última doncella que se había contratado había desaparecido misteriosamente la noche del envenenamiento de Ellie. Apenas hacía una semana que trabajaba en la casa. Nadie sabía si fue ella quien subió las natillas a la habitación de matrimonio, pero nadie recordaba haberlo hecho, así que Charles dio por sentado que la muchacha desaparecida había tenido tiempo de sobra para envenenar la comida.

Mandó a sus hombres a buscar por la zona, pero no le sorprendió que no encontraran ni rastro de ella. Seguramente, debía de estar camino de Escocia con el oro que, sin duda, le habían dado por envenenarlos.

Charles también estableció nuevas medidas para proteger a su familia. Prohibió expresamente que Judith y Claire salieran de casa y, si hubiera imaginado que tendría éxito, habría hecho lo mismo con Ellie y Helen. Afortunadamente, las dos mujeres parecían querer quedarse en casa, aunque solo fuera para entretener a Judith y que no se quejara de que no la dejaban salir a montar su poni.

Sin embargo, no habían avanzado nada en la búsqueda de la persona que había colocado el clavo bajo la silla de montar. Aquello lo frustraba bastante y decidió inspeccionar los establos él mismo para buscar pruebas. No le dijo nada a Ellie, porque solo conseguiría preocuparla. Así que, mientras estaba ocupada tomando el té con Helen, Claire y Judith, él agarró el abrigo, el sombrero y el bastón y salió afuera.

Cuando llegó, los establos estaban muy tranquilos. Leavey estaba fuera ejercitando a uno de los sementales y Charles sospechaba que los mozos estarían comiendo. La soledad le vino bien; podría llevar a cabo una inspección más rigurosa sin nadie observándolo.

Sin embargo, y para mayor frustración, su búsqueda no dio nuevos frutos. No estaba seguro de qué buscaba, pero supo que no había encontrado nada. Se estaba preparando para regresar a casa cuando oyó que alguien entraba por la puerta trasera de los establos.

Seguramente, sería Leavey. Charles quiso decirle que había estado echando un vistazo. Le había dado órdenes de que vigilara cualquier cosa que pareciera estar fuera de su sitio, y si él había movido algo, seguro que el responsable de los establos lo vería y se preocuparía.

—¡Leavey! —gritó—. Soy Billington. He venido a...

Oyó un ruido tras él. Dio media vuelta, pero no vio nada.

—¿Leavey?

No obtuvo respuesta.

Le empezó a doler el tobillo, como si quisiera recordarle que estaba herido y no podía correr.

Otro ruido.

Se volvió, y esta vez vio la culata de un rifle que se dirigía hacia su cabeza.

Y luego ya no vio nada.

22

Ellie no estaba segura de qué la hizo empezar a preocuparse. Nunca se había considerado una persona supersticiosa, pero no le gustaba lo nublado que se estaba poniendo el cielo. Un miedo irracional le puso los pelos de punta y, de repente, tuvo la intensa necesidad de ver a Charles.

Sin embargo, cuando bajó a su despacho, no lo encontró. Se le detuvo el corazón, pero entonces vio que el bastón tampoco estaba. Si lo hubieran secuestrado, seguro que nadie habría pensado en llevarse también el bastón.

El muy estúpido debía de haber salido a investigar.

Pero cuando se dio cuenta de que habían pasado más de tres horas desde la última vez que lo había visto, empezó a tener una extraña sensación en la boca del estómago.

Comenzó a buscar por toda la casa, pero nadie del servicio lo había visto. Tampoco Helen ni Claire. De hecho, la única persona que parecía tener una ligera idea de dónde podía estar era Judith.

—Lo he visto por la ventana —dijo la niña.

—¿De verdad? —preguntó Ellie, que casi se dejó caer del alivio—. ¿Y adónde iba?

—A los establos. Iba cojeando.

—¡Oh, gracias, Judith! —dijo Ellie mientras le daba un abrazo. Salió del salón y bajó las escaleras. Seguramente, había ido a los establos a intentar descubrir quién le había puesto el clavo en la silla. Ojalá le hubiera dejado una nota, pero estaba tan aliviada por saber dónde se encontraba que no estaba enfadada por el descuido.

Sin embargo, cuando llegó a su destino no vio ni rastro de su marido. Leavey estaba supervisando a varios mozos que estaban trabajando en los compartimentos, pero ninguno de ellos parecía conocer el paradero del conde.

—¿Seguro que no lo habéis visto? —preguntó Ellie por tercera vez—. La señorita Judith insiste en que lo ha visto entrar en los establos.

—Ha debido de ser mientras estábamos ejercitando a los caballos —respondió Leavey.

—¿Y cuánto hace de eso?

—Varias horas.

Ellie suspiró con impaciencia. ¿Dónde estaba Charles? Y entonces vio algo extraño. Algo rojo.

—¿Qué es esto? —murmuró mientras se arrodillaba. Recogió un puñado de paja.

—¿Qué sucede, milady? —preguntó Leavey.

—Es sangre —respondió ella con la voz temblorosa—. En la paja.

—¿Está segura?

Ella la olió y asintió.

—¡Dios mío! —Miró a Leavey, pálida como el papel—. Se lo han llevado. ¡Dios mío! Alguien se lo ha llevado.

El primer pensamiento de Charles cuando recuperó la conciencia fue que no volvería a beber nunca más. Ya había tenido otras resacas, pero nunca había sentido aquella agonía tan dolorosa. Pero entonces se dijo que era de día y que no había bebido y...

Gruñó a medida que iba recuperando porciones de recuerdos. Alguien le había golpeado en la cabeza con la culata de un rifle.

Abrió los ojos y miró a su alrededor. Le pareció estar en un dormitorio de una casa abandonada. Los muebles eran viejos y estaban llenos de polvo y el ambiente olía a moho. Tenía los pies y las manos atados, cosa que no lo sorprendió.

Sinceramente, lo que sí lo sorprendió fue no estar muerto. Estaba claro que alguien quería matarlo. ¿Qué sentido tenía secuestrarlo antes? A menos, claro, que su enemigo tuviera intención de revelar su identidad antes del golpe de gracia.

Sin embargo, al hacerlo, el criminal había dado más tiempo a Charles para pensar y planear, y juró escapar y llevar a su enemigo ante la justicia. No sabía cómo iba a hacerlo, atado y con un tobillo torcido, pero no tenía ninguna intención de abandonar este mundo a las pocas semanas de haber encontrado el amor verdadero.

Lo primero que tenía que hacer era desatarse las manos, de modo que localizó una silla rota que estaba en una esquina. Los trozos rotos parecían afilados y empezó a frotar las cuerdas contra un ángulo astillado. Iba a tardar bastante en cortar las gruesas cuerdas, pero su corazón daba un brinco cada vez que notaba cómo una fibra cedía bajo la fricción.

Después de cinco minutos de frotar, Charles oyó cómo una puerta se cerraba en la otra habitación y enseguida colocó las manos junto al cuerpo. Empezó a moverse hacia el centro de la habitación, donde lo habían dejado inconsciente, pero luego decidió quedarse donde estaba. Podía fingir que había cruzado la habitación para apoyarse en la pared.

Oyó varias voces, aunque no podía distinguir qué decían los captores. Reconoció el acento propio de los barrios bajos de Londres y dedujo que tendría que vérselas con matones a sueldo. No tenía sentido que su enemigo procediera del oscuro Londres.

Al cabo de un minuto o dos, quedó claro que los captores no tenían ninguna intención de comprobar su estado. Charles decidió que debían de estar esperando a la persona que les había pagado, así que siguió frotando la cuerda.

No sabía cuánto tiempo había estado allí, moviendo las manos de un lado a otro contra la madera rota, pero apenas había conseguido un tercio de su objetivo cuando oyó otro portazo, que esta vez vino seguido de una voz refinada.

Charles pegó las manos al cuerpo y alejó la silla con el hombro. Si no se equivocaba, el enemigo querría verlo de inmediato y...

La puerta de la habitación se abrió. Contuvo el aliento. Una silueta se dibujó bajo el umbral.

—Buenos días, Charles.

—¿Cecil?

—En persona.

¿Cecil? ¿Su primo que no sabía hablar? ¿El que siempre se chivaba cuando eran pequeños? ¿El que siempre había experimentado un placer desorbitado pisando bichos?

—Eres duro de pelar —dijo Cecil—. Al final, me he dado cuenta de que voy a tener que hacerlo yo mismo.

El conde supuso que tendría que haber prestado más atención a la fijación de su primo con los bichos muertos.

—¿Qué diablos crees que estás haciendo, Cecil? —le preguntó.

—Asegurándome mi plaza como siguiente conde de Billington.

Charles se lo quedó mirando.

—Pero si ni siquiera eres el siguiente en la línea de sucesión... Si me matas, el título va a parar a manos de Phillip.

—Phillip está muerto.

Charles se quedó helado. Phillip nunca le había caído bien, pero tampoco le había deseado ningún mal.

—¿Qué le has hecho? —preguntó, con voz ronca.

—¿Yo? No le he hecho nada. Las deudas de juego de nuestro querido primo acabaron con él. Creo que al final uno de sus prestamistas perdió la paciencia. Ayer mismo lo sacaron del Támesis.

—Y, claro, supongo que tú no tuviste nada que ver con sus deudas.

Cecil se encogió de hombros.

—Puede que le indicara dónde jugaban una o dos veces, pero siempre por petición suya.

Charles maldijo en voz baja. Debería haber vigilado a su primo, debería haberse dado cuenta de que el juego se estaba convirtiendo en un problema peligroso. Quizá hubiera podido contrarrestar la influencia de Cecil.

—Phillip debería haber acudido a mí —dijo—. Lo habría ayudado.

—No te martirices, primo —dijo Cecil chasqueando la lengua—. Poco habrías podido hacer por nuestro querido Phillip. Tengo la sensación de que esos prestamistas habrían ido a por él independientemente de lo deprisa que pagara sus deudas.

Cuando Charles comprendió lo que Cecil estaba diciendo, se enfureció.

—Lo mataste tú —susurró—. Lo lanzaste al Támesis y luego lo arreglaste para que pareciera que habían sido los prestamistas.

—Un buen plan, ¿no te parece? He tardado más de un año en ejecutarlo; al fin y al cabo, tenía que asegurarme de que las conexiones de Phillip con el inframundo de Londres eran públicas y notorias. Lo tenía todo perfectamente planeado —se enfureció—, pero entonces tú lo arruinaste todo.

—¿Cómo? ¿Naciendo? —preguntó Charles, perplejo.

—Casándote con esa estúpida hija del vicario. No iba a matarte, ¿sabes? El título nunca me importó; solo quería el dinero. Estaba contando las horas hasta tu trigésimo cumpleaños. Me he estado regocijando con el testamento de tu padre desde el momento en que se leyó. Nadie pensaba que acabarías obedeciendo sus órdenes. Toda tu vida le has llevado la contraria.

—Y entonces me casé con Ellie —dijo Charles con la voz neutra.

—Y entonces me di cuenta de que tenía que matarte. Así de sencillo. Lo vi venir cuando empezaste a cortejarla, así que lo intenté aflojando la rosca de la rueda del carruaje, pero solo saliste magullado. Y luego organicé la caída de la escalera. Eso fue difícil, te lo prometo. Tuve que trabajar deprisa. Y no habría podido hacerlo si la escalera no hubiera estado en tan malas condiciones.

Charles recordó el intenso dolor que había sentido cuando la madera de la escalera le había abierto la piel y se estremeció de rabia.

—Hubo bastante sangre —continuó Cecil—. Lo estaba mirando desde el bosque. Pensé que lo había logrado, hasta que vi que solo te habías cortado el brazo. Esperaba una herida en el pecho.

—Lamento mucho no haberte complacido —dijo Charles en tono seco.

—¡Ah, sí! El famoso ingenio de los Billington. Veo que no pierdes el estoicismo.

—Está claro que lo necesito en momentos como este.

Cecil sacudió la cabeza con lentitud.

—La agudeza no te salvará esta vez, primo.

Charles lo miró fijamente.

—¿Cómo tienes pensado hacerlo?

—Rápido y sin dolor. Nunca quise hacerte sufrir.

—Pues el veneno que le diste a mi mujer no le sentó demasiado bien.

Cecil soltó un largo suspiro.

—Es que siempre se entromete. Aunque provocó el bonito incendio de la cocina. Si hubiera hecho más viento, habría hecho el trabajo por mí. Me han dicho que apagaste las llamas tú mismo.

—Deja a Ellie fuera de todo esto.

—En cualquier caso, me disculpo por la virulencia del veneno. Me dijeron que sería indoloro. Obviamente, me engañaron.

Charles separó los labios, incrédulo.

—No puedo creerme que me estés pidiendo disculpas.

—No he perdido los modales..., solo los escrúpulos.

—Tu plan va a fracasar —dijo Charles—. Puedes matarme, pero no heredarás mi fortuna.

Cecil tamborileó los dedos contra su mejilla.

—Déjame pensar. No tienes hijos. Si mueres, el conde paso a ser yo. —Se encogió de hombros y rio—. Me parece bastante sencillo.

—Serás conde, pero no conseguirás el dinero. Solo heredarás la propiedad. Wycombe Abbey vale dinero, pero, como conde, no podrás venderla, y el mantenimiento cuesta una fortuna. Tendrás los bolsillos más vacíos que ahora. ¿Por qué demonios crees que estaba tan desesperado por casarme?

Las cejas de Cecil se llenaron de gotas de sudor.

—¿De qué estás hablando?

—Mi fortuna será para mi mujer.

—Nadie deja una fortuna así a una mujer.

—Yo lo he hecho —dijo Charles con una sonrisa.

—Mientes.

Tenía razón, pero Charles no consideró indicado decírselo. En realidad, había planeado modificar el testamento para dejar toda la fortuna a Ellie, pero todavía no lo había hecho. Se encogió de hombros y dijo:

—Es un riesgo que tendrás que correr.

—Ahí es donde te equivocas, primo. También puedo matar a tu mujer.

Charles sabía que diría eso, pero saberlo no evitó que le hirviera la sangre.

—¿De verdad crees —le preguntó arrastrando las palabras— que puedes matar al conde y a la condesa de Billington, heredar el título y la fortuna y no ser sospechoso de los asesinatos?

—Claro... Si no son asesinatos.

Charles entrecerró los ojos.

—Un accidente —fantaseó Cecil—. Un terrible y trágico accidente que os aleje para siempre de vuestros seres queridos. Os echaremos mucho de menos. Llevaré luto un año entero.

—Muy amable.

—¡Maldita sea! Pero ahora voy a tener que enviar a esos idiotas a por tu mujer —dijo señalando con la cabeza hacia la puerta.

Charles empezó a pelearse con las cuerdas de las manos.

—Si le tocas un pelo de la cabeza...

—Charles, te acabo de decir que voy a matarla —dijo Cecil riéndose—. Yo no me preocuparía demasiado por su pelo, ¿no crees?

—Arderás en el infierno por esto.

—Sin duda, pero antes me lo habré pasado en grande en la tierra. —Se frotó la barbilla—. No me fío de ellos. Es increíble que hayan conseguido traerte aquí sin contratiempos.

—El chichón que tengo en la cabeza demuestra que no ha sido «sin contratiempos».

—¡Ya lo tengo! Le escribirás una nota. Sácala de la seguridad de la casa. Tengo entendido que últimamente habéis estado como dos tortolitos. Hazle creer que has organizado un encuentro íntimo. Vendrá corriendo. Las mujeres siempre lo hacen.

Charles empezó a pensar muy deprisa. Cecil no sabía que Ellie y él ya habían adivinado que alguien quería hacerles daño. Ella nunca creería que hubiera organizado un encuentro en medio de aquella situación. Enseguida sospecharía que sucedía algo. Estaba seguro.

Sin embargo, no quería levantar sospechas mostrándose demasiado dispuesto a escribir la nota. Volvió la cara y escupió.

—No haré nada para atraer a Ellie a la muerte.

Cecil se le acercó y lo puso de pie.

—Va a morir de todas formas, así que será mejor que lo haga contigo.

—Tendrás que desatarme las manos —dijo Charles con voz neutra.

—No soy tan estúpido como crees.

—Ni yo soy tan hábil como crees —respondió Charles—. ¿Quieres que mi letra parezca la de un niño pequeño? Ellie no es tonta. Si recibe una nota con una letra que no es la mía, sospechará.

—Está bien. Pero no intentes ninguna heroicidad. —Cecil sacó un cuchillo y una pistola. Utilizó el cuchillo para cortarle la cuerda de las manos y mantuvo la pistola apuntándole a la cabeza.

—¿Tienes papel? —preguntó Charles con sarcasmo—. ¿Una pluma? ¿Tinta, quizá?

—Cállate. —Cecil se paseó por la habitación, sin dejar de apuntar a su primo, que tampoco podría haber ido demasiado lejos con los pies atados—. ¡Maldición!

Charles se echó a reír.

—¡Cállate! —gritó Cecil. Se volvió hacia la puerta y gritó—: ¡Baxter!

Apareció un hombre corpulento.

—¿Qué?

—Tráeme papel. Y tinta.

—Y una pluma —añadió Charles.

—No creo que haya nada de eso por aquí —dijo Baxter.

—¡Pues ve a comprarlo! —gritó Cecil sacudiendo todo el cuerpo de rabia.

Baxter se cruzó de brazos.

—Todavía no me ha pagado por secuestrar al conde.

—¡Por el amor de Dios! —dijo Cecil entre dientes—. Trabajo con idiotas.

Charles observó con gran interés cómo Baxter oscurecía la expresión. Quizá pudiera convencerlo para que traicionara a su primo.

Cecil le lanzó una moneda. El fornido hombre se arrodilló para recogerla, pero no sin antes mirarlo con odio. Se dio media vuelta, pero se detuvo cuando su jefe le gritó:

—¡Espera!

—¿Y ahora qué? —preguntó Baxter.

Cecil señaló a Charles con la cabeza.

—Vuelve a atarlo.

—¿Por qué lo ha desatado?

—No te incumbe.

Charles suspiró y le ofreció las muñecas a Baxter. Aunque le gustaría pelear por su libertad, ahora no era el momento. Nunca podría con aquel tipo y con Cecil, que todavía iba provisto del cuchillo y la pistola. Sin mencionar que tenía los tobillos atados y uno de ellos torcido.

Charles suspiró cuando Baxter le ató las manos con una cuerda nueva. Todo el trabajo intentando gastar la cuerda para nada. Al menos, esta vez no apretó tanto el nudo y la sangre podía circular con normalidad.

El tipo salió de la habitación, y Cecil lo siguió hasta la puerta, desde donde agitó la pistola en dirección a Charles y dijo en tono seco:

—No te muevas.

—Como si pudiera —dijo el conde entre dientes mientras intentaba mover los pies dentro de las botas para que la sangre circulara. Oyó que su primo hablaba con el amigo de Baxter, al que todavía no había visto, pero no pudo adivinar qué decían. Al cabo de uno o dos minutos, Cecil regresó y se sentó en una silla destartalada.

—¿Y ahora qué? —preguntó Charles.

—Ahora, a esperar.

Sin embargo, al cabo de unos instantes, Cecil empezó a mover las piernas. Charles se alegró de su incomodidad.

—¿Aburrido? —le preguntó.

—Impaciente.

—¡Ah, claro! Quieres matarme y acabar con todo esto.

—Exacto. —Cecil empezó a tamborilear los dedos contra el muslo y a chasquear la lengua siguiendo el ritmo.

—Vas a volverme loco —dijo Charles.

—No es algo que me quite el sueño.

El conde cerró los ojos. Estaba claro que ya había muerto y estaba en el infierno. ¿Qué podía ser peor que estar varias horas encerrado con un inquieto Cecil que, por cierto, planeaba matarlo a él y a su mujer?

Abrió los ojos.

Su primo estaba sujetando una baraja de cartas.

—¿Quieres jugar? —le preguntó.

—No —respondió Charles—. Siempre has sido un tramposo.

Cecil se encogió de hombros.

—Da igual. No puedo quitarle el dinero a un muerto. ¡Uy, perdona! Sí que puedo. De hecho, te quitaré todo lo que posees.

Charles volvió a cerrar los ojos. Había flirteado con el diablo cuando se había preguntado qué podía ser peor que estar atrapado con Cecil.

Ahora lo sabía. Iba a tener que jugar a cartas con ese desgraciado.

El mundo no era justo. Para nada.

A Ellie le temblaban las manos mientras desdoblaba la nota que le acababa de dar el mayordomo. Leyó en silencio las líneas y contuvo la respiración.

Mi querida Eleanor:

Me he pasado todo el día organizando una salida romántica para los dos solos. Reúnete conmigo en el columpio dentro de una hora.

Tu devoto marido,
Charles

Ellie miró a Helen, que no se había movido de su lado en la última hora.

—Es una trampa —le susurró mientras le daba la nota.

La prima de Charles la leyó y levantó la mirada.

—¿Cómo estás tan segura?

—Nunca me llamaría «Eleanor» en una nota personal como esta. Y menos si estuviera planeando algo romántico. Me llamaría «Ellie». Seguro.

—No sé —dijo Helen—. Estoy de acuerdo en que hay algo que no encaja, pero ¿sacas todas esas conclusiones por el simple hecho de que no te haya llamado por tu diminutivo?

Ellie ignoró la pregunta.

—Además, desde que alguien puso el clavo debajo de la silla de montar ha establecido unas medidas de seguridad draconianas. ¿De verdad crees que me enviaría una nota pidiéndome que fuera sola a una zona desierta?

—Tienes razón —dijo Helen con firmeza—. ¿Qué piensas hacer?

—Tendré que ir.

—¡No puedes!

—¿Cómo, si no, voy a descubrir dónde está?

—Pero, Ellie, te harán daño. Seguro que quien se ha llevado a Charles también quiere matarte.

—Tendrás que buscar ayuda. Puedes esperar en el columpio y ver qué pasa. Y cuando me capturen, nos sigues.

—Ellie, parece muy peligroso.

—No hay otra forma —respondió ella con firmeza—. No podemos salvar a Charles si no sabemos dónde está.

Helen sacudió la cabeza.

—No tenemos tiempo para ir a pedir ayuda. Tienes que estar en el columpio dentro de una hora.

—Tienes razón. —Ellie suspiró nerviosa—. Entonces tendremos que salvarlo nosotras solas.

—¿Estás loca?

—¿Sabes disparar?

—Sí —respondió Helen—. Me enseñó mi marido.

—Perfecto. Espero que no tengas que hacerlo. Irás con Leavey hasta el columpio. Es el criado en quien Charles confía más. —De repente frunció el ceño—. ¡Oh, Helen! ¿En qué estoy pensando? No puedo pedirte que hagas esto.

—Si tú vas, yo voy —dijo la mujer, decidida—. Charles me salvó cuando mi marido murió y no tenía adónde ir. Ahora ha llegado el momento de devolverle el favor.

Ellie juntó las manos frente al pecho.

—¡Oh, Helen! Charles tiene suerte de que seas su prima.

—No —la corrigió ella—. Tiene suerte de que tú seas su mujer.

23

Ellie no contaba con que la golpearan en la cabeza, pero, aparte de eso, todo estaba saliendo según lo planeado. Había esperado junto al columpio, se había portado como una estúpida y, con voz aguda, había gritado «¡¿Charles?!» cuando había oído pasos a su espalda, y se había resistido, aunque no demasiado, cuando había notado que alguien la agarraba por detrás.

Pero estaba claro que se había resistido más de lo que el atacante esperaba, porque el hombre había maldecido en voz baja y la había golpeado en la cabeza con algo que parecía un híbrido entre una roca enorme y un reloj de pie. El golpe no la dejó inconsciente, pero sí mareada, estado que empeoró cuando el captor la metió en un saco y se la colgó del hombro.

Sin embargo, no la había cacheado, y no había encontrado las dos diminutas pistolas que se había escondido en las medias.

Gruñó mientras iba dando tumbos e intentaba, con todas sus fuerzas, no vaciar el contenido de su estómago. Al cabo de unos treinta segundos, la dejaron sobre una superficie dura, y pronto comprendió que estaba en la parte trasera de un carro.

También quedó claro que su captor no hizo nada por evitar los baches del camino. Si salía viva de ahí, iba a tener todo el cuerpo magullado.

Viajaron unos veinte minutos. Ellie sabía que Helen y Leavey iban a caballo, de modo que podrían seguirla con facilidad. Solo rezaba para que pudieran hacerlo sin que los vieran.

Al final, el carro se detuvo y Ellie notó que la levantaban en el aire sin ninguna delicadeza. La cargaron durante un instante y luego oyó cómo se abría una puerta.

—¡La tengo! —gritó su captor.

—Excelente. —Aquella nueva voz era refinada, muy refinada—. Tráela aquí dentro.

Ellie oyó cómo se abría otra puerta y, luego, alguien empezó a desatar el saco. Alguien lo agarró por abajo y la dejó rodar por el suelo en una maraña de brazos y piernas.

Ella parpadeó, porque sus ojos necesitaban un tiempo para acostumbrarse a la nueva luz.

—¿Ellie? —Era la voz de Charles.

—¿Charles? —Se levantó y se quedó de piedra ante lo que vieron sus ojos—. ¿Estás jugando a cartas? —Si no tenía una buena explicación para todo eso, ella misma lo mataría.

—En realidad, es bastante complicado —respondió él, al tiempo que levantaba las manos, para que viera que las llevaba atadas.

—No lo entiendo —dijo Ellie. La escena era absolutamente surrealista—. ¿Qué estás haciendo?

—Yo le giro las cartas —dijo el otro hombre—. Jugamos al *vingt-et-un.*

—¿Y tú quién eres? —preguntó ella.

—Cecil Wycombe.

Ellie se volvió hacia Charles.

—¿Tu primo?

—El mismo —respondió él—. ¿No es la pura imagen de la devoción filial? También hace trampas a las cartas.

—¿Qué crees que puedes ganar con esto? —preguntó Ellie a Cecil. Colocó los brazos en jarra, con la esperanza de que no se diera cuenta de que no la había atado—. Ni siquiera eres el siguiente en la línea de sucesión.

—Ha matado a Phillip —respondió Charles con voz neutra.

—Tú, condesa —espetó Cecil—, siéntate en la cama hasta que terminemos esta mano.

Ellie abrió la boca. ¿Quería seguir jugando a cartas? Movida por la sorpresa, se dirigió dócilmente hasta la cama y se sentó. Cecil le repartió una carta a Charles y levantó una esquina para que este pudiera verla.

—¿Quieres otra? —le preguntó.

El conde asintió.

Ellie aprovechó el tiempo para analizar la situación. Obviamente, Cecil no la consideraba una amenaza, porque ni siquiera se había molestado en atarle las manos antes de mandarla sentarse. Por supuesto, tenía una pistola en una mano, y ella tenía la impresión de que no dudaría en utilizarla contra ella si hacía algún movimiento en falso. Y luego estaban los dos tipos corpulentos, que estaban en la puerta con los brazos cruzados mientras observaban la partida de cartas con expresiones de irritación.

Sin embargo, los hombres podían ser unos idiotas. Siempre subestimaban a las mujeres.

En un momento en que Cecil estaba ocupado con las cartas, las miradas de Ellie y Charles se cruzaron, y ella la dirigió hacia la ventana, intentando hacerle saber que había traído refuerzos.

Aunque luego no pudo evitar preguntar:

—¿Por qué estáis jugando a cartas?

—Estaba aburrido —respondió Cecil—. Y has tardado más en llegar de lo que pensaba.

—Y ahora tenemos que seguir jugando —le explicó Charles—, porque se niega a parar mientras gane yo.

—¿No habías dicho que hacía trampas?

—Sí, pero no sabe.

—Ignoraré el comentario —dijo Cecil—, puesto que voy a matarte más tarde. Me parece justo. ¿Quieres otra carta?

Charles sacudió la cabeza.

—Me planto.

Cecil giró sus cartas, y luego las de Charles.

—¡Maldición! —exclamó.

—Vuelvo a ganar —dijo Charles con una sonrisa despreocupada.

Ellie se fijó en que uno de los hombres de la puerta ponía los ojos en blanco.

—Veamos... —fantaseó Charles—. ¿Cuánto me deberías a estas alturas? Si no fueras a matarme, claro.

—Por desgracia para ti, eso no es discutible —dijo Cecil en tono malicioso—. Y ahora cállate mientras barajo las cartas.

—¿Podemos terminar con esto? —preguntó uno de los hombres fornidos—. Solo nos paga un día.

—¡Cállate! —gritó Cecil sacudiendo todo el cuerpo con la fuerza de la orden—. Estoy jugando a cartas.

—Nunca me ha ganado a nada —informó Charles al hombre mientras se encogía de hombros—. Juegos, caza, cartas, mujeres. Imagino que quiere hacerlo una vez antes de que muera.

Ellie se mordió el labio inferior, intentando decidir cómo sacar provecho de la situación. Podía tratar de disparar a Cecil, pero dudaba que pudiera sacar una de las pistolas antes de que sus esbirros la detuvieran. Nunca había sido demasiado atlética y hacía tiempo que había aprendido a confiar más en su ingenio que en su fuerza o su velocidad.

Miró a los dos tipos, que ahora parecían muy irritados con Cecil. Se preguntó cuánto les habría pagado. Seguro que mucho, para convencerlos de aquella estupidez.

Pero ella podía pagarles más.

—¡Tengo que ir al servicio! —gritó.

—Aguántate —ordenó Cecil al tiempo que giraba las cartas—. ¡Maldita sea!

—He vuelto a ganar —dijo Charles.

—¡Deja de decir eso!

—Pero es verdad.

—¡He dicho que te calles! —Cecil agitó la pistola en el aire. Charles, Ellie y los dos hombres se agacharon, pero, por suerte, no se disparó ninguna bala. Uno de los tipos murmuró algo que parecía ofensivo hacia su jefe.

—Realmente necesito un momento de privacidad —repitió Ellie con una voz estridente.

—¡Te he dicho que te aguantes, zorra!

Ella contuvo la respiración.

—No le hables así a mi mujer —espetó Charles.

—Está claro que no tienes mujer porque, de ser así, te darías cuenta de que las mujeres somos un poco más… delicadas… que los hombres en algunos aspectos, y de que soy incapaz de hacer lo que me pides —dijo Ellie, deseando no estar tentando demasiado a la suerte.

—Yo la dejaría ir —le aconsejó Charles.

—¡Por el amor de Dios! —dijo su primo entre dientes—. ¡Baxter! Llévatela afuera y que haga sus cosas.

Ellie se puso de pie y siguió a Baxter hacia fuera. En cuanto estuvieron lejos de Cecil, ella le susurró:

—¿Cuánto te paga?

Él le lanzó una astuta mirada.

—¿Cuánto? —insistió ella—. Lo duplicaré. No, lo triplicaré.

Miró hacia la puerta y gritó:

—¡Deprisa! —Pero con la cabeza le indicó que lo siguiera afuera.

Ellie lo siguió mientras susurraba:

—Cecil es idiota. Apuesto a que os engaña cuando nos hayáis matado. Además, ¿te ha duplicado la oferta por tener que secuestrarme? ¿No? Pues eso no es justo.

—Tiene razón —dijo Baxter—. Debería haberme dado el doble. Solo me ha prometido pagarme por el secuestro del conde.

—Te daré cincuenta libras si te pones de mi lado y me ayudas a liberar al conde.

—¿Y si no lo hago?

—Entonces, tendrás que arriesgarte a descubrir si Cecil te paga o no. Pero, por lo que he visto en esa mesa, vas a terminar con los bolsillos vacíos.

—De acuerdo —asintió Baxter—, pero primero quiero ver el dinero.

—No lo tengo aquí.

Él puso un gesto amenazador.

—No esperaba que me secuestraran —dijo Ellie hablando muy deprisa—. ¿Por qué iba a llevar tanto dinero encima?

Baxter la miró fijamente.

—Tienes mi palabra —dijo ella.

—De acuerdo, pero, si me engaña, juro que le cortaré el pescuezo mientras duerma.

Ellie se estremeció, porque no tenía ninguna duda de que lo haría. Levantó una mano, un gesto que había acordado con Helen y Leavey para decirles que todo estaba bien. No los veía, pero se suponía que la habían seguido. No quería que entraran en la casa y atacaran a Baxter.

—¿Qué hace? —le preguntó el hombre.

—Nada. Me aparto el pelo de la cara. Hace mucho viento.

—Tenemos que volver.

—Sí, claro. No queremos que Cecil sospeche —dijo Ellie—. Pero ¿qué vas a hacer? ¿Cuál es tu plan?

—No puedo hacer nada hasta que no hable con Riley. Tiene que saber que nos hemos cambiado de bando. —Baxter entrecerró los ojos—. A él también le dará cincuenta libras, ¿verdad?

—Por supuesto —añadió Ellie enseguida, dando por sentado que Riley era el otro matón que vigilaba la puerta.

—Muy bien. Hablaré con él en cuanto podamos quedarnos a solas y después pasaremos a la acción.

—Sí, pero... —Ellie quería decirle que necesitaban una estrategia, un plan, pero Baxter ya la estaba arrastrando hacia la casa. La metió en la habitación de un empujón y ella se tambaleó hasta la cama—. Ahora ya me encuentro mucho mejor —anunció.

Cecil gruñó algo acerca de que le daba igual, pero Charles la miró con ternura. Ellie le ofreció una rápida sonrisa antes de mirar a Baxter, mientras intentaba recordarle que tenía que hablar con Riley.

Sin embargo, este tenía otros planes.

—Yo también tengo que ir —anunció, y salió afuera. Ellie miró a Baxter, pero este no siguió a su amigo. Quizá pensaba que parecería demasiado sospechoso que saliera al cabo de tan poco tiempo de haber vuelto con Ellie.

Sin embargo, al cabo de uno o dos minutos, oyeron unos golpes muy fuertes fuera de la casa. Todos se levantaron, excepto Charles, que seguía atado, y Baxter, que ya estaba de pie.

—¿Qué demonios ha sido eso? —preguntó Cecil.

Baxter se encogió de hombros.

Ellie se tapó la boca con la mano. ¡Oh, Dios! Riley no sabía que ahora trabajaba para ella, y si había encontrado a Helen o a Leavey fuera...

—¡Riley! —gritó Cecil.

Los peores temores de Ellie se hicieron realidad cuando Riley entró con Helen pegada a su cuerpo y un cuchillo en la garganta.

—¡Mirad qué me he encontrado fuera! —se rio socarronamente.

—¿Helen? —dijo Cecil, divertido.

—¿Cecil? —dijo la mujer, que no parecía nada divertida.

—¡Baxter! —gritó Ellie con la voz presa del pánico. Tenía que comunicar a Riley el cambio de planes inmediatamente. Contempló horrorizada cómo Cecil se acercaba a Helen y la agarraba. Estaba de espaldas a Ellie, de modo que ella aprovechó el descuido para alcanzar una de las pistolas que llevaba en las medias y esconderla entre los pliegues de la falda.

—Helen, no deberías haber venido —dijo Cecil con voz dulce.

—¡Baxter, díselo ahora! —gritó Ellie.

Cecil dio media vuelta y la miró.

—¿Decirle qué a quién?

Ellie ni siquiera se paró a pensar. Levantó la pistola, quitó el seguro y apretó el gatillo. La explosión le estremeció todo el brazo y la echó hacia atrás, sobre la cama.

La cara de Cecil era la imagen de la sorpresa cuando se agarró el pecho, cerca del cuello. La sangre le salía a borbotones entre los dedos.

—Zorra —dijo entre dientes. Levantó el arma.

—¡Nooo! —gritó Charles, que se levantó de la silla y se abalanzó sobre Cecil. No logró derribarlo, pero al menos consiguió golpearle en las piernas y su primo levantó el brazo antes de apretar el gatillo.

Ellie sintió una explosión de dolor en el brazo mientras oía cómo Helen gritaba su nombre.

—¡Oh, Dios mío! —exclamó atónita—. Me ha disparado. —Pero entonces la sorpresa se convirtió en rabia—. ¡Me ha disparado! —exclamó.

Levantó la mirada justo a tiempo de ver que Cecil estaba apuntando a Charles. Antes de tener tiempo siquiera para pensar, alargó la mano buena, tomó la otra pistola y le disparó.

La habitación se quedó en silencio, y esta vez no quedó ninguna duda de que estaba muerto.

Riley todavía tenía un cuchillo pegado al cuello de Helen, pero ahora parecía que ya no sabía qué hacer con ella. Al final, Baxter dijo:

—Suéltala, Riley.

—¿Qué?

—He dicho que la sueltes.

El tipo soltó el cuchillo y Helen corrió al lado de Ellie.

—¡Oh, Ellie! —gritó—. ¿Es grave?

Ella la ignoró y miró a Baxter.

—Menuda ayuda has sido.

—Le he dicho a Riley que la soltara, ¿no?

Ella le hizo una mueca.

—Si quieres ganarte el sueldo, al menos desata a mi marido.

—Ellie —dijo Helen—, deja que te eche un vistazo al brazo.

Ella bajó la mirada hasta donde la mano buena cubría la herida.

—No puedo —susurró. Si la quitaba, la sangre empezaría a fluir y...

Helen intentó apartarle los dedos.

—Por favor, Ellie. Tengo que ver si es muy grave.

Ella lloriqueó y dijo:

—No, no puedo. Verás, cuando veo mi sangre...

Sin embargo, Helen ya le había apartado los dedos.

—Ya está —dijo—. No es tan grave. ¿Ellie? ¿Ellie?

Pero Ellie ya se había desmayado.

—¿Quién habría dicho que Ellie nos saldría tan aprensiva? —dijo Helen, varias horas después, cuando la joven condesa estaba cómodamente recostada en su cama.

—Yo no, seguro —respondió Charles mientras apartaba amorosamente un mechón de pelo de la frente de su mujer—. Al fin y al cabo, me cosió una hilera de puntos en el brazo que serían la envidia de cualquier costurera.

—No tenéis que hablar como si no estuviera —dijo Ellie de mala manera—. Cecil me disparó en el brazo, no en la oreja.

Ante la mención de su primo, Charles sintió una oleada de rabia que empezaba a resultarle familiar. Tendría que pasar algún tiempo antes de que pudiera recordar los acontecimientos de este día sin estremecerse de ira.

Había enviado a alguien a recoger el cuerpo de Cecil, aunque todavía no había decidido qué quería hacer con él. Tenía claro que no iba a permitir que lo enterraran con el resto de los Wycombe.

Había pagado a Baxter y a Riley y los había soltado después de que este último les enseñara dónde había dejado al pobre Leavey, que ni siquiera había podido gritar antes de que lo golpeara en la cabeza y se llevara a Helen.

Y ahora estaba totalmente concentrado en Ellie, y en asegurarse de que la herida de bala no era más grave de lo que ella decía. Al parecer, la bala no había afectado ningún hueso ni vena importante, aunque Charles se había llevado el susto de su vida cuando su mujer se había desmayado.

Le dio unos golpecitos en el brazo bueno.

—Lo único que importa es que estás bien. El doctor Summers dice que, con unos días de reposo, estarás como nueva. Y también ha dicho que es muy normal desmayarse cuando uno ve sangre.

—Yo no me desmayo ante la sangre de los demás —dijo Ellie entre dientes—. Solo ante la mía.

—Es curioso —bromeó Charles—. Al fin y al cabo, mi sangre es del mismo color que la tuya. A mí me parecen iguales.

Ella le hizo una mueca.

—Si no vas a ser amable, déjame con Helen.

A juzgar por su tono, Charles sabía que ella también bromeaba, así que se inclinó y le dio un beso en la nariz.

De repente, Helen se levantó y dijo:

—Iré a buscar un poco de té.

Charles observó cómo su prima salía de la habitación y cerraba la puerta.

—Siempre sabe cuándo queremos estar solos, ¿no crees?

—Helen es mucho más perspicaz que nosotros —dijo Ellie.

—Quizá por eso encajamos tan bien.

Ella sonrió.

—Es verdad.

Charles se sentó a su lado y la rodeó con el brazo.

—¿Te das cuenta de que, por fin, podemos tener un matrimonio normal?

—Al no haber estado casada nunca, no me había fijado en que el nuestro fuera anormal.

—Quizá no es anormal, pero dudo que muchos recién casados tengan que soportar envenenamientos y heridas de bala.

—No te olvides de los accidentes de carruaje y las explosiones de mermelada —dijo Ellie riéndose.

—Sin mencionar los puntos de mi brazo, los animales muertos en el invernadero y los incendios de la cocina.

—¡Madre mía! Ha sido un mes muy movido.

—No sé tú, pero yo podría pasar sin tantas emociones.

—No sé. No me importan las emociones, aunque prefiero que sean de otro tipo.

Él arqueó una ceja.

—¿A qué te refieres?

—A que quizá a Judith le gustaría tener un Wycombe pequeño al que mandar.

Charles notó que el corazón le bajaba a los pies, algo increíble teniendo en cuenta que estaba en posición horizontal.

—¿Estás...? —dijo, incapaz de decir una frase entera—. ¿Estás...?

—Claro que no —dijo ella acariciándole el hombro—. ¡Vaya! Imagino que podría estarlo, pero teniendo en cuenta que hace tan poco que hemos empezado a... ya sabes... Ni siquiera he tenido la posibilidad de saber si lo estamos o no y...

—Entonces, ¿a qué te refieres?

Ella sonrió con una coqueta timidez.

—A que no hay ningún motivo por el que no podamos empezar a hacer realidad ese sueño en concreto.

—Helen volverá con el té en cualquier momento.

—Llamará a la puerta.

—Pero tu brazo...

—Confío en que irás con mucho cuidado.

Charles esbozó una lenta sonrisa.

—¿Te he dicho últimamente que te quiero?

Ellie asintió.

—¿Y yo?

Él asintió.

—¿Por qué no te quitamos ese camisón e intentamos hacer realidad tus sueños?

Epílogo

Nueve meses y un día después, Ellie era la mujer más feliz del mundo. Y no es que no lo fuera el día anterior, o el anterior, pero ese día era especial.

Estaba por fin segura de que Charles y ella iban a tener un hijo.

Su matrimonio, que había empezado casi como un accidente, se había convertido en algo mágico. Sus días estaban llenos de risas, las noches estaban llenas de pasión, y sus sueños, llenos de esperanzas y deseos.

Sin mencionar su invernadero, que estaba lleno de naranjas, gracias a los diligentes esfuerzos que Claire y ella habían dedicado.

Ellie se miró el abdomen maravillada. Era muy extraño que una nueva vida estuviera creciendo ahí dentro, que una persona que podría caminar, andar y tendría su nombre y sus ideas propios estuviera en su interior.

Sonrió. Ya imaginaba que sería una niña. No sabía por qué, pero estaba segura de que sería una niña. Quería llamarla Mary, como su madre. No creía que a Charles le importara.

Ellie cruzó el pasillo, buscando a su marido. ¡Maldición! ¿Dónde estaba cuando lo necesitaba? Llevaba meses esperando ese momento, darle la maravillosa noticia, y ahora no lo encontraba por ningún sitio. Al final, abandonó cualquier tipo de decoro y lo llamó a gritos.

—¡Charles! ¡Charles!

Él apareció por el otro lado del pasillo, jugando con una naranja entre las manos.

—Buenas tardes, Ellie. ¿Por qué estás tan nerviosa?

Ella sonrió.

—Charles, por fin lo hemos conseguido.

Él parpadeó.

—¿El qué?

—Un hijo, Charles. Vamos a tener un hijo.

—Bueno, ya era hora. Llevo dedicándome a eso en cuerpo y alma los últimos nueve meses.

Ella se quedó boquiabierta.

—¿Esa es tu reacción?

—Bueno, si lo piensas, si hubiéramos empezado desde el principio, ahora lo estarías teniendo, en lugar de anunciándolo.

—¡Charles! —le pegó en el hombro.

Él chasqueó la lengua y la abrazó.

—Ven aquí. Si sabes que lo digo en broma.

—Entonces, ¿eres feliz?

Le dio un tierno beso.

—Más de lo que podría expresar.

Ellie lo miró y sonrió.

—Nunca imaginé que podría querer a alguien tanto como a ti, pero me equivocaba. —Se colocó las manos encima del estómago plano—. Ya quiero a nuestra hija, muchísimo, y ni siquiera ha nacido.

—¿Hija?

—Es una niña. Estoy segura.

—Si tú estás segura, entonces estoy seguro de que tienes razón.

—¿De veras?

—Hace tiempo que aprendí a no llevarte la contraria.

—No sabía que te tenía tan bien domesticado.

Charles sonrió.

—Soy un buen marido, ¿no?

—El mejor. Y también serás un padre excelente.

Se emocionó cuando le tocó la tripa.

—Yo también la quiero —susurró.

—¿Sí?

Él asintió.

—¿Quieres que le enseñemos a nuestra hija su primer atardecer? Acabo de mirar por la ventana. El cielo está casi tan brillante como tu sonrisa.

—Creo que le gustará. Y a mí también.

Salieron de la mano y contemplaron el cielo.